btb

Ein Meisterwerk über unsere Zeit und eine Hymne an die Hoffnung: Was verbindet einen unbekannten Regisseur, der um verlorene Zeiten trauert, und die Angestellte eines Flüchtlingszentrums, die ganz im Hier und Jetzt lebt? Was haben Katherine Mansfield und Rainer Maria Rilke mit Twitter und Fake News zu tun? Und warum schafft es ein zwölfjähriges Mädchen, verkrustete Strukturen zu sprengen und allen die Augen zu öffnen? Ali Smith – eine der ganz großen Stimmen der Gegenwart – erzählt die unmögliche Geschichte einer unmöglichen Zeit und stößt in einer Welt, die zunehmend von Mauern und Schließungen geprägt ist, eine Tür auf.

ALI SMITH wurde 1962 in Inverness in Schottland geboren und lebt in Cambridge. Sie ist Mitglied der Royal Society of Literature und wurde 2015 zum Commander of the Order of the British Empire ernannt. Ihre Romane und Erzählbände wurden mit zahlreichen Preisen ausgezeichnet. »Frühling« – ein Band aus ihrem hochgelobten Jahreszeitenquartett – stand in Großbritannien auf Platz 1 der Bestsellerliste. Mit »Herbst« kam die Autorin zum vierten Mal auf die Shortlist des Man Booker Prize, für »Sommer« erhielt sie den George Orwell Prize. 2022 wurde Ali Smith mit dem Österreichischen Staatspreis für Europäische Literatur ausgezeichnet.

ALI SMITH BEI BTB
Die Zufällige. Roman (73869)
Die erste Person. Erzählungen (74421)
Im Hotel. Roman (71311)
Freie Liebe und andere Geschichten (71355)
Ganz andere Geschichten (7135)
Die ganze Geschichte und andere Geschichten (71354)
Beides sein. Roman (71600)
Es hätte mir genauso. Roman (71752)
Von Gleich zu Gleich. Roman (71904)
Herbst (77084)

Ali Smith

Frühling

Roman

*Aus dem Englischen
von Silvia Morawetz*

btb

Die englische Originalausgabe erschien
unter dem Titel »Spring« bei Hamish Hamilton,
einem Imprint von Penguin Random House Ltd., London

Penguin Random House Verlagsgruppe FSC® N001967

1. Auflage
Genehmigte Taschenbuchausgabe April 2023
btb Verlag in der Penguin Random House Verlagsgruppe GmbH,
Neumarkter Straße 28, 81673 München
Copyright © 2019 Ali Smith
Copyright © der deutschen Ausgabe 2021 Luchterhand Literaturverlag, München
Umschlaggestaltung: Sabine Kwauka,
unter Verwendung eines Motivs von © shutterstock / Liia Chevnenko
Druck und Einband: GGP Media GmbH, Pößneck
Klü · Herstellung: sc
Printed in Germany
ISBN 978-3-442-77323-7

www.btb-verlag.de
www.facebook.com/btbverlag

Meinem Bruder
Gordon Smith
zum Gedächtnis

und für
meinen Bruder
Andrew Smith

meiner Freundin
Sarah Daniel
zum Gedächtnis

und für
o blühendste!
Sarah Wood

Er scheint ein Fremder, und sein Bildnis ist
Ein welker Zweig, nur an der Spitze grün,
Der Spruch: *in hac spe vivo*.
William Shakespeare

Aber erweckten sie uns, die unendlich Toten,
                              ein Gleichnis,
siehe, sie zeigten vielleicht auf die Kätzchen der leeren
Hasel, die hängenden, oder
meinten den Regen, der fällt auf dunkles Erdreich im
                              Frühjahr.
Rainer Maria Rilke

Wir müssen anfangen, darauf kommt es an.
Nach Trump müssen wir anfangen.
Alain Badiou

Ich halte schon Ausschau nach Frühlingsboten.
Katherine Mansfield

Das Jahr streckte sich wie ein Kind
und rieb sich die Augen am Licht.
George Mackay Brown

Eins

Also Tatsachen, die können wir nicht gebrauchen. Wir wollen Verwirrung. Wir wollen Wiederholung. Wir wollen Wiederholung. Wir wollen Menschen mit Einfluss, die sagen die Wahrheit ist nicht die Wahrheit. Was wir wollen, sind gewählte Mitglieder des Parlaments, die sagen Messer hitzig erregt ihr in die Brust gerammt und umgedreht oder bring dir gleich dein Seil mit wir wollen, dass maßgebliche Mitglieder des Parlaments im Unterhaus Parlamentsmitgliedern aus der Opposition zurufen bring dich doch um wir wollen Mächtige, die sagen, sie wollen andere Mächtige kleingehackt in Tüten in meinem Eisschrank wir wollen Muslimas in Kolumnen verhöhnt, wir wollen Gelächter, der Klang des Gelächters soll ihnen auf Schritt und Tritt folgen. Wir wollen, dass die, die wir Fremde nennen, sich auch fremd fühlen, wir müssen klarstellen, dass sie erst Rechte haben, wenn wir sie ihnen zugestehen. Wir wollen Ärgernis Beleidigung Unruhe. Wir müssen sagen, Denken ist elitär, Wissen ist elitär, die Leute sollen sich abgehängt und entrechtet fühlen, die Leute sollen fühlen. Was wir brauchen, ist Angst, wir wollen unterbewusste Angst, aber auch bewusste Angst. Wir brauchen Emotionen wir wollen Rechtschaffenheit wir wollen Zorn. Wir brauchen all das patriotische Zeug. Was wir wollen, ist den gleichen alten Skandal alkoholkranker Mütter Gefährlichkeit des täglichen Aspirins aber mit mehr Nachdruck Nein Nein Nein wir brauchen einen Hashtag #rote Linie wir wollen Gebt uns was wir verlangen oder wir gehen auf die Straße wir wollen Wut wir wollen Empörung wir wollen stärkste Reizworte, Antisemit ist klasse Nazi ist super Pädo das bringt's perverser Ausländer Illegaler wir wollen Instinkte ansprechen wir wollen Altersfeststellung bei »minderjährigen« Flüchtlingen 98 % fordern sofortigen Migrationsstopp Kanonenboote zur Zurückdrängung von Migranten Wie viele können wir noch aufnehmen Verriegeln Sie Ihre Türen Verstecken Sie Ihre Frauen wir wollen null Toleranz. Nachrichten mussen Handyformat haben. Wir müssen die Mainstreammedien übergehen. Wir müssen am Interviewer vorbeisehen und direkt in die Kamera sprechen. Wir müssen eine klare starke unmissverständliche Botschaft aussenden. Wir brauchen schockierenden Newsfeed. Wir brauchen noch mehr schockierenden Newsfeed komm schnell nächster Schock im Newsfeed reiß den Finger ab wir wollen Folterbilder. Wir müssen sie kriegen sie sollen glauben wir kriegen sie bringt das Wort *lynchen* zu allen Nicht-Weißen. Wir wollen rund um die Uhr Vergewaltigungsdrohungen gegen schwarze weibliche Parlamentsangehörige Todesdrohungen nicht bloß gegen Frauen die öffentlich arbeiten gegen jeden der öffentlich arbeitet und uns gegen den Strich geht Wie kann sie es wagen / Wie kann er es wagen/ Wie können sie es wagen. Wir müssen auf den Feind im Innern hinweisen. Wir brauchen Volksfeinde ihre Richter sollen Volksfeinde genannt werden ihre Journalisten Volksfeinde wir wollen dass die von uns als Volksfeinde Bezeichneten auch Volksfeinde genannt werden wir wollen im Fernsehen und im Radio so oft es geht immer wieder laut sagen dass sie uns mundtot machen. Wir müssen den alten Mist so sagen dass er als Neuigkeit daherkommt. Nachrichten müssen sein was wir als Nachrichten bezeichnen. Wörter müssen die Bedeutung haben die wir ihnen geben. Wir müssen bestreiten was wir sagen während wir es sagen. Was Wörter bedeuten darf nichts zur Sache tun. Wir brauchen einen guten alten Slogan Großbritannien nein England / Amerika / Italien / Frankreich / Deutschland / Ungarn / Polen / Brasilien (Namen des Landes einfügen) zuerst. Wir brauchen das Darkweb Geld Algorithmen soziale Medien. Wir müssen sagen es geht uns um die freie Meinungsäußerung. Wir brauchen Bots wir brauchen Klischees wir müssen Hoffnung vermitteln. Wir müssen sagen eine neue Zeit bricht an das Alte ist vorbei seine Zeit ist abgelaufen jetzt ist unsere Zeit. Dazu müssen wir viel lächeln wir müssen vor laufender Kamera lachen hahaha starker Mann der sich kaputtlacht hörst du die Fabriksirene zu Schichtende die Fabrik ist tot wir sind die neue Sirene wir sind was dieses Land schon immer brauchte wir sind was du brauchst wir sind was du willst.

Wir wollen die Not.

Wir brauchen das Elend.

Es ist wieder so weit, ja? (Achselzucken.)

Mich geht das alles nichts an. Es ist nichts als Wasser und Staub. Du bist nichts als Knochenmehl und Wasser. Gut. Nützt mir letzten Endes mehr.

Ich bin das Kind, das unter Laub begraben liegt. Das Laub fault: hier bin ich.

Oder stell dir einen Krokus im Schnee vor. Siehst du den Tau um den Krokus? Das ist die offene Tür in die Erde. Ich bin das Grün in der Zwiebel und das Platzen des Samenkorns, das Entfalten des Blütenblatts, das grüne Schwellen der Zweigspitzen am Baum, ein Grün, wie erleuchtet.

Die Pflanzen, die sich durch Dreck und Plastik nach oben schieben, ob früher, ob später, sie kommen trotzdem. Die Pflanzen regen sich trotzdem unter euch, ob ihr als Niedriglöhner schuftet, zum Einkaufen unterwegs seid, im Licht der Bildschirme an Schreibtischen sitzt oder auf Handys scrollend in den Wartezimmern der Arztpraxen oder auf Demos protestiert, egal wo, in welcher Stadt oder welchem Land, das Licht wandert, die Blumen wippen neben dem

Leichenberg und in der Nähe eurer Wohnorte, in den Kneipen, in denen ihr euch um den Verstand trinkt, ins Glück oder in die Traurigkeit, und da, wo ihr eure Götter und die großen Supermärkte anbetet, oder wenn ihr auf Fernstraßen an Banketten und Buschland vorbeirast, als ob nichts wäre. Es ist aber, alles. Die Blütenköpfe öffnen sich allerorten über dem illegal abgeladenen Müll. Das Licht wandert über eure Grenzen, über Menschen mit Pässen, Menschen mit Geld, Menschen mit nichts, wandert über Bretterschuppen, Kanäle und Kathedralen, über eure Flughäfen und Friedhöfe, über alles, was immer ihr unter die Erde bringt, was immer ihr ausgrabt und eure Geschichte nennt oder wonach immer ihr schürft, um es profitabel zu verwerten, das Licht wandert trotzdem darüber hinweg.

Die Wahrheit ist ein Trotzdem.

Der Winter ist für mich ein Klacks.

Glaubt ihr, ich wüsste nichts von Macht? Ihr glaubt wohl, ich wäre naiv ins Leben getreten?

Stimmt.

Verpfuscht nur mein Klima, ich vermassel euch das Leben. Euer Leben ist für mich ein Klacks. Im Dezember reiße ich Narzissen aus dem Boden. Im April versperre ich euch die Tür mit Schnee und werfe den Baum um, der dann euer Dach zertrümmert. Ich bedecke euer Haus mit dem Fluss.

Doch ich werde der Grund sein, weshalb sich wieder Leben in euch regt. Ich spritze euch Licht in die Venen.

Was liegt jetzt unter dem Straßenbelag?

Was liegt unter dem Fundament eures Hauses?

Was verzieht eure Türen?

Was gibt eurer Welt frische Farben? Was ist der Schlüssel zum Gesang des Vogels? Was formt den Schnabel im Ei?

Was schiebt den hauchdünnen grünen Schössling durch den Fels und treibt den Spalt hinein?

Es ist 11:09 an einem Dienstag im Oktober 2018, und Richard Lease, der TV- und Filmregisseur, ein Mann, der den meisten wegen einiger, gut, okay, zweier von der Kritik gelobter Produktionen für Play for Today in den siebziger Jahren, jedoch auch vieler anderer Sachen über die Jahre im Gedächtnis geblieben ist, ich meine, irgendetwas davon müssen Sie gesehen haben, wenn Sie schon so lange leben, steht auf einem Bahnsteig irgendwo im Norden von Schottland.

Warum ist er hier?

Das ist die falsche Frage. Sie setzt voraus, es gäbe eine Geschichte. Es gibt keine. Mit Geschichten war's das für ihn. Von Geschichten nimmt er Abstand, genauer gesagt von Geschichten über: Katherine Mansfield, Rainer Maria Rilke, eine Obdachlose, die er gestern Vormittag auf dem Bürgersteig vor der British Library gesehen hat, vor allem jedoch Geschichten über den Tod seiner Freundin.

Streichen Sie den Mist von oben über den Regisseur, von dem Sie schon gehört haben oder nicht.

Er ist bloß ein Mann auf einem Bahnhof.

Vorläufig tut sich hier nichts. Verspätungen bedeuten, dass an dem Bahnhof keine Züge angekommen oder abgefahren sind, nicht, seitdem er hier auf dem Bahnsteig steht, womit der Bahnhof seinen Wünschen entgegenkommt.

Sonst steht niemand hier. Es steht auch niemand auf dem Bahnsteig gegenüber.

Irgendwo wird schon jemand sein, der im Büro arbeitet oder auf die Anlagen achtgibt. Es werden doch bestimmt noch Leute dafür bezahlt, dass sie persönlich auf solche Bahnhöfe achtgeben. Irgendwo wird irgendwer auf einen Bildschirm schauen. Richard hat aber niemanden gesehen. Die einzige andere Person, die er gesehen hat, seit er die Pension verließ und die Hauptstraße entlangging, ist hinter der offenen Luke eines Kaffeetrucks vor dem Bahnhof hin- und hergelaufen, eines dieser Citroën-Vans. Kunden waren aber keine da.

Nicht dass er jemanden erwartet. Das tut er nicht, und auch ihn erwartet niemand, niemand Spezielles.

Wo zum Teufel ist Richard?

Sein Handy steckt in London in einem halbvollen Kaffeebecher mit Deckel im Abfallkübel eines Pret a Manger in der Euston Road.

Steckte. Er hat keine Ahnung, wo es inzwischen sein wird. Müllhalde. Deponie.

Gut.

Hi, Richard, ich bin's, Martin Terp wird jeden Augenblick hier sein, kannst du mir bitte sagen, wann du ungefähr kommst? Hi, ich noch mal, Richard, nur damit du Bescheid weißt, Martin ist ge-

rade im Büro eingetroffen. Könntest du mich vielleicht anrufen und mich wissen lassen, wann wir mit dir rechnen können? Richard, ich bin's, kannst du mich anrufen? Richard, ich noch mal, ich versuch eben, unser Vormittagsmeeting zu verlegen, weil Martin nur bis heute Abend in London ist, er kommt erst nächste Woche wieder in die Stadt, also ruf mich an und sag Bescheid, ob heute Nachmittag geht, ja? Danke, Richard, das wäre sehr nett von dir. Hi, Richard, in deiner Abwesenheit habe ich uns auf heute Nachmittag 16 Uhr verschoben, kannst du, wenn du das abhörst, bitte bestätigen, dass die Nachricht bei dir angekommen ist?

Nein.

Er steht im Wind, drückt mit verschränkten Armen die Jacke an den Körper, damit das Geflatter aufhört (kalt, keine Knöpfe, die Knöpfe verloren), und sieht sich die kleinen weißen Sprenkel im Asphalt des Bahnsteigs unter seinen Füßen an.

Holt tief Luft.

Die Lunge schmerzt, als sie voll ist.

Er blickt zu den Bergen im Hintergrund der Stadt. Wirklich beeindruckend. Wirklich trostlos und wahr. Sie sind alles, was ein Gebirge bedeuten kann.

Er denkt an seine Wohnung in London. Staubfäden werden da in der Sonne hängen, die durch die Ritzen in den Jalousien scheint, falls es in London gerade sonnig ist.

Seht ihn euch an, dichtet schon an seiner Abwesenheit herum.

An seinem Staub.

Lass das. Er ist ein Mann, der in einem Bahnhof an einem Stützpfeiler lehnt. Weiter nichts.

Es ist ein viktorianischer Stützpfeiler. Das Schmiedeeisen ist blau und weiß gestrichen.

Dann tritt er unter den mit Glas überdachten Teil des Bahnsteigs zurück, tritt ein Stück näher an die Gebäude heran, ins Windgeschützte.

Einige Berge da drüben sehen aus, als hingen Regenwolken über den Gipfeln, als trügen sie Schleier. Die Wolke auf der anderen Seite, Richtung Süden, würde er sagen, sieht aus wie eine Wand, eine von hinten beleuchtete Wand. Die Wolke über den Bergen im Norden, Nordosten, ist Dunst.

Deswegen ist er hier ausgestiegen: Der Zug war auf den Bahnhof zugefahren, und die Berge hatten etwas Sauberes an sich gehabt, wie sauber gewischt. Sie hatten so etwas wie Akzeptanz ihres Daseins an sich, wollten nichts. Sie existierten einfach.

Romantiker.

Selbstmythologisierer.

Die Tonbandstimme über seinem Kopf bittet gerade noch mal um Verständnis dafür, dass an diesem Bahnhof momentan kein Zug ankommt oder abfährt.

Plus minus die Bandansagen geschieht sonst nicht viel, ein paar Vögel ziehen am Himmel vorüber, das frühe Herbstlaub raschelt, Wind drückt Unkraut und Gras nach unten.

Ein Mann steht auf einem Bahnhof und betrachtet die fernen Berge rings um sich herum.

Heute sehen sie aus wie eine Linie, von einer riesigen Hand freihändig gezogen und weiter unten schraffiert, sie sehen aus wie etwas, das schläft und wartet. Sie sehen aus wie die prähistorischen Rücken schlafender Phantasie-See-ungeheuer.

Geschichte von Bergen.

Geschichte von mir, der ich Geschichten aus dem Weg gehe.

Geschichte von mir, der aus einem blöden Zug aussteigt.

Er schüttelt den Kopf.

Er war ein Mann auf einem Bahnsteig. *Es gab keine Geschichte.*

Nur dass es doch eine gibt. Irgendeine blöde Geschichte gibt es immer.

Warum stand er auf einem Bahnhofsbahnsteig? Wartete er auf einen Zug?

Nein.

Fuhr er irgendwohin? Aus welchem Grund? Holte er jemanden vom Zug ab?

Nein.

Warum war der Mann dann auf dem Bahnhofsbahnsteig, wenn er keinen Zug kriegen wollte und nicht auf einen wartete?

Er war einfach dort, okay?

Aber warum? Und warum sprichst du in der Vergangenheitsform von dir, du Loser?

Loser, ja. Das kommt hin. Irgendetwas war nicht mehr da. Ist.

Und was? Was genau?

Tja, wie soll ich das beschreiben. Keine Ahnung.

Versuch's.

(Seufzt) Ich kann nicht.

Gib dir mal Mühe. Na los. Angeblich bist du doch Mr Drama. Wie sieht es aus?

Okay. Okay, also stell dir vor, jemand oder etwas, irgendeine Kraft rückt dir zu Leibe und bohrt einen Apfelausstecher durch dich hindurch, vom Kopf bis zu den Füßen, so dass du weiter dastehst, als wäre nichts passiert, obwohl in Wirklichkeit etwas passiert *ist*, denn du bist hohl, hast auf ganzer Länge da, wo einmal dein Kern war, jetzt ein Loch. Genügt das?

Jammerlappen. Ausschuss. Tom und Jerry lassen grüßen. Du willst wohl Mitgefühl für deine Hohlheit? Deine was? Dafür, dass dir nichts *Ersprießliches* mehr einfällt?

Hör mal, ich suche nur nach Worten für das, was ich fühle, das Gefühl ist nicht leicht zu beschreiben, eine –

Komm mir nicht so, deine Geschichte ist verschwendete –

Zeit in seinem Leben, da konnte er lieben, war buchstäblich verliebt, bis auf den Seelengrund glücklich über zum Beispiel eine einfache Zitrone. Irgendeine Zitrone in einer Schüssel oder an einem Marktstand oder in einem Netz mit anderen Zitronen, die in einem Supermarkt auf einen Käufer wartete. Es gab eine Zeit in seinem Leben, als so etwas ihn mit Freude erfüllte.

Jetzt jedoch war es, als wären solche einfachen Dinge ganz klein geworden, ohne dass er es bemerkt hat, und lägen weit entfernt, als stünde er an Deck eines alten Ozeandampfers, der auf raue See zuhält, und winkte wie ein Irrer der hinter ihm liegenden Küste zu, die wie die Zeit, in der er sich ständig an zum Beispiel so einfachen Dingen wie

Zitronen gefreut hatte, verschwunden war, total perdu, sie war für das Auge nicht mehr sichtbar.

Ist nicht mehr.

Loser.

Wenn er daran denkt, wie er Paddy kennengelernt hat, kommt ihm das schwarz-weiße Bild eines Zahnabdrucks in einem Stück Schokolade vor fast fünfzig Jahren in den Sinn, eines Stücks Schokolade, schon als er es damals sah, so alt, dass es buchstäblich weiß war, vor allem an der Stelle, an der sich die kleine Zahnreihe abdrückte. Die Zähne waren die von Beatrix Potter. Beatrix Potter hatte irgendwann einmal von der Schokolade abgebissen, sie beiseitegelegt und in der Scheune vergessen, in der sie die Bücher schrieb und illustrierte, in denen reizende englische Tiere edwardianische Kleider trugen, mal gut waren, mal böse und mal dumm, Bücher über die Ente, die vom Fuchs umschmeichelt wird, über das Eichhörnchen, das so viele Nüsse frisst, dass es aus seinem Loch im Baumstamm nicht mehr herauskommt; sie hatte in einen Schokoriegel aus der Vorkriegszeit gebissen, und der Abdruck ihrer Zähne hatte sie überlebt, dort in der Scheune, jahrzehntelang nach ihrem Tod 19-irgendwas.

Er war Assistent eines Regieassistenten gewesen, einer

seiner frühesten Jobs. Es war der erste Film in seinem Arbeitsleben, dessen Drehbuch von Paddy stammte.

Durch ihr Drehbuch war aus einem eher schwunglosen Streifen ein nachdenklicher Film geworden. Außerdem hatte sie die Aufnahmen des Zähneabdrucks in der Schokolade ins Script hineingeschrieben, so dass sie die Aufnahmen letztlich auch verwenden mussten.

Er hatte von irgendwem ihre Adresse bekommen und sich bei ihr gemeldet, als man ihm seinen ersten Soloauftrag anbot. Hatte ihr im Hanged Man einen Whisky ausgegeben. Er, gerade einundzwanzig geworden, hatte noch nie zuvor in einem Pub jemandem einen Whisky ausgegeben, erst recht keiner Frau und erst recht keiner glamourösen älteren Frau wie ihr.

— *Weil ich Irin bin?*

— *Weil Sie gut sind.*

— *So ist es, stimmt, das haben Sie messerscharf erfasst. Ich bin sehr gut in dem, was ich tue. Und wie steht's mit Ihnen, sind Sie gut? Ich arbeite nur mit den Besten.*

— *Das weiß ich noch nicht. Vermutlich nicht. Ich bin mehr der eigennützige Typ. Aber Sie haben's drauf, die Zähne in der Schokolade. Dass Sie das reingeschrieben haben.*

— *Ja, Sie haben ein gutes Auge. Das muss ich Ihnen lassen. Und Sie sind sehr jung, da kann noch einiges werden. Und ich soll mit Ihnen arbeiten, weil ich etwas ins Drehbuch reingeschrieben habe, das dazu führte, dass die Ihre Aufnahmen verwenden mussten. Darum geht's?*

— *Ehrliche Antwort? Es war Ihr Drehbuch, durch das ich an den Job gekommen bin.*

26

(Sie schüttelt den Kopf, sieht zur Tür des Pubs.)

– *Sie haben den Film aber auch besser gemacht. Ihr Drehbuch hat dafür gesorgt, dass mehr Realität reinkommt.*

– *Realität, soso?*

(Pause. Zug an der Zigarette, Rauch ausatmen.)

– *Okay.*

– *Okay? Wirklich? Sie sagen ja?*

– *Okay, ich arbeite mit Ihnen. Play for Today, ja? Okay. Unter der Bedingung, dass wir an dem Sendeplatz ein bisschen mehr liefern, etwas Unerwartetes.*

– *Unerwartet inwiefern?*

– *Es gibt Möglichkeiten, diese Zeiten durchzustehen, Doubledick, und ich glaube, eine davon ist die Form, die man dem Erzählen gibt.*

Gestern Morgen, auf den Tag genau einen Monat nach dem Gedenkgottesdienst (sie hatten sie irgendwann vorher im Stillen einäschern lassen, er weiß nicht mal, wann genau, nur die engsten Angehörigen), geht er durch die Euston Road und sieht, als er an der British Library vorbeikommt, eine Frau an der Mauer sitzen, um die dreißig, vielleicht sogar noch Ende zwanzig, Decken, ein Stück Pappe, von einem Karton abgerissen, auf dem ein paar Worte um Geld bitten.

Nein, nicht um Geld. Die Worte auf der Pappe sind bitte und helfen und Sie und mir.

Schon am Vormittag ist er beim Gang durch die Stadt an unzähligen Obdachlosen vorbeigekommen. Obdachlose kommen heute wieder ungezählt vor; alte Linke wie er wissen, dass es so ist. Sind die Tories wieder am Ruder, sind die Leute wieder auf der Straße.

Aus irgendeinem Grund sieht er aber sie. Die Decken sind schmutzig, die Füße auf dem Gehsteig bloß. Er hört sie auch. Sie singt für niemanden – nein, nicht für niemanden, für sich selbst –, singt mit auffallend schöner Stimme ein Lied, und das Viertel vor acht am Morgen. Das Lied geht so:

tausendmal tausend
rennen durch die Straßen der Stadt
oh, niemand und nichts
oh, niemand und nichts
oh, gar nichts

Richard geht weiter. Hört mit dem Weitergehen auf, als er gerade an der Vorderseite von King's Cross vorbei ist. Er macht kehrt und geht in den Bahnhof hinein, als hätte er das von Anfang an vorgehabt.

In der Mitte der Bahnhofshalle steht ein Kiosk unter der riesigen Erinnerungsmohnblume. An dem Kiosk gibt es Schokolade in Form von Haushaltsgeräten und Werkzeug: Hammer, Schraubenzieher, Zange, Besteck, Tassen und so weiter; man kann da eine Tasse aus Schokolade kaufen, eine Untertasse aus Schokolade, einen Teelöffel aus Schokolade und sogar eine Espressomaschine für die Herdplatte aus Schokolade (die ist allerdings teuer). Die Schokoladensachen sind ungewöhnlich lebensecht, vor dem Kiosk steht eine Traube von Menschen. Ein Mann im Anzug kauft einen ganz echt aussehenden Wasserhahn für die Spüle aus Schokolade, der silbern besprüht ist; die Verkäuferin legt ihn behutsam in ein Kästchen, das sie vorher mit Stroh auspolstert.

Richard schiebt seine Karte in einen Fahrkartenautomaten. Tippt den Namen des Ortes ein, der das Weiteste ist, wohin man von hier mit dem Zug fahren kann.

Steigt in einen Zug ein.

Sitzt einen halben Tag darin.

Ungefähr eine Stunde bevor der Zug sein endgültiges Fahrziel erreicht, sieht Richard durchs Fenster Berge vor Himmel und beschließt, schon hier auszusteigen. Was sollte ihn hindern, zu tun, was er will, und an einem Ort auszusteigen, der nicht auf der Fahrkarte aufgedruckt ist?

Oh, niemand und nichts.

Er hatte immer gedacht, King Gussie wird wie ein Reim zu Gassi ausgesprochen, und so hörte es sich auch von der Automatenstimme an, die in Londons King's Cross aus den Lautsprechern über seinem Kopf drang, bevor er in den Zug einstieg.

Die Betreiber der Pension, an deren Tür er nach seiner Ankunft klopft, sagen aber Kin-*you*-see. Sie werden misstrauisch sein. Was ist das für einer, der nicht im Voraus per Handy bucht? Nicht einmal ein Handy hat?

Er wird auf der Kante des fremden Betts in der Pension sitzen. Wird auf dem Fußboden sitzen, eingekeilt zwischen Bett und Wand.

Bis zum Morgen werden seine Kleider den Geruch des Lufterfrischers in dem Zimmer angenommen haben, in dem er die Nacht verbringen wird.

11:29. Eine Automatenstimme bittet über das Lautspre-
chersystem des Bahnhofs um Verständnis dafür, dass die
ScotRail-Verbindung aus Edinburgh Waverley, planmäßige
Ankunft 11:08, wegen einer Störung im Betriebsablauf südlich von Kingussie Verspätung hat, dass die ScotRail-Verbindung nach Inverness, planmäßige Abfahrt 11:09, wegen
einer Störung im Betriebsablauf südlich von Kingussie Verspätung hat, dass die ScotRail-Verbindung aus Inverness,
planmäßige Ankunft 11:35, wegen einer Signalstörung Verspätung hat und dass die ScotRail-Verbindung nach Edinburgh Waverley, planmäßige Abfahrt 11:36, wegen einer
Signalstörung Verspätung hat.

Tja, Signale können ein Problem sein, sagt Richard zu
seiner imaginären Tochter.

Dann fragt sich auch, wem man eine Plattform bietet,
sagt seine imaginäre Tochter.

(Seine imaginäre Tochter hat er noch, auch wenn Paddy
tot ist.)

Wenn er sich nicht sicher ist, was etwas gerade Aktuelles

bedeutet, fragt er seine imaginäre Tochter. Zum Beispiel bei #metoo.

Das bedeutet, du bist auch betroffen. Auch du.

Dann hatte sie gelacht.

Was ist ein Hashtag?, hatte er sie gefragt.

In seinem Kopf ist sie seit gut zwanzig Jahren ungefähr elf. Dass es patriarchalisch von ihm ist, falsch, ihr kein Leben als Erwachsene zuzugestehen, bis jetzt jedenfalls nicht, weiß er. (Er ist bestimmt nicht der einzige Vater, bei weitem nicht, der so fühlt oder so denken würde, wenn er könnte.)

Hashtag hat nichts mit Hasch zu tun, sagte seine imaginäre Tochter. Nicht rauchen und nicht essen, klar?

Zu Ehren seiner realen Tochter, wo immer auf der Welt sie sein mag, vorausgesetzt, sie ist noch auf der Welt, hat er den Ausdruck online nachgeschlagen.

Wurde auch Zeit, dachte er.

Hinterher konnte er zwei Wochen lang nicht schlafen, lag Nacht für Nacht bis vier Uhr wach und grübelte über dieses oder jenes Mal nach, als er geglaubt hatte, er könnte sich bei den Frauen, mit denen er zusammen war, benehmen, wie er lustig war. Er hatte manchen Oberschenkel berührt. Hatte manche Gelegenheit wahrgenommen. Und war in den allermeisten Fällen damit durchgekommen. Beschwert hatte sich nie eine.

Jedenfalls nicht bei ihm.

Nach zwei Wochen konnte er allmählich wieder schlafen. Er war einfach zu müde.

Ich konnte manchmal schon ein Teufel sein, weißt du, sagte er in Gedanken zu seiner imaginären Tochter.

Ich hab nichts anderes erwartet, sagte sie.

Ich konnte manchmal schon ein Teufel sein, weißt du, sagte er in Gedanken zu seiner realen Tochter.

Schweigen.

Vorigen März. Fünf Monate vor ihrem Tod. Meilenweit stapft er durch Schneematsch von seiner Wohnung zu ihrer. Läutet an der Tür. Einer der Zwillinge macht ihm auf. Paddy ist hinten. Als sie ihn in der Diele hört, ruft sie:

Ist das mein geliebter König der Künste?

Sie ist so mager, dass man meint, ihr Arm könnte brechen, wenn sie einen Becher Tee anhebt. Doch als er vor ihr steht, bläst ihm der Sturm ihrer Worte entgegen: Sein Haar ist zu lang, sein Hemd voller Flecken, was hast du gemacht, gegessen wie ein Irrer? Sieh dir deine Hose an, hast du keine Stiefel? Sieh dir deine arme schöne Hühnerbrust in dem bekleckerten Hemd an, Dick, wofür hältst du dich, für Perikles von Tyrus?

Perikles von Müd und Matt, sagt er. Sechs Meilen durch Schneestürme, um mit dir über gutes Benehmen zu sprechen.

Ach, *du* bist der Müde, du hemmungsloser Jammerlappen. Ich bin diejenige, die stirbt, sagt sie. Zieh deine nassen Schuhe aus.

Du wirst niemals sterben, Paddy, sagt er.

O doch, das werde ich.

Nein, wirst du nicht.

Werd erwachsen, sagt sie, das ist kein Kasperletheater, wir werden alle sterben, das ewige Leben ist ein modernes Märchen, eine rechte Misere, darauf darf man nicht reinfallen, und jetzt bin ich es, die in das Boot mit dem Loch steigen muss, nicht du, also komm mir nicht so.

Wir sitzen alle im selben Boot, Pad, sagt Richard.

Hör auf, mir meine Tragödie zu stehlen, sagt sie. Stell die Schuhe auf den Heizkörper. Runter mit den Socken und rauf damit auf den Heizkörper. Dermot, hol ein Handtuch und setz Wasser auf.

Das Schiff der liberalen Welt, sagt er. Wir dachten, wir wären Schiffskameraden und würden für immer in den Sonnenuntergang segeln.

Das war einmal, aus und vorbei, sagt sie. Wie macht sich das Schiff der neuen Weltordnung da draußen?

Er lacht.

Wie in einem Computerspiel, sagt er. Digital konzipiert, damit man es mit Torpedos beschießen kann.

Menschlicher Einfallsreichtum, sagt sie. Man muss ihn beklatschen, wenn er so interessante neue Arten erfindet, Spaß am Zerstören zu haben. Wie geht's dir, abgesehen vom Ende der liberalen kapitalistischen Demokratie? Ich meine, schön, dich zu sehen, aber was willst du?

Er berichtet ihr seine Neuigkeit. Er ist gerade Martin Terps neuestem Werk zugeteilt worden.

Terp? Ach herrje.

Ich weiß, sagt Richard.

Möge Gott dir beistehen, und den Beistand wirst du auch brauchen, sagt sie. Zugeteilt wofür? Um was zu tun?

Er erzählt ihr von dem Roman über die zwei Schriftsteller, die 1922 zufällig beide in derselben kleinen Ortschaft in der Schweiz lebten, sich aber nie begegneten.

Katherine Mansfield?, sagt sie. Wirklich? Bist du dir sicher?

Das ist der Name.

Eine Nachbarin von Rilke? Und das stimmt?

Die Danksagung hinten im Roman beteuert, dass es stimmt, sagt er.

Was für ein Roman? Geschrieben von wem?

Ein literarischer, sagt er. Der zweite Roman von Nella irgendwas, Bella. Viel Sprache. Wenig Handlung.

Und so ein Projekt haben die Terp anvertraut?, sagt sie.

Es ist ein Bestseller. Stand auf allen Shortlists, sagt er.

Die Ecke habe ich nicht mehr so auf dem Radar, sagt sie. Taugt das Buch was?

Im Klappentext des Paperbacks steht, ein Idyll der Ruhe und des Friedens, ein Geschenk aus der Vergangenheit, mitreißend, richtig zum Schwelgen, Auszeit von der Epoche des Brexit, all so was, sagt er. Mir hat es sehr gefallen. Zwei Menschen, die ein ruhiges Schriftstellerleben führen und ab und zu in einem Hotelflur aneinander vorbeigehen. Die eine vollendet ein Lebenswerk, obwohl sie es nicht weiß. Sie ist krank. Um den Streitereien mit ihrem Ehemann, der oben auf dem Berg lebt, zu entkommen, ist sie in das Hotel weiter unten gezogen und wohnt dort mit ihrer Freundin,

36

die etwas verhuscht wirkt. Der andere Schriftsteller, wie sprichst du den Namen aus?

Rilke, sagt Paddy.

Er hat Anfang des Jahres ein Lebenswerk vollendet, sagt Richard, und ist erschöpft. Der Turm, in dem er lebt, wird gerade renoviert, deshalb ist er für die Dauer der Sanierung in dasselbe Hotel unten an der Straße gezogen. Die ist beendet, er geht nach Hause und verlässt das Hotel genau in dem Moment, in dem sie eintrifft, mit Freundin, die wie ein Packpferd sämtliche Taschen auf dem Rücken trägt. Er isst aber gern dort und wandert deshalb abends meistens zum Essen die Straße hinunter, es ist ein Skiresort und Sommer, deswegen ist im Hotel und in der Stadt nicht viel los, und manchmal ergibt es sich, dass die beiden Schriftsteller nicht weit voneinander entfernt im selben Speisesaal sitzen. Manchmal gehen sie in den Hotelanlagen aneinander vorbei. Der Roman macht aber auch ziemlich viel Gewese darum, dass oben die Berge sind und sie da unten und so weiter, dass sie vor dieser prächtigen Alpenkulisse einfach ihr Leben führen.

Und was passiert?, sagt Paddy.

Ich hab dir gerade die ganze Handlung erzählt, sagt er.

Hm.

Eine neue Jahreszeit beginnt, sagt er. Sie lernen sich nie kennen. Pferde, Glockenhüte und schmale Westen, hohes Gras und Weiden mit grasenden Kühen, die Glocken um den Hals haben. Ein Kostümstück.

Sie schüttelt den Kopf.

Aber Terp, sagt sie. Eine Katastrophe. Kannst du dir das vom Hals schaffen?

Er hält die Manschette seines Hemds hoch, damit sie sieht, wie durchgescheuert die ist. Dann hält er ihr die andere Manschette hin, genauso durchgescheuert.

Hast du schon ein Drehbuch gesehen?, fragt sie.

Ja.

Kommen Terroristen drin vor?

Sie lachen beide. Im vorigen Jahr haben sie sich zusammen die komplette iPlayer-Staffel des National Trust angesehen, Martin Terps letztes Drama, von den Medien durch die Bank hymnisch besprochen: fünf von zwerchfellerschütternden Detonationen strotzende Episoden über eine gemeinsame Operation von Polizei und Geheimdienst gegen eine Gruppe islamistischer Terroristinnen, die sich mit Sprengstoffwesten am Leib in einem Herrensitz im Norden Englands verschanzt und ein paar Prominente und einen frisch zertifizierten Fremdenführer durch das historische England als Geiseln genommen hatten.

Ich bin heute hier, um dir Folgendes mitzuteilen, Paddy, sagt Richard. Es gibt Schlimmeres als Terroristen.

Martin Terp, sagt er, hat bereits einige grob umrissene Sexszenen herumgeschickt, und die Leute bei dem britischen Sender, der die Romanadaption ursprünglich in Auftrag gegeben hat, sowie die Leute bei dem mächtigen Online-Händler, der den Film hauptsächlich finanziert, waren davon alle sehr angetan.

Sexszenen?, sagt Paddy.

Er nickt.

Zwischen Katherine Mansfield und Rainer Maria Rilke? Wann, in welchem Jahr sagtest du – 1922?

In seinem Turm, in ihrem Hotelzimmer, in verschiedenen anderen Hotelbetten, inklusive dem ihrer Freundin, wodurch es zusätzlich einen lesbischen Touch bekommt, und – warte, ich bin noch nicht fertig – in den Hotelanlagen in einer kleinen Grotte, in der sonst ein Streichquartett spielt, im Hotelflur, hinter einer Kübelpflanze, in eine Gardine eingewickelt, und im Billardzimmer des Hotels auf dem Billardtisch, während die Bälle in alle Richtungen davonrollen. Komödiensex.

Paddy lacht laut los.

Ich lache nicht über den Komödiensex, sagt sie. Ich lache, weil es nicht nur lachhaft ist, sondern unmöglich. Erstens hatte Mansfield 1922 Tuberkulose im Endstadium. Sie starb Anfang 1923 daran.

Ich weiß, sagt er. Von ihrer Tuberkulose bin ich hier schon ganz wund.

Er nimmt Paddys magere Hand und legt sie auf seine Brust. Sie lächelt ihn an, hebt eine Braue.

Fish are jumping, Doubledick.

Somatize and the living is easy. Seit ihrer ersten Gemeinschaftsarbeit, seit See von Plagen, als er für die Dauer der sechswöchigen Dreharbeiten buchstäblich irisch-grün im Gesicht war, wie sie es nannte und was sie als Seekrankheit diagnostizierte, hat Paddy die Theorie, dass es ein gutes Omen ist, wenn sich das, was er tut, in seinem Körper manifestiert. Dann kommt etwas Gutes dabei heraus.

Er grinst, lässt ihre Hand los.

Ohne dich bringe ich doch nichts Gutes zustande, sagt er.

Da würde ich dir ja gern widersprechen, aber wie kann

ich das, nachdem ich von dir höre, dass Terp mich ersetzen wird, sagt sie. Verärger mich nicht noch mehr. So einen Film mit dir zu machen, dafür würde ich viel geben. Katherine Mansfield, Herrgott, ein Drehbuch über Katherine Mansfield. Und Rilke. Giganten der Literatur. Mansfield und Rilke, selbe Zeit, selber Ort. Unglaublich.

Wenn dich das interessiert, sagt Richard.

Und ob es mich interessiert!, sagt sie. Die Erzählungen, die Mansfield in der Schweiz geschrieben hat, waren ihre besten. Und er hat die Elegien endlich zu Ende gebracht und schreibt die Sonette an Orpheus. Zwei scharfsinnige Geister steigen hinab ins Dunkel und loten aus, wie man über das Leben und den Tod sprechen soll. Und verwenden dabei bahnbrechende neue Formen. Am selben Ort, zur selben Zeit. Die bloße Vorstellung! Überwältigend, wenn es denn stimmt, Dick. Wirklich.

Wenn du das sagst.

Sie schüttelt den Kopf.

Rilke, sagt sie. Und Mansfield.

Jetzt dämmert es Richard, jetzt fällt bei ihm der Groschen. Katherine Mansfield wird eine der vielen Schriftstellerinnen sein, von denen Paddy ihm die ganze Zeit erzählt hat, eine der Autorinnen, von denen sie seit Jahrzehnten spricht. Er hat aber nie zugehört und sich nicht weiter darum gekümmert.

Er sagt, was ihm gerade einfällt, er hätte sich die von ihr über die Jahre immer wieder erwähnte Mansfield eher viktorianisch vorgestellt, als Typ dünnes Fräulein, steif und züchtig.

Steif und züchtig!, sagt Paddy. Mansfield!

Sie lacht laut los.

Katherine Mansfield Park, sagt sie.

Richard lacht mit, auch wenn er eigentlich nicht kapiert, was so komisch sein soll.

Sie war eine Abenteurerin durch und durch, in jeder Hinsicht, sagt Paddy. Sexuell, ästhetisch, gesellschaftlich. Eine richtige Weltenbummlerin. Ein Leben voller Liebschaften aller Art, sehr gewagt für ihre Zeit. Ich meine, sie war furchtlos, Gott weiß wie viele Male schwanger, immer von den Falschen, sie hat einen praktisch Fremden geheiratet, damit ihr Kind, das von einem anderen war, legitim wurde, es dann aber verloren. Steht das auch im Buch?

Nein, sagt Richard. Nichts dergleichen.

Sie hat sich im Ersten Weltkrieg hinter die Frontlinie durchgeschlagen, um eine Nacht mit einem französischen Liebhaber zu verbringen, der im Feld stand. Sie zeigte den Beamten eine Postkarte von ihrer »Tante«, sie soll bitte gleich zu ihr kommen. Die Karte war von ihrem Soldaten. Unterschrieben mit Marguerite Bombard. Ein Bombardement mit Gänseblümchen! Damit erregte sie heftigen Anstoß bei denen, die *sich* für die richtigen Sozialrevolutionäre hielten und nun als Spießer dastanden, Woolf, Bell, die Bloomsburys. Eine Wilde aus Neuseeland, das war sie für sie, die Kleine aus den Kolonien. Oh, sie war eine echte Pionierin.

Paddy schüttelt den Kopf.

Schon das Gewicht der Decke auf ihrer Brust war Mansfield 1922 in ihrem Bett zu viel, sagt sie. Geschweige denn Sex.

1922, großer Gott, meines Wissens war sie schon so schwach, dass sie kaum noch von einem Wagen bis zur Hoteltür gehen konnte. Außerdem waren Hotels bei Schwindsüchtigen heikel und ließen eine Frau, die hustete, nicht bleiben. In der Schweiz hielten sie's vielleicht anders, da war der Schwindsüchtigen-Tourismus ein Wirtschaftszweig.

Wirtschaftszweig inwiefern?, sagt Richard.

Gute saubere Luft.

Wie kommt es, dass du immer alles weißt, Paddy?

Bitte, sagt Paddy. Hack nicht auf mir herum, wenn ich mal was weiß. Ich bin eine aussterbende Art, ich bin das, was da draußen für niemand mehr von Belang ist. Bücher. Wissen. Jahrelanges Lesen. Soll heißen, ich *weiß* halt manches.

Deswegen bin ich hier, sagt er.

Dachte ich mir, sagt sie.

Sie drückt sich an die Tischkante und schiebt ihren Stuhl zurück. Hält sich an der Tischkante fest und zieht sich hoch. Bleibt einen Moment so, weil ihr vom Aufstehen schwindlig geworden ist. Er strafft sich, macht schon Anstalten, ihr zu helfen.

Nicht, sagt sie.

Sie sieht zu der mit Büchern vollgestellten Diele.

Ich glaub, der Rilke, den ich mal hatte, ist längst im Himmel des Secondhandladens von Amnesty, sagt sie. Ein Mann, der schon eine Weile, bevor er wirklich starb, einen schönen Tod hatte. Schau dir diese Schale Rosen an, sagte er, und vergiss die sogenannte Wirklichkeit mit ihren Zerstreuungen. Aber Engel und Rosen und das Einssein im

Tode, du in mir und ich in dir, und zusammen überwinden wir sterbend den Tod, so etwas erträgt eine Frau auch nicht unbegrenzt. Erst recht nicht, wenn sie gerade stirbt. Aber ich bin ungerecht.

Sie schleppt sich zum Eingang in die Diele. Stützt sich an der Wand ab, dann an den Büchern und geht am Regal entlang, bis sie bei den Buchstaben des Alphabets ist, zu denen sie will.

Nö, kein Rilke mehr da, sagt sie. Ich hab's dir gesagt, ich war ungerecht. Aber ich hab jede Menge Mansfield für dich.

Sie zieht ein Buch heraus, schlägt es auf, lehnt sich gegen die anderen Bücher und blättert. Klappt das Buch zu und klemmt es sich unter den Arm. Zieht noch zwei Bücher hervor. Zu dem Zeitpunkt hat Paddy noch so viel Kraft, dass sie, an ihre Brust gedrückt, zwei, drei Bücher tragen kann. Sie lässt sie vor ihm auf den Tisch fallen. Er liest, worauf sein Blick fällt, als eines aufklappt.

Ein Sturm tobt, während ich diesen öden Brief schreibe. Es klingt so prachtvoll, dass ich am liebsten draußen wäre.

Ha, sagt er.

Paddy lächelt. Sie tippt mit einem Krallenfinger zweimal auf das Datum oben auf der aufgeschlagenen Seite. 1922, heißt es da. Sie geht zu ihrem Stuhl zurück und lässt sich hinabsinken.

Aus dem Jahr kannst du einiges herausholen, sagt sie. Einer von fünf aller 1922 auf der Welt lebenden Millionen gehört wozu?

Sie hebt eine Braue und wartet, was Richard sagen wird. Er sagt nichts. Er hat keine Ahnung, was er sagen soll.

Zum britischen Weltreich, sagt sie. Und wenn ich mal in Gedanken um die Welt reise, beginnt Mussolinis Griff nach der Macht nicht ungefähr um diese Zeit? Kommt das in dem Roman vor?

Du kennst mich doch, sagt er. Ist mir vielleicht entgangen. Ich bin nicht der aufmerksamste Leser.

Und, näher an zu Hause, 1922, die Ermordung von Michael Collins, sagt sie.

Natürlich, sagt Richard und kramt in seinem Gedächtnis, wer Michael Collins ist.

Überleg mal, sagt Paddy. Irland in Aufruhr. Eine ganz neue Union. Eine ganz neue Grenze. Die altbekannten inneririschen Unruhen ganz neu. Sag nicht, das wär jetzt nicht wieder genauso wichtig wie seit eh und je.

Sie schließt die Augen.

Und erinnere Terp vielleicht auch an Wilson, sagt sie. Das wird ihm gefallen, noch ein Attentat. Ich meine Henry Wilson, du weißt, wer das war?

Mmh, sagt Richard.

Beginnt seine Militärkarriere bei der Milizbrigade, wird Kommandeur im Burenkrieg, im Ersten Weltkrieg Oberkommandierender des Generalstabs, strammer Befürworter der irischen Unabhängigkeit, und als die Republikaner ihn vor seinem Haus erschießen, gießen sie weiteres Öl in das schon brennende Feuer, das Feuer des irischen Bürgerkriegs. Aber das wusstest du ja alles, nicht? Was noch? (Einmal in Fahrt, ist Paddy nicht zu bremsen.) 1922. Das Jahr, in dem alles, was in der Literatur etwas galt, in Stücke ging. Zerrann. Auf dem Sand von Margate.

44

Absolut, sagt er ausdruckslos.

Ich meine, sagt sie, all das auf dem Silbertablett *und* eine Geschichte, die es in sich hat. Reale Menschen, durch Zufall am selben Ort, die das aber nicht wissen und sich nicht begegnen. Die ganz dicht aneinander vorbeigehen. Nur Zentimeter entfernt. Das allein ist schon toll. Und die eine hat einen Bruder an die Kriegsmaschinerie verloren, der andere beinahe den Verstand. Aber was sie schreiben, ändert alles. Sie brechen Formen auf. Sie sind die Moderne. Schriftsteller wie Zola und Dickens geben den Staffelstab an Schriftsteller wie Mansfield und Rilke weiter, die beiden großen Heimatlosen, die großen Außenseiter. Sie war Neuseeländerin, er war, was war er, Österreicher? Tscheche? Böhme?

In dem Buch klang er wie ein echter Bohemien, sagt er.

Nicht Bohemien, Böhme, sagt sie. Hör zu. Britisches Weltreich, deutsches Weltreich, sie reiben aneinander wie zwei riesige Mühlsteine, all die Millionen, die bereits tot sind, und sie sind drauf und dran, im nächsten Krieg noch einmal Millionen zu Staub zu zermahlen. Das könnte etwas werden, Doubledick. Könnte echt was werden. Sag das Terp. Sehnsucht nach der vergangenen Größe und Macht des Empire. Das könntest du brauchen.

Ich höre dich, sagt er. Ja.

Und als Hintergrund, sagt Paddy. Alles, was ein Gebirge bedeuten kann.

Wie meinst du das, was ein Gebirge bedeuten kann?, sagt Richard.

Gott steh ihnen bei in ihrem Schweizer Bergdorf, sagt

sie, und rings um sie herum die großen scharfkantigen Haifischzähne Gottes, so als säßen sie schon auf der Zunge eines Riesenmauls. In der Schweiz, der sogenannten neutralen Zone, und trotzdem liegen hier wie bei der Spanischen Grippe schon die Sporen des nächsten Anfalls von imperialem Faschismus in der Luft.

Ja, sagt Richard. Genau.

(Du lieber Himmel, denkt er, als er es sagt.

Was soll ohne sie bloß aus der Welt werden?

Was soll ohne sie bloß aus mir werden?)

Und das ist erst der Anfang, sagt sie. Da kommt noch mehr. Viel, viel mehr. Ich lass es mir mal durch den Kopf gehen. Ich mach ein paar Notizen für dich, soll ich, Doubledick?

Eine Erleichterung durchströmt Richard, als hätte jemand irgendwo in seinem Körper eine warme Brause aufgedreht. Suppt die Erleichterung schon durch? Er sieht prüfend an seinen Kleidern hinab. Alles noch trocken. Er hebt die Augen wieder.

Danke, sagt er. Paddy. Du bist die Beste.

Alles kann ich dir aber nicht abnehmen, sagt sie.

Nein, nein, das erwarte ich auch gar nicht von dir, sagt er.

Er zwinkert ihr zu. Sie verzieht keine Miene, bleibt ernst.

Du und deine Ansprüche, sagt sie. Wenn es nach dir ginge, müsste ich dir noch aus dem Grab Recherchen zu Geschichten schicken, Aufsätze aus dem Jenseits, Rilke dies, Mansfield das, und sogar dann würdest du dich noch über die Handschrift beklagen.

Paddy, sagt er.

Nachdenken musst du schon selber, sagt sie.

Ich bin zu nichts zu gebrauchen, Pad, sagt er. Das weißt du.

Nein, du hattest immer eine Gabe, die Stimme zu erkennen, sagt sie.

Ha.

(Kein Wunder, dass er sie so gernhat.)

Aber du musst mehr verlangen, sagt sie. Dich mehr durchsetzen. Du musst willens und in der Lage sein, Terp zu sagen, wo es langgeht.

Mach ein paar Notizen für mich, Pad.

Du kannst immer auf deinen alten Notizblock zurückgreifen, sagt sie.

Ein alter Witz zwischen ihnen. Sie lachen wie Schulkinder. Der Zwilling, der ihm die Tür aufgemacht hatte, erscheint unter dem Dielenbogen.

Wir finden, es wäre vielleicht besser, wenn du jetzt gehst, Richard, sagt er. Unsere Mum sieht etwas müde aus.

Arbeitstitel?, sagt Paddy.

Sie sagt es, als ob der Zwilling nicht da wäre. Richard beachtet ihn ebenfalls nicht.

Der gleiche wie der Roman. Um den Leuten einzureden, dass es gut sein muss, weil es die Verfilmung eines Buchs ist, das viele gekauft haben.

Und wie heißt der Roman?, sagt sie.

April, sagt Richard.

Ah, sagt Paddy. Natürlich. Was für ein Buchtitel. April.

Sie schließt die Augen. Mit einem Mal sieht sie sehr müde aus.

Er zieht eine noch feuchte Socke an. Steht ohne Schuhe an den Füßen auf, hebt sie vom Heizkörper und hält sie an den Fersen.

Sie ballt eine Faust auf dem Tisch.

Unsere einfachen Frühlingsblumen, die möchte ich noch einmal sehen, sagt sie.

Richard zieht einen durchgeweichten Schuh an. Zuckt zusammen, so kalt ist er am Fuß.

Also, *das* ist damit gemeint, wenn man sagt, jemand hätte kalte Füße bekommen, sagt er.

Bleib so lange, wie du willst, sagt sie mit noch immer geschlossenen Augen. Mach dir was zu essen. Ich hab jede Menge im Kühlschrank.

Soll ich dir etwas machen?, sagt Richard.

O Gott, nein. Ich kriege nichts runter.

Darum haben wir uns schon gekümmert, Richard, danke, sagt der Zwilling.

Paddy hat die Augen immer noch zu. Sie schwenkt den Arm über dem Tisch.

So lange, wie du willst, sagt sie. Und nimm die Bücher mit, wenn du gehst. Die Briefbände auch, alle. Da steht noch mehr, unter M. Im Regal.

Deine Bücher nehme ich nicht, Paddy, sagt er. Kommt nicht in Frage, dass ich deine Bücher nehme.

Es ist ja nicht so, als würde ich sie noch brauchen, sagt sie. Nimm sie.

Immer noch 11:29.

Richard atmet ein. Das schmerzt.

Daran ist Katherine Mansfield schuld.

Somatisiert er jetzt auch noch die Leukämie des Dichters Rainer Maria Rilke? Ein bisschen bange ist ihm schon.

Angeblich ging Rilke hinaus in den Rosengarten, den er um den Turm herum angelegt hatte, und pflückte ein paar Rosen, weil eine schöne Frau aus Ägypten zu Besuch gekommen war und er sie damit willkommen heißen wollte. Doch ein Dorn an einem Stiel stach ihn in die Hand oder den Arm. Der Arm entzündete sich. Sein anderer Arm schwoll ebenfalls an. Dann starb er.

Und ausgerechnet er hatte eine Menge Gedichte über Rosen geschrieben – das entbehrt nicht der Komik, wie sogar Richard begreift, obwohl er von dem Dichter Rilke nicht viel gelesen hat; bis zu diesem Jahr hat er nicht einmal von ihm gehört. Inzwischen hat er online zwar einiges von Rilke gelesen, müsste jedoch, spräche er mit Paddy, zugeben, dass er nicht viel davon kapiert. Ein Baum, der in einem Ohr wächst, wie soll das gehen? Da ist doch kein Platz drin.

Der Mann Rilke ist anscheinend aber ein rechter Charmeur und Opportunist gewesen, zumindest hat Richard das dem Roman und den überflogenen Webseiten entnommen, insofern, als er jedes Mal, wenn eine Dame ihn besuchen kam, irgendwann während des Besuchs feierlich vor sie hintrat, ihr ein Gedicht vorlas und ihr, bevor sie wieder ging, das vorgelesene Gedicht ebenso feierlich überreichte, eigenhändig abgeschrieben und mit einer persönlichen Widmung versehen, so dass sie in dem Glauben vom Turm abreiste, er hätte das Gedicht speziell für sie geschrieben. In Wahrheit war es vielleicht schon Jahre vorher entstanden, und nach Rilkes Tod stellten diverse Damen enttäuscht fest, dass er alte Gedichte bei ihnen wiederverwertet hatte, manchmal ein und dasselbe bei mehreren Frauen.

Der Charme hat ihm jedenfalls viele Türen geöffnet, und Rilke war anscheinend keineswegs reich und als Dichter auf Unterstützung durch Mäzene und Mäzeninnen angewiesen (durfte man Mäzeninnen auch sagen, oder war das unfeministisch? Trat man Frauen damit auf den Schlips?). Besonders gern logierte er als Gast reicher Leute in großen Palazzos und Schlössern. Wer nicht?

Aber der Rosendorn. Die den Damen überreichten Gedichte. Der Charme.

Wie es in der Geschichte heißt usw.

Genau damit will Richard aber doch nichts mehr zu tun haben, oder?

Ihm ist urplötzlich speiübel.

Gut möglich, dass er sich übergeben *muss*.

(Ist das ein Symptom für Leukämie?)

Er sieht sich nach einem Abfallbehälter um. Möchte sich nicht auf so einen gepflegten Bahnsteig übergeben.

In dem Fall, sagt seine imaginäre Tochter in seinem Ohr, wirst du dich wahrscheinlich nicht übergeben. Man kann nicht überlegen, ob es in Ordnung ist, sich da, wo man gerade ist, zu übergeben, wenn man es wirklich muss. Und ein Ohr ist allemal groß genug für einen Baum. Ein Baum im Ohr. Eine Rose im Blut. Schau, wo ich selber lebe.

Richard sieht noch einmal auf die Uhr.

11:29.

Ist die Uhr kaputt?

Ist eine Minute wirklich so lang?

Trägt er die kaputte Uhr in sich?

Er verlässt den Bahnhof, geht eine Weile auf dem Platz davor herum und sucht nach irgendetwas Realem, das seine Gedanken von den anderen Realitäten abzieht.

Weiter drüben ist ein hoher Steinbau, ein Kriegerdenkmal vielleicht. Er wird rübergehen und die an der Seite eingemeißelten Namen der Toten lesen.

Es stehen aber keine Namen von Toten drauf.

Stattdessen steht da, in goldenen Lettern auf einer in den Stein eingelassenen Plakette:

MACKENZIE-BRUNNEN

SEINER HEIMATSTADT GESTIFTET
VON

PETER ALEXr CAMERON MACKENZIE
GRAF VON SERRA LARGO
VON TARLOGIE
UND EINGEWEIHT VON
DER GRÄFIN VON SERRA LARGO
21. JULI 1911

Es ist ein alter Trinkbrunnen, einer, in dem kein Wasser ist.

Richard umringt ihn einige Male. Liest noch einmal die Aufschrift. Wie seltsam. Schottland begegnet Portugal, ist es überhaupt Portugal? Oder Südamerika? Er tastet nach seinem Handy, will nachschauen.

Kein Handy.

Er schlendert hinüber zu dem Kaffeewagen vor dem Bahnhof.

Écossécoffee
Immer ein Becher
Freundlichkeit

Die Durchreiche ist verwaist. Richard klopft an die rostige Seitenwand des Wagens.

Eine Frau erscheint, indem sie sich wie eine Raupe über die Vordersitze des Trucks windet und kopfüber hinab-gleiten lässt. Als sie sich aufrichtet und in der Durchreiche erscheint, sieht man ihr an, dass sie verärgert ist, weil das nötig war. Sie sieht schlaftrunken aus, steckt anscheinend in einem Schlafsack, den sie sich vorn an die Brust drückt.

Ja?, sagt sie.

Viel zu tun heute, sagt er.

Sie sieht ihn ausdruckslos an.

Habe ich Sie geweckt?

Wollen Sie mir unterstellen, ich schlafe in diesem Van?, sagt sie.

Er errötet.

Nein, sagt er.

Was kann ich für Sie tun?

Sie ist nicht so jung, wie er im ersten Augenblick dachte, hat dunkle Ringe unter den Augen, das Gesicht ist verlebter, verbrauchter. Fünfzig? Sie merkt, dass er ihr Alter schätzt, und bedenkt ihn mit einem sarkastischen Blick.

Ich wollte fragen, ob Sie mir sagen könnten, wo sich hier in der Nähe eine öffentliche Bibliothek befindet, sagt er. Ich wette, Sie sind erleichtert, dass der Brunnen nicht funktioniert. Das würde sonst bestimmt Ihren Umsatz schmälern. Die Tafel an der Seite interessiert mich. Ich meine, was kann Serra Largo mit dieser Gegend hier zu tun gehabt haben?

Die Bibliothek ist geschlossen, sagt die Frau.

Richard schüttelt den Kopf, guckt traurig.

Was ist das nur für eine Zeit, in der wir leben, sagt er. Was ist das für eine Kultur, die nicht will, dass ihre Menschen etwas wissen? Was für eine Kultur will, dass manche weniger Zugang zu Information und Wissen haben als andere, die es sich leisten können, dafür zu bezahlen? Das ist wie aus einem totalitären Science-Fiction-Film. In den Siebzigern wäre das ein guter Filmstoff gewesen, ich war damals so was wie ein Filmemacher. Bin es noch, sagt mein Sündenkonto. Aber heute sind die Zeiten andere, und zwar sehr. Wenn wir ihnen damals erzählt hätten, was heute alles passiert, hätte uns das niemand geglaubt. Ich meine, das ist Ragnarök.

Nein. Kingussie, sagt die Frau.

Nein, sagt Richard. Ich meine, es ist das Ende der Welt. Bibliotheksschließungen.

Sie ist nicht zu im Sinne von *dauerhaft geschlossen*, sagt sie. Sie hat dienstags zu.

Oh, sagt Richard.

Morgen ist wieder geöffnet, sagt die Frau.

Ah.

Sonst noch etwas?

Nein, nein, sagt Richard. Nein, danke. Es sei denn –

Die Frau hebt die Brauen, wartet.

Sie haben nicht zufällig eine Zitrone, oder?, sagt er.

Eine Limonade?

Nein, eine Zitrone, eine gewöhnliche Zitrone.

Nein, tut mir leid, so was haben wir nicht, sagt die Frau.

Na gut, dann nehme ich die Limonade, sagt er.

Nein, wir haben keine Limonade, sagt die Frau. Limonade führen wir nicht.

Oh, okay. Dann nehme ich einen Espresso.

Es tut mir leid, ich habe heute kein Heißwasser im Van, sagt die Frau.

Ah, verstehe. Dann einen Apfelsaft, haben Sie Apfelsaft?, sagt Richard.

Nein, sagt die Frau.

Genau. Dann einfach eine Flasche Wasser, bitte.

Die Frau lacht.

Ich muss immer lachen, wenn jemand in Schottland Wasser in Flaschen kaufen will, sagt sie.

Stilles, sagt Richard.

Immer, sagt die Frau.

Oder mit Sprudel, falls Sie nur solches haben.

Oh. Wir führen kein Wasser.

Schön, was haben Sie denn?

Wir haben heute überhaupt keine Ware im Van, sagt die Frau.

Warum haben Sie dann geöffnet?, sagt Richard.

Er weist auf die Durchreiche.

Frische Luft, sagt die Frau. Bedienen Sie sich.

Sie will schon gehen.

Großartig, die Berge dort, sagt Richard schnell. Aber großartig im menschlichen Maßstab. Im Vergleich etwa zur Schweiz.

Ja, wahrscheinlich, sagt die Frau.

Muss schön sein, inmitten von Bergen zu leben, die weniger einschüchternd großartig, einfach freundlicher sind, sagt er.

Freundlich?, sagt die Frau. Sie lassen sich leicht täuschen. Die freundlichen Cairngorms? Tausendundeine grauenhafte Art, da oben zu sterben.

Wirklich?, sagt Richard.

Die ausgesetzte Lage, Stürme, Schneestürme, sagt die Frau. Windkanäle, die einen kopfüber in Schneewehen stürzen, so tief, dass man es nicht mehr schafft, sich aus eigener Kraft daraus zu befreien. Schneegestöber, das plötzlich aufkommen kann, und das in jedem Monat des Jahres, sogar im Hochsommer. Whiteouts, Lawinen. Man verliert komplett die Orientierung, wenn das Wetter mit einem Mal umschlägt. Dichter Nebel, der sich aus dem Nichts herabsenkt an Tagen, an denen wenige Meilen entfernt das schönste Wetter ist. Es kann sein, dass die Leute am Loch Morlich in der Sonne liegen, während man sich dort oben Frostbeulen holt im Eis, und meilenweit keine Unterstellmöglichkeit, wohlgemerkt, keine Häuser, keine Straßen, der Schneefall setzt manchmal sehr schnell ein, und es zehrt schon unheimlich, wenn man nur durch hohen Schnee zu gehen versucht, und der reicht einem manchmal bis zur Hüfte. Und im Frühling, wenn es taut, können die schmalen Bächlein, die nach nichts aussehen, breit und mächtig werden, außerdem ist es gefährlich, wenn Menschen sich mit ihrem ganzen Gewicht auf das stützen, was sie für festen Untergrund halten, der in Wirklichkeit aber Eis ist, und wenn es über tiefem Wasser schmilzt, ja, da sind schon etliche ertrunken, und der Wind, der da im April und im Mai manchmal weht, reißt Büsche und kleine Bäume mit den Wurzeln aus dem Boden und schleudert sie einem entgegen.

Meine Güte, sagt Richard.

Die Frau sieht ihn an, Spott in den Augen.

Meine Güte, sagt er noch einmal.

Ja, sagt die Frau. Schön, ganz genau.

Ja. Also, danke, sagt er.

Wendet sich zum Gehen.

56

Der war für die Pferde, sagt die Frau. Für die Kühe, das Vieh dieser Gegend.

Bitte?, sagt Richard.

Der MacKenzie-Brunnen, sagt die Frau. Angeblich ist das Wasser ziemlich weit in die Höhe geschossen.

Oh, sagt Richard. Verstehe.

Klar verstehen Sie, sagt die Frau. Tschüs. Alles Gute.

Sie windet sich, immer noch im Schlafsack, wieder in den Frontbereich des Vans mit der Sitzbank.

Richard bleibt noch einen Augenblick auf dem leeren Parkplatz stehen. Dann geht er in den Bahnhof zurück.

11:37.

Er geht durch das Gebäude durch. Stellt sich wieder auf den leeren Bahnsteig.

Erwägt, die Fußgängerbrücke zu überqueren und sich auf die andere Seite zu stellen.

So was wie ein Filmemacher.

Seine eigene Stimme klingt, wenn er etwas sagt, in seinen Ohren widerwärtig.

Mein Sündenkonto. Das Zeug, das er redet, widert ihn an. *Was hat Serra Largo mit dieser Gegend hier zu tun?*

Er atmet ein. Das schmerzt.

Er atmet aus. Das schmerzt.

Wenn der nächste Zug an diesem Bahnhof durchkommt und anhält, wird er sich in den Spalt zwischen einem Wagen und dem Bahnsteig hinablassen und sich vor den Rädern über die sauberen, gepflegten Schienen legen. Soll der Waggon, unter den er geschlüpft ist, durch das Gewicht seines unaufhaltsamen Vorwärts ein Ende mit ihm machen.

57

Oh, niemand und nichts.

Die Berge erheben sich wie zum Stehen gekommene Wellen über dem Mann auf dem Bahnhof und den Häusern der Stadt.

Ungefähr eine Woche nach ihrem Tod erscheint eine Traueranzeige im Guardian. Verfasst hat sie einer der Zwillinge. Patricia Heal geb. Hardiman 20. September 1932 – 11. August 2018.

Sie hieß einmal Patricia Hardiman. Das wusste Richard gar nicht.

Der Name Paddy wurde nicht mal erwähnt, der Name, den sie im Abspann von Filmen verwendete, und es wurden nur die zwei bekanntesten der insgesamt siebzehn Produktionen aufgeführt, die sie gemeinsam gemacht hatten: *See von Plagen (1971) und Andy Hoffnung (1972), zwei von der Kritik positiv aufgenommene und einflussreiche frühe experimentelle Spielfilme, ausgestrahlt in der BBC-Reihe Play for Today; See von Plagen fing die ersten Äußerungen dessen ein, was sich zur nordirischen Friedensbewegung entwickeln sollte, und Andy Hoffnung war eine der frühesten britischen Fernsehproduktionen, in denen zur Sprache kam, was Menschen drei Jahrzehnte zuvor im Holocaust angetan worden war.*

See von Plagen: von Beatrix Potter zu Molotowcocktails.

Bis zu dem Zeitpunkt hatte es fast nichts zu Nordirland gegeben, Alan Whicker hatte wenige Jahre zuvor eine Reportagereihe gemacht, von der fast nichts gesendet worden war. Zu riskant. Für See von Plagen hatten sie die Kamera so geführt, wie sich das menschliche Auge zwischen realen Menschen bewegt, durch Ausschnitte aus ihrem Leben an den realen Schauplätzen ihres Lebens und aus den alltäglichen Worten, die sie wechselten, und sie in ihrer Anonymität belassen und geschützt, indem sie die Kamera nicht auf Gesichter, sondern während des Sprechens auf Dinge in der Umgebung richteten, die Gesten ihrer Hände einfingen, den Rauch, der von ihren Zigaretten aufstieg, die Gegenstände auf ihren Küchentischen oder Kaminsimsen: Rosenkranz, Bild eines Monarchen zu Pferde, Muster im Resopal einer Tischplatte, Bild eines Seemanns auf einer Packung John Player's, voller oder leerer Aschenbecher, Tasse, Untertasse, Wasserkessel auf einem Herd, sauber ausgewischtes Spülbecken, Wicken, die sich vor einem Fenster an einem Spalier rankten, unter einem Kopftuch auf Wickler aufgedrehte Haare, Rost auf dem Wellblech einer Barrikade, Gummiknüppel eines Polizisten, der an einer Hintertür an einem Haken hing, alte Stoffwimpel, ordentlich zusammengelegt und hinter einem Ziegel im Nebengebäude eines Bauernhauses verstaut.

Ein Soldat klopfte die Beine eines langhaarigen Teenagers in Jeans und Shirt ab. Ein Soldat schwenkte einen Metallstab vor einer Gruppe aus acht oder neun Frauen. In der Ferne überquerten Kinderbeine hinter Stacheldraht eine Straße.

Im Parlament wurde über den Film debattiert. Die Zuschauer erfuhren daraus mehr als aus Dutzenden Zeitungs-artikeln. Der Film *sagte den Bloody Sunday voraus*. (Obwohl der Bloody Sunday schon für jeden Blinden mit Krückstock voraussagbar gewesen ist, sagte Paddy im Jahr darauf, als ein Zeitungskritiker irgendwo genau das über See von Plagen schrieb.)

Ihr erstes experimentelles Dokudrama. Eines der ersten seiner Art. Sein erstes echtes Was-auch-immer. Seine erste gute Arbeit. Und Paddy, heute tot und im Himmel in Si-cherheit, so tot, wie Beatrix Potter damals für sie beide war.

Andy Hoffnung: Bei einem Beethoven-Konzert in der Wigmore Hall hatte Paddy Ende der 6oer neben einem Mann gesessen. An die Hoffnung, sagte er und lächelte sie an. Im Glauben, das wäre sein Name, nannte Paddy ihm ihren und sah dann im Programmheft, dass es der Titel eines der Lieder war.

Hinterher waren sie zusammen essen gegangen. (Hatten wahrscheinlich miteinander geschlafen.) Er hatte ihr so gut wie nichts von sich erzählt. Paddy, die nicht gerade auf den Kopf gefallen war, hatte sich vieles zusammengereimt. Er war halb Deutscher, halb Engländer, hatte das Schlimmste von beidem abgekriegt, hatte durch beide Länder vieles ein-gebüßt, Familie, Freunde, sein Zuhause, alles weg und so weiter. Und dennoch der hoffnungsvollste Mann, den ich je kennengelernt habe, sagte sie damals. Ich meine nicht naiv oder gutgläubig. Ich meine tiefgründig. Im Gespräch mit ihm habe ich begriffen, dass echte Hoffnung genau genom-men entsteht, wenn man auf nichts hoffen darf.

Wie soll das denn gehen?, sagte Richard.

(Richard war eifersüchtig.)

Das weiß ich auch nicht. Doch als ich von ihm wegging, war ich selber voller Hoffnung, und das will in meiner Welt jetzt wirklich etwas heißen, Doubledick.

Dieser Beethoven-Mensch hatte in dem Club, in den sie gegangen waren, ihre Hand in seine genommen, so als wolle er ihr die Zukunft vorhersagen, stattdessen aber eine Szene aus einem Charlie-Chaplin-Film nachgespielt, den er als Kind sah und an den er sich erinnerte. Darin nimmt Chaplin die Hand einer Frau, schaut sich die Linien an und sagt ihr voraus, wie viele Kinder sie bekommen wird. Er zählt sie. Sagt, sie bekommt fünf. Dann sieht er sich die Linien seiner eigenen Hand an, zählt auch die und kommt auf fünfundzwanzig, dreißig, fünfunddreißig und noch mehr.

Dann machte er das stumme Lachen, sagte sie, ahmte den wie ein Kind lachenden Chaplin nach.

Wie ist sein Name?, sagte Richard (eifersüchtig). Hast du mehr als einmal mit ihm geschlafen? War er gut? Letzteres sagte er aber nur in seinem Kopf. Von da an wusste er, dass sie jedes Mal, wenn sie irgendetwas über scheiß Charlie Chaplin sagte, auch wenn es nur eine beiläufige Erwähnung war, insgeheim, als ob das außer ihr niemandem auffiele und als hätte sie keine Ahnung, dass Richard sehr wohl merkte, was sie tat, auf den An-die-Hoffnung-Mann anspielte.

Binnen vier Wochen hatte sie das Drehbuch fertig. Es war geistreich, erzählte die Geschichte, indem es sie verschwieg. Ein verwundeter Mann wandert durch London, ganz ohne Arg. Das ist fast schon alles. Frost, Nebel. Nichts steht ihm offen, und doch öffnet sich auf die eine oder andere Weise alles, womit er in Berührung kommt. Er sitzt in einer Küche und hält eine Postkarte hoch. Die hat jemand während des Krieges aus diesem oder jenem Lager geschickt.

Es ist schön hier, spricht der Andy-Hoffnung-Darsteller in die Kamera.

Er liest vor, was auf der Karte steht.

Aber dann, sagt er, schreibt sie, *doch ich wäre lieber bei Cousine Eury*. Eury war unser Kürzel für Hölle. Eurydice, eine tote Seele. Sie schreibt, sie wäre lieber tot.

Es ist das einzige Mal, dass der Krieg im Drehbuch auftaucht. Alles andere vollzieht sich unausgesprochen unter dem Londoner Pflaster, man sieht die Zahnlücken in den Straßen, dort, wo einmal Häuser standen, die Steinstufen zu den Kriegsdenkmälern, den Schlamm am Fluss, der Themse, rastlos in ihrem Bett, die geschlossenen hohen Türen der öffentlichen Museen um fünf Uhr nachmittags, die geparkten Autos im schwindenden Licht, den Markt, wenn der Markt vorbei ist, die Stände abgebaut sind und nur noch kaputte Kisten und Kohlblätter herumliegen. Er kickt in der anbrechenden Februardämmerung eine Rübe in den Rinnstein.

Heal geb. Hardiman.

Richard schlägt die Zeitung zu und faltet sie zusammen.

Paddy stürmt ihm in den Sinn, wie sie an jenem ersten Tag durch die Türen des Hanged Man gestürmt kam. Oh. Oh, sie war eine Erscheinung. Älter als er, ein ganzes siebzehnjähriges Mädchen älter. Für einen Mann in den Zwanzigern wäre zwar jede ältere Frau eine Erscheinung gewe-

63

sen, sie aber war es in besonderem Maße, ganz unabhängig, ganz individuell, von Anfang an eine Sorte, die sich nicht einsortieren ließ. (*Das gibt es nicht, eine Sorte, die sich nicht einsortieren lässt*, sagte sie, als er ihr davon erzählte, *das ist ein Widerspruch in sich, das geht nicht, Dummerchen*.) Sieh sie dir an, raucht, als sei ihr nicht bewusst, dass sie eine Zigarette in der Hand hält, lehnt sich auf ihre Was-geht's-mich-an-Art auf dem Stuhl vor oder zurück, sagt lange nichts und dann genau das Richtige, und zwar jedes Mal. Völlig mühelos, so als wisse sie genau, wie man eine Geschichte anpacken muss. Genauso führte sie auch ihre Ehe, arbeitete und zog Zwillinge auf, und als die Ehe zerbrach, machte sie das nur noch unbekümmerter. Als seine Ehe Ende der 1980er in die Brüche gegangen war und er dabei mit, hatte er einen Monat auf ihrer Couch gehaust. Paddy hatte ihm geholfen, das Haus auf Vordermann zu bringen, nachdem Frau und Kind ausgezogen waren. Hatte ihm geholfen, sich selbst auf Vordermann zu bringen.

Einem Mädchen wie ihr war er noch nie begegnet. Na ja, Frau. Sie war nicht bloß ein Mädchen.

(Galt so etwas heute als Beleidigung? Er hatte keine Ahnung.)

An diesem ersten Tag im Hanged Man hatte er ihr gegenübergesessen und sich gefragt, ob sie jemals miteinander schlafen würden. (Galt *so* ein Gedanke heute als Beleidigung?) Sie hatten. Es war bedeutungslos. Es war der einzige bedeutungslose Sex, den er je gehabt hatte. Sie beide waren wichtiger als Sex. Die Frauen, mit denen er über die Jahre geschlafen hatte, vor Paddy, nach Paddy, sogar die Frau, die

64

er geheiratet hatte, waren erst da und dann weg gewesen, aber Paddy hatte er immer noch.

Erzählstrategie und Wirklichkeit sind zweierlei, wirken aber symbiotisch zusammen, sagte sie in den Siebzigern einmal zu ihm.

Richard war bei ihr zu Hause. Es war eine helle Frühlingsnacht. Sie hatten in Paddys Küche im Radio Nachrichten gehört. Die Maguires waren gerade verurteilt worden. (Sie saßen, alle zusammen, 73 Jahre im Gefängnis, bis ihre Strafe verbüßt war und die noch lebenden Familienmitglieder freigelassen wurden.) Paddy hatte eben eine Art Urteil abgegeben, das mit der Verurteilung der Maguires zu tun hatte. Er konnte sich beim besten Willen aber nicht vorstellen, was sie meinte.

Wie, alle zusammen 73?, sagte er. Sie sind was?

Paddy hatte losgelacht, es war das erste Mal, dass sie so lange lachte, und sie lachte so sehr, dass er nach einer Weile nicht mehr gekränkt war und mitzulachen begann, bis sie sich lachend in den Armen lagen. Hinterher sagte sie:

Gut gevögelt werden mag ich genau wie jeder andere, Doubledick, und das war sehr gut gevögelt. Danke.

1. April 1976.

Danach von der Art nichts mehr. Sie führten ihre Arbeit und ihr Leben weiter.

Vorigen April. Den letzten April. Vier Monate bevor sie stirbt. Auch wenn das, klar, jetzt noch niemand genau weiß.

Heute jedoch weiß jeder, dass es der heißeste Apriltag seit dem Jahr ist, in dem Richard geboren wurde. Es wird im Radio und im Fernsehen gemeldet, so als wäre es unvorstellbar lange her, in einer anderen Epoche.

Ist es ja auch.

Er geht in einen Maplin, um sich einen USB-Stick zu kaufen. Maplin, die Kette, macht bald dicht. ALLES MUSS RAUS. Der Laden sieht geplündert aus. Richard fragt einen Mann – sein Namensschildchen weißt ihn als Marktleiter aus –, ob sie noch USB-Sticks haben. Der Mann schüttelt den Kopf. Einen Augenblick zu spät bemerkt Richard das Dunkle, den roten Rand um seine Augen; ein Mann, der es zu etwas gebracht und die Stufe zum Marktleiter erklommen hat, und jetzt bedeutet das nichts mehr, hat ins Aus geführt.

Das Leben, wie er es bisher gekannt hat, ist zu Ende, und ich frage ihn nach einem blöden Speicherstick. Ich bin doch ein grober Klotz, denkt Richard, als er den abgewirtschafteten Laden verlässt.

In der unnatürlichen Hitze geht er die Straße entlang.

Ich bin so dämlich, sagt er zu Paddy, als er bei ihr zu Hause ankommt. Ich trampele durch die Welt wie ein Elefant im Porzellanladen.

Paddy ist mittlerweile nur noch Haut und Knochen. Auch fast ihr ganzer Zorn ist verraucht; sie nimmt Dinge, über die sie sich noch vor Tagen ereifert hat, jetzt philosophisch.

Noch vor Tagen hat sie sich über die britische Regierung und Irland ereifert.

Es kann sein, dass sie nicht wissen, was sie tun, hatte sie gesagt. Ebenso gut kann es sein, dass sie genau wissen, was sie tun. Das verzeihe ich ihnen nicht, das verzeiht ihnen niemand, der weiß, wie es damals war. Die alten Hassgefühle wecken.

Sie hatte sich auch über andere Dinge ereifert.

Oh, ich versteh den Brexit schon, hatte sie gesagt. So viele Leute, die aus all den bekannten Gründen wohl oder übel in der Demokratie leben mussten. Aber Windrush, das verstehe ich nicht. Genauso Grenfell, das kapiere ich nicht, das will mir nicht in den Kopf. Windrush, Grenfell, das sind doch keine Fußnoten der Geschichte. Das ist Geschichte.

Die ganze Geschichte besteht aus Fußnoten, Paddy, sagte er.

Das Gemeinwohl, sagte sie. Was für eine Lüge. Warum hat es keinen Aufschrei gegeben, so groß wie das ganze sogenannte Vereinigte Königreich? Solche Vorkommnisse hätten eine Regierung zu jeder anderen Zeit meines Lebens zu Fall gebracht. Was ist aus den vielen guten Leuten dieses Landes geworden?

Das Mitgefühl nutzt sich ab, sagte Richard.

Von wegen nutzt sich ab, sagte sie. Tote Seelen sind das, die da draußen herumlaufen.

Rassismus, sagte Richard. Legitimiert. Rund um die Uhr, legitimiert und überall verbreitet, in Nachrichten, in Zeitungen, auf so vielen Bildschirmen, begünstigt vom Gott des ewigen Neuanfangs, dem Gott, den wir Internet nennen.

Ich weiß, dass das Volk gespalten ist, sagte sie. Das war es immer. Die Menschen waren aber nicht ungerecht und sind es auch nicht. Sogar der britische Rassismus wich zurück, wenn es um Ungerechtigkeit ging.

Du hast ein behütetes Leben geführt, sagte Richard.

Dass ich nicht lache, sagte sie. Ich bin Irin. Ich war in den Fünfzigern Irin. Ich war Irin, als Irischsein in London so viel bedeutet hat wie schwarz *und* ein Hund zu sein. Ich kenne die Briten in- und auswendig. Ich war in den Siebzigern Irin. Erinnerst du dich?

Ja, sagte er. Ich bin alt, wie du.

Ein Zwilling erschien.

Beruhige dich, Mum, sagte der Zwilling. Richard, bitte. Animier sie nicht dazu, von Donald Trump anzufangen.

Wir sprechen nicht von Donald Trump, sagte Richard.

Kommt nicht in die Tüte, auf keinen Fall, sagt Paddy. Wir tun nie etwas, was sich ein narzisstischer Demagoge von uns ersehnt, abgemacht?

68

Nicht, bitte, Richard, sagte der Zwilling. Und auch kein Wort über den Klimawandel oder den Aufstieg der Rechten oder die Migrationskrise oder den Brexit oder über Windrush oder Grenfell oder über die irische Grenze.

Machst du Witze?, sagte Richard. Dann bleibt ja nichts mehr übrig, womit wir sie in Wallung bringen können.

Du sollst es nicht Migrationskrise nennen, sagte Paddy. Das hab ich dir schon tausendmal gesagt. Es sind *Menschen*. Es ist ein individueller Mensch, der sich allen Widrigkeiten zum Trotz in der Welt durchschlägt. Multipliziert mit 60 Millionen, alles individuelle Menschen, die sich in der Welt durchschlagen, allen mit jedem Tag größer werdenden Widrigkeiten zum Trotz. Migrationskrise. Auch du bist der Sohn einer Migrantin.

Richard, sagte der Zwilling, so als wäre seine Mutter gar nicht da. Es ist mein Ernst. Wenn unsere Mutter sich weiter jedes Mal so aufregt, wenn du kommst, werden wir dich bitten müssen, nicht mehr herzukommen.

Nur über meine verfluchte Leiche, sagte Paddy.

Es macht sie so gereizt, sagte der Zwilling.

Ich bin nicht gereizt.

Wenn du da warst, kriegen wir sie nicht mehr dazu, dass sie ihre Medikamente nimmt, sagte der Zwilling gereizt.

Da hat er verdammt recht, sagte Paddy.

Ihre verfluchte Leiche:

Sie hatten sie aus dem Leben medikamentiert.

Doch sie war *alt*, sie war *krank*, für sie war es *Zeit zu gehen*, sie hatte *keine Lebensqualität mehr*. Die Oramorph-Metamorphose: die eine Woche war sie noch völlig klar gewesen, bei Sinnen und bei Kräften. Die nächste: *Was quiekt denn da so? Ein einziges Gequieke in den Ohren.* Dann konnte sie kein Gespräch mehr führen, dann der Ausdruck ihres Gesichts, ganz bekümmert, so als vermisse sie irgendetwas, aber was nur.

Nicht dass sie nicht wie eh und je größere Wörter in den Mund genommen hätte als alle anderen im Raum.

Dieses Psychogeschwalle kommt uns nicht ins Haus, sagte sie auf dem Totenbett.

Nicht dass sie je aufgehört hätte, ganz da zu sein, nicht mal im Delirium des Tropfs. *Was die bei Windrush alle vergessen, ist, dass das ein Fluss ist, und ein Fluss entspringt meist an einer Quelle und führt zu weiteren Flüssen und dann zu etwas von der Größe eines Ozeans.*

Ist es wirklich nötig, dass sie am Tropf hängt?, sagte Richard zu dem Zwilling.

Der Zwilling bat Richard, aus dem Zimmer zu gehen.

Dann verlangte der Zwilling, dass Richard aus dem Zimmer ging.

Der andere Zwilling saß vor der geschlossenen Tür auf einem Stuhl auf dem Treppenabsatz. Er stierte auf seine Füße oder auf den Dielenboden. Wenn man an ihm vorbeiwollte, musste man aufpassen, dass man ihn nicht die Treppe hinunterstieß.

Ist es wirklich nötig, dass sie am Tropf hängt?, fragte Richard den anderen Zwilling.

Was soll ich machen?, sagte er. Ich hab nichts zu melden. Ich kann ihm nicht sagen, was er tun soll. Ich bin der Jüngere.

70

Der vier Minuten Jüngere, sagte Richard. Und du bist ein erwachsener Mann. Du bist über fünfzig, Herrgott.

Der Zwilling stierte auf die Dielen. Richard drückte sich an ihm vorbei, nicht sehr vorsichtig, und ging in die Wohnung zurück.

Zehn Tage später las er im Guardian:

Patricia Heal geb. Hardiman.

Aber das kommt erst noch. Vorläufig ist es April.

Er erzählt ihr von dem Mann im Maplin.

Alles muss raus, spricht sie ihm nach, als ob es eine Gedichtzeile wäre.

Und ich frag den nach Speichersticks, sagt er. Ich bin doch der größte Tölpel auf Erden.

Speichersticks, sagt sie. Apropos Speichern, da verrat ich dir was. Manches kann ich mir noch merken, manches nicht. Das liegt am Oramorph, dadurch wird vieles so klebrig, das kriegst du nicht mehr los, vor allem echte Scheiße.

Sie lacht.

Warum bekommst du das?, sagt Richard. Hast du Schmerzen?

Kein bisschen.

Ich dachte, das nähme man erst, wenn es wirklich zu Ende geht, sagt Richard. Und davon kann bei dir ja nicht die Rede sein.

Danke, sagt sie.

Der Zwilling, der bereits in der Diele herumschleicht, wird unruhig.

Kannst du jetzt bitte gehen, Richard, sagt er.

Ich bin doch eben erst gekommen, Dermot, sagt Richard.

Paddy sieht den Zwilling an.

Eine Generation von Kindern, die sich nicht vorstellen können, dass sie einmal sterben, sagt sie.

Mum, sagt der Zwilling.

Sterben ist heilsam, Dick, sagt Paddy. Ein Segen. Ich brauch ja nur Trump zu sehen, schon seh ich alle, die neuen Tyrannen überall auf der Welt, die Leitwölfe, die Rassisten, die rechtsextremen Weißen, die neuen Kreuzzügler und Hetzer, die ihre Reden schwingen, die Verbrecher überall auf der Welt, und dann denke ich, o schmölze doch dies allzu feste Fleisch. Das geht alles vorbei wie Schnee im Mai.

Dabei sieht sie die ganze Zeit den Zwilling an.

Ich bring dir den Löffel, bin gleich wieder da, Mum, sagt der Zwilling. Bleib nicht so lange, Richard. Sie ist heute sehr müde.

Der Zwilling verschwindet nach nebenan in die Küche.

Paddy sieht Richard an.

Sie wollen, dass ich sterbe, sagt sie.

Sie sagt es ohne Verbitterung.

Das steht als Nächstes an, sagt sie. Das ist der Verlauf der Geschichte. Es ist ganz natürlich, Doubledick. Kinder. Ich sollte Gott dafür danken, dass sie sich wenigstens mal auf eines einigen können.

Sie schließt die Augen, öffnet sie wieder.

Familie, sagt sie.

Du hattest zumindest eine, sagt Richard.

Ja, sagt sie. Hatte ich. Du doch aber auch.

Auf die eine oder andere Art vor allem deinetwegen, sagt er.

Sie schüttelt den Kopf.

Ehrlich gesagt würde ich mir wünschen, meine wäre ein bisschen mehr wie deine gewesen, sagt sie.

Ha. Na ja. Verrücktes Wetter da draußen. Du verpasst nichts, Pad. Eines der schlimmsten Frühjahre, an die ich mich erinnere. Vor zwei Wochen lag hier noch Schnee bis sonst wie hoch und minus sieben. Und jetzt das. Neunundzwanzig Grad.

Du irrst dich, sagt sie. Eines der schönsten Frühjahre, die ich kenne. Die Pflanzen konnten es kaum erwarten, endlich loszulegen. So eine Kälte. So ein Grün.

wenn ihr uns gute Anekdoten/Geschichten aus dem Leben unserer Mutter, die wir in die für den 21. geplanten Reden einbauen sollen, bitte bis spätestens Dienstagabend, 18. September, mailt, werden wir unser Möglichstes tun und sie berücksichtigen, vielen Dank, wir würden uns auch freuen, wenn ihr alte Fotos habt, die einscannt und uns schickt, denn wir haben leider viele alte Fotos in unserem Cloud-speicher verloren, als unsere Mutter sie auf dem Handy gelöscht hat und sie sich in iCloud selbsttätig gelöscht haben, und bis jetzt haben sich die Originale noch nicht wieder eingefunden. Bitte entschuldigt auch die Rundmail, aber es gibt vieles zu regeln, wie ihr euch denken könnt, bW Dermot und Patrick Heal.

Was heißt bW?, fragt er seine imaginäre Tochter.

Blöde Wichser, sagt seine imaginäre Tochter.

Er drückt auf Antworten.

Betreff: Zum Gedenken an Patricia Heal.

Er löscht den Namen und das Sonstige im Betreff und tippt: *Geschichte von.*

Dann aber bringt er es nicht fertig, ihren Namen neben die Wörter Geschichte und von in die Betreffzeile zu setzen.

74

Er klickt den Cursor in das Feld für die Mitteilung.

Betreff: Geschichte von

Lieber Dermot und lieber Patrick,

danke für eure Mail. Das Schreiben war die Domäne eurer Mutter, nicht meine, bitte entschuldigt also die unglücklichen Wendungen, die in der »Geschichte«, mit der ich euch sage, was sie mir bedeutet hat, bestimmt vorkommen. Ich könnte euch buchstäblich Tausende von Geschichten schicken, die verdeutlichen, was sie mir und für die Welt bedeutet hat, belasse es aber nur bei einer. Als meine Ehe vor 30 Jahren in die Brüche ging und meine Frau und meine Tochter das Land verließen und damit faktisch aus meinem Leben verschwanden, war ich sehr niedergeschlagen, und das ziemlich lange. Eines Tages machte eure Mutter den Vorschlag, dass ich »mit meiner Tochter« ins Theater gehe oder ins Kino, mit ihr in den Urlaub fahre oder dass wir uns zusammen eine Kunstausstellung ansehen – dass ich im Grunde also tue, wozu ich mich sowieso, fand eure Mutter, aufraffen sollte. »Wie denn?«, sagte ich. Sie: »Benutz deine Phantasie. Unternimm etwas mit ihr. Glaub mir, deine Tochter wird genauso Phantasien über dich haben, egal, wo sie ist. Trefft euch in der Phantasie.« Ich musste lachen. »Das ist mein Ernst«, sagte eure Mutter. »Unternimm was mit ihr. Und sag ihr, sie soll mir immer, wenn ihr euch irgendetwas anseht oder irgendwohin fahrt, eine Postkarte schicken. Damit ich weiß, dass du mich ernst nimmst.« Das war ja sehr nett von eurer Mutter, fand ich, aber auch eine ziemlich alberne Idee. Doch zu meiner eigenen Überraschung stellte ich fest, dass ich genau das tat, mit einer imaginären Tochter etwas unternahm, was ich allein nicht getan hatte. Zum Arcadia gehen, in Cats, in alle großen Musicals. Ich hab die Leonardo-Ausstellung in der Hayward gesehen, Monet in der Royal Academy, moderne Kunst, Hockney, Moore, zu viel Shakespeare, ich hab die Millennium Dome Show zum neuen Jahrtausend besucht. Ich kann gar nicht zählen, wie oft ich im Kino und im Theater war, in wie vielen Ausstellungen in Galerien und Museen in aller Welt, und so seltsam das erscheinen mag und sogar mir noch erscheint, war ich dank der phantastischen Idee eurer Mutter dabei nie allein.

Er liest sich durch, was er geschrieben hat.

Verachtet sich sofort für das bedeutet hat. Was sie mir bedeutet hat.

Ändert es in bedeutet.

Verachtet sich selbst für die vielen eure Mutter.

Am meisten verachtet er sich dafür, dass er Paddy auf eine Anekdote reduziert hat.

Da steht nichts, wofür er sich nicht verachtet.

Er löscht alles.

Weg.

Liest noch mal die Mail der Zwillinge.

Fotos, überlegt er, in der Cloud verloren.

Was war noch mal das Gedicht über die Wolke, das Paddy so mag? Mochte. Darin kommt was mit lachen und Grabmal vor und ein Reim, schweigen und steigen.

Er schreibt in das Feld für die Mitteilung:

Lieber Dermot und lieber Patrick,

ich würde gern, wenn ich darf, bei der Trauerfeier für Paddy das Gedicht über die Wolke vorlesen, das sie immer so mochte. Das ganze Gedicht ist vielleicht zu lang, ich könnte aber vielleicht zwei Strophen daraus lesen. Sagt mir Bescheid. Vielen Dank.

Um sich aufzumuntern und seine Tochter zum Lachen zu bringen, schließt er mit:

bW,
Richard.

Die letzte Postkarte, die er Paddy geschickt hatte, war eine mit Wolken gewesen. Er hatte sie im Sommer von einer Ausstellung in der Royal Academy geschickt. Die hatte er sich angesehen, weil sie von einer Künstlerin war, die Paddy mochte; Paddy hatte ein Buch von ihr, voll mit abhandengekommenen Fotos fremder Leute, die die Künstlerin auf Flohmärkten und in Trödelläden aufgestöbert hatte. Es waren ganz unterschiedliche Aufnahmen, manche richtig gut, manche nur 08/15, manche waren fürchterlich schlecht oder verschwommen oder aus schrecklicher Perspektive geknipst, sie zeigten Menschen, Orte, Autos, Tiere, Bäume, Straßen, Betonbauten, oftmals Dinge, bei denen man sich nicht hätte vorstellen können, dass jemand sie für fotografierwürdig hielt.

Die Künstlerin hatte sie als Buch wiederveröffentlicht und ihnen die künstlerische Aufmerksamkeit gewidmet, die bedeutsame Fotografien verdienen. Dabei war etwas geschehen, was an Zauberei grenzte. Die Bedeutung, die die Fotos für die abgebildeten Personen oder für den Fotografen gehabt hatten, war verschwunden, und die Bilder konnten, von ihrer früheren persönlichen Bedeutung befreit, nicht nur um ihrer selbst willen angeschaut werden, sondern eröffneten dem Betrachter auch die Möglichkeit, die Welt so zu sehen, wie sie wirklich aussieht.

Eine Frau in Wintersachen, die sich vor einer Mauer im Schnee krümmt vor Lachen. Ein säuerlich dreinschauender Mann vor einem Zaun, auf dem ein dicker zerbrochener Ast liegt, daneben ein vom Wind gezauster Baum, an dem eine Leiter lehnt. Eine Frau mit einem Papagei auf der Hand im Garten eines Vororthauses, und zwei andere Frauen beobachten sie, eine an einem Tisch, eine im Fenster des Hauses dahinter. Ein Hund unter einem sonnenbeschienenen bogenförmigen Wasserstrahl aus einem Schlauch. Ein großer Mann und ein kleines Kind, die beide in die Kamera lächeln, in einem roten Tretboot auf einem Teich. Ein mit geöffneten Flügeln im Schnee sitzender roter Schmetterling.

Als Richard den Namen der Künstlerin auf Plakaten überall in der Stadt sah – aus irgendeinem Grund gab es in dem Sommer in London gleichzeitig mehrere Ausstellungen von ihr –, beschloss er, sich eine anzusehen und Paddy zu überraschen, indem er von sich aus hinging.

Am Eingang zeigte er der Aufsicht seine (nicht gerade billige) Karte.

Ging durch die Schwingtür.

Der Ausstellungsraum, in den er kam, roch brandneu, und darin hingen hauptsächlich Wolkenbilder. Sie waren in weißer Kreide auf schwarzem Schiefer.

Doch vor einem Bild in dem Raum, ebenfalls Kreide auf Schiefer, blieb er wie angewurzelt stehen. Es nahm eine ganze Wand ein und zeigte einen Berg, so groß, dass die Wand zum Berg wurde und der Berg zu so etwas wie einer Wand. Von dem Berg im Bild rollte eine Lawine herab und auf den Betrachter zu, eine Lawine, nur für diesen Augenblick zum Stillstand gebracht, damit der Betrachter Zeit hatte, zu begreifen, was er sah.

Der Himmel über den Berggipfeln war so schwarz, dass es wie eine neue Definition von Schwärze war.

Er stand davor, und was er sah, hörte auf, Kreide auf Schiefer zu sein, hörte auf, ein Bergbild zu sein. Es wurde zu sichtbarem Grauen.

Ich werd nicht wieder, sagte er.

Eine junge Frau stand neben ihm.

Geht mir auch so, sagte sie.

Wo sollen wir hinrennen?, sagte er.

Sie wechselten Blicke, lachten verängstigt, schüttelten einer den Kopf über den anderen.

Doch als er von der Berglandschaft zurücktrat und sich reihum noch einmal die anderen Dinge im Raum ansah, hatten die Wolkenbilder an den Wänden, gemacht aus demselben Material wie der Berg, noch etwas anderes zustande gebracht, etwas, das ihm erst später klar wurde, nachdem er den Raum verlassen hatte und aus der Galerie hinaus auf die Straße getreten war.

Sie hatten Raum zum Atmen gelassen, und das vor dem Hintergrund von etwas, das einem den Atem verschlug. Nach den Bildern sahen die wirklichen Wolken über London anders aus, wie etwas, das man als Raum zum Atmen verstehen konnte. Das beeinflusste auch die Gebäude darunter, den Verkehr, die Art und Weise, in der Straßen sich kreuzten, die Art und Weise, in der Menschen auf der Straße aneinander vorübergingen; all das Teil einer Struktur, die nicht wusste, dass sie eine Struktur war, und es gleichwohl war.

Er hatte auf der Treppe des Hintereingangs zu dem Museum gesessen und eine Postkarte des Bergs hin und her gedreht. Tacita Dean The Montafon Letter, 2017. Kreide auf Schiefertafel, 366 x 732 cm. Er hielt sie in der Hand – als ob man ein Bild dieser Größe in der Hand halten könnte! – und umkringelte die Zahlen der Maßangabe mit seinem Stift, damit Paddy eine ungefähre Vorstellung bekam. Er schickte die Karte an Paddys Wohnanschrift. *Alles, was ein Gebirge bedeuten kann*, schrieb er über den Namen der Künstlerin. *Es ist wunderbar. Hätte dich gern dabei.*

Dann überlegte er es sich anders.

Steckte die Postkarte in die Gesäßtasche seiner Hose.

Und schickte stattdessen die längste und größte Postkarte, die er gekauft hatte, die von drei einzelnen, aber zusammengehörigen Bildern einer sich immer größer auftürmenden Wolkenmasse. Zusammen wirkten die Bilder auf der Postkarte wie Einzelbilder eines Films und zugleich wie Standfotos, wie Fenster. Die Karte würde Paddy gefallen: Tacita Dean Bless our Europe (Triptychon), 2018. Sprühkreide, Gouache und Kohlestift auf Schiefer, 122 x 151,5 cm, 122 x 160,5 cm, 122 x 151,5 cm. *Liebe Paddy. Eine Nachricht von den Wolken. Es ist wunderbar. Hätte dich gern dabei.*

Er klebte zwei Erster-Klasse-Marken darauf, um nicht zu wenig zu frankieren, und rannte zum Postamt beim Piccadilly, damit die Karte noch in die Spätleerung kam und morgen da war.

Jetzt sitzt er bei sich zu Hause im hinteren Zimmer.

September.

Paddy ist Schutt und Asche.

Er sieht sich die eben abgeschickte Nachricht an. In der Betreffzeile steht immer noch *Geschichte von*.

(Meine Lieblingspostkarte ist die hier, hatte Paddy vor zwei Jahren einmal zu ihm gesagt und ihm die Abbildung einer Brücke in Rom hingehalten.

Oh, die, sagte er. Ja, ich erinnere mich.

Sie las ihm vor, was er hinten draufgeschrieben hatte.

Liebe Paddy, mein Vater ist in Tränen aufgelöst, weil der alte Mann, der sonst auf dieser Brücke Saxophon spielt und sich ein kleines Dach gebaut und als Kopfschutz auf der Schulter befestigt hat wie ein zweites Instrument seiner Einmannband-Ausrüstung, so als gehöre Schatten in einem heißen Land zum Orchester dazu, sei auch ein Instrument, dieses Jahr nicht mehr da ist, samt Dach und allem, und ein viel jüngerer anderer Mann an seinem Stand-platz flippig E-Gitarre spielt. An manchen Tagen spielt dort auch niemand. Mein Vater ist ein sentimentaler alter Narr, aber das weißt du ja schon. Ich muss jeden Tag mit ihm zu der Brücke gehen und nachsehen, ob der Saxophon-Mann wieder da ist. Abgesehen davon ist es wunderbar. Hätte dich gern dabei.

Ich heb die alle auf, weißt du, hatte sie gesagt. Manchmal setze ich mich hin und lese sie nacheinander. Oder ich mische sie und ziehe eine. Wie eine Tarotkarte mit einer Vorhersage für den Tag.)

Geschichte von. Was mag aus all den Postkarten ihres imaginären Kinds jetzt wohl werden?

Papiertonne.

Er zuckt mit den Achseln.

Er denkt es gerade, da erscheint eine Mail in seinem Posteingang.

Betreff: Trauerfeier für unsere Mutter

Lieber Richard,

tut uns sehr leid, aber bei der Trauerfeier sprechen nur die nächsten Angehörigen. Geben den Vorschlag mit dem Gedicht weiter, danke, aber das Programm ist schon zieml voll. Sieht so aus, als würde es ein g bes Tag. Freuen uns d Freitag z sehen, bW Dermot und Patrick Heal.

Richard lehnt sich auf dem Stuhl zurück.

Geh nicht hin, sagt seine imaginäre Tochter.

Das können wir nicht machen, sagt er.

Wir müssen doch nicht, sagt sie.

Das kann ich nicht. Ich muss ihr die Ehre erweisen.

Dann tu etwas, womit du ihr wirklich Ehre erweist.

An einem Samstagabend im Oktober, zwei Tage bevor er einen Zug nach Norden besteigt in dem naiven Glauben, er könne sich selbst entfliehen oder hinter sich lassen, wenn er mit dem Zug irgendwohin fährt, öffnet Richard schließlich die letzte Mail von Terp.

Es sind die neuen Szenenentwürfe.

Richard hätte sie eigentlich schon bis gestern gelesen und mit Anmerkungen versehen haben sollen, damit sie bei dem Meeting am Montag darüber sprechen können.

Es sind zehn. Er öffnet den für die erste. Sie spielt in einer Seilbahn.

```
            AUSSEN. SEILBAHN IN VERSCHNEITEN
                  BERGEN. NACHMITTAG


Die Kabinen der Seilbahn sind zum Stillstand
gekommen. Die Kabine, in der sich Katherine und
Rainer befinden, schaukelt sacht an dem Kabel.
Eine Krähe kräht in den Bäumen.
```

INNEN. RAINER UND KATHERINES
SEILBAHNKABINE IN VERSCHNEITEN
BERGEN. WEITER NACHMITTAG

Rainer betrachtet Katherine von seiner Holzbank
gegenüber.

RAINER

Ich hätte nicht gedacht, in der Schweiz so eine
Liebe zu finden. Wer hätte ahnen können, dass
dieses Land mir so ein Geschenk macht? Ich habe
ein Gedicht für dich geschrieben. Heute Abend
trage ich es dir vor.

Katherine lächelt. Sie schließt die Augen.
Öffnet sie wieder.

RAINER

Ich möchte dir ein Rosenblatt auf jedes deiner
Lider legen. Ich möchte, dass du von der Kühle
erwachst und die Rosen in gleicher Weise von
deinen Augen erwachen, die Wärme in die Natur
aussenden, auch wenn sie geschlossen sind und
du schläfst. Ich liebe Rosen, wie du weißt. Ich
möchte, dass Rosen in dich eingehen und du in
Rosen eingehst. Mach jetzt die Augen zu.

Katherine schaut ihn eine Weile prüfend an.
Dann schließt sie gehorsam die Augen.

AUSSEN. SEILBAHN IN VERSCHNEITEN
BERGEN. WEITER NACHMITTAG

INNEN. JOHNS SEILBAHNKABINE.
WEITER NACHMITTAG

John, der nach Montana heruntergefahren kommt,
bemerkt Katherine und Rainer in der stehenden
Seilbahnkabine gegenüber seiner. Zuerst freut
er sich. Sie wollten wohl herauffahren und
ihn besuchen. Er klopft an die Scheibe seiner
Kabine, um sie auf sich aufmerksam zu machen.

JOHN
Tig! Tig, Liebling!

AUSSEN. JOHNS SEILBAHNKABINE.
WEITER NACHMITTAG

John ruft erkennbar hinter der Scheibe, ist
aber nicht zu hören. Das Geräusch von Wind,
krächzenden Krähen. Er schlägt unhörbar mit der
Hand ans Glas.

Im nächsten Augenblick sieht John etwas, was er
lieber nicht gesehen hätte.

Er schlägt mit beiden Händen an die Scheibe
der Seilbahnkabine, wirft sich dann mit seinem
ganzen Körper dagegen.

AUSSEN. SEILBAHNKABINEN.
WEITER NACHMITTAG

Eine Kabine in der still herabhängenden Reihe
schaukelt heftig hin und her.

INNEN. RAINERS UND KATHERINES
SEILBAHNKABINE. WEITER NACHMITTAG

Katherine und Rainer, der die Hand in Katherines Kleid unter ihrem Mantel hat, tauchen von
ihrem Kuss auf. Als Erste bemerkt Katherine,
danach Rainer die heftig schaukelnde Kabine
gegenüber, in der ein Mann unhörbar gegen die
Scheibe schlägt.

RAINER
Das sieht gefährlich aus. Es sieht aus, als –
Großer Gott. Katherine. Ich glaube, das ist
dein Ehem-, ist das nicht dein –?

AUSSEN. RAINERS UND KATHERINES
SEILBAHNKABINE. WEITER NACHMITTAG

Katherine presst sich dicht an die Scheibe,
während Rainer hinter ihr nicht zu sehen ist.
Ihr Ausdruck ist entsetzt.

Ach herrje.

Richard schlägt die Hände vors Gesicht. Stöhnt laut auf. Klappt den Deckel des Laptops herunter.

Er angelt sich den Roman von dem Bücherstapel im Regal über dem Fernseher. April, von Bella Powell. Schlägt das Buch aufs Geratewohl irgendwo in der Mitte auf.

denn wieder läutete der Gong zum Dinner, schnell, hinunter!, schnell, hinunter!, forderte die Gäste auf, sich zum Dinner umzukleiden, sich für das jungfräuliche Weiß der Tischtücher umzukleiden, sich rasch hinunterzubegeben in den Salle à Manger des Grandhotels Château Bellevue mit den Bodenfliesen, so blitzblank, dass Stuhlbeine und Tischbeine sich darin spiegelten und man meinen konnte, es gäbe auf der Unterseite dieser Welt noch eine andere, noch einen anderen Speisesaal, der genau symmetrisch umgekehrt unter diesem lag, ihn an bestimmten, vorläufig noch unbekannten Kontaktpunkten berührte, die Punkte des Eintritts in eine andere Welt wären, voll von unseren anders geeichten anderen möglichen Ichs, eine Welt, aus der alltäglichen Welt nicht erreichbar, jedoch mit ihr verbunden, und hier bekäme man für einen Moment einen Einblick, eine flüchtige Vision vom Eintritt in diese andere Welt mit all ihren Möglichkeiten. Denn der Salle à Manger war eine Welt, in der sogar erkennbar gegensätzliche Welten zusammentreffen konnten, typischerweise bei etwas, das durchschnittlicher nicht sein konnte, zum Beispiel heute einem Lachsgericht in einem Grandhotel, einem bloßen Lachsgericht am Ende eines Hotelspeisesaals; heute stand so ein Gericht auf der Anrichte am hinteren Ende des Raums, ein riesiger Lachs samt Kopf, auf dem Tablett umringt von kleinen Langusten, die wie Sonnenstrahlen aus seinen Seiten hervorbrachen, und unter dem Lachs und den Langusten befanden sich die Blütenblätter eines Dutzends Rosen, auf denen die Tiere ruhten. Ihr kamen gleich die Götter und ihr Lob in den Sinn, als sie die Langusten da angerichtet sah, so als verehrten sie den großen Gott Lachs, ganz eindeutig, es war das bei weitem Schönste, was sie heute erlebt hatte, ein sehr schönes Abendessen, es machte sogar aus dem Juliregen ein Fest. Ihm kam beim Gedanken an das Maul des Lachses in dem aufgetischten Gesicht mit den erloschenen Augen unweigerlich in den Sinn, dass sogar die Sprache eine Ausformung von Stummheit ist und alles unabänderlich fern, und er wünschte sich, unermessliche Weiten zu durchstreifen, und wusste gleichzeitig doch, er konnte es nicht, war gefesselt und angepflockt. Das lag in der Natur der Dinge, wir sind alle durch unsere Fesseln gehemmt. So saßen sie jeder an seinem Tisch im Speisesaal, der eine Schriftsteller und die andere, und ahnten nichts von ihrer Gemeinsamkeit, gingen schwankend auf der Oberfläche der Welt wie auf einer Oberfläche aus Eis, von dessen Existenz sie nichts wussten, gefroren im Hochsommer, und aßen jeder für sich zusammen Bissen um Bissen des rosa Fleischs vom selben silbrig geschuppten Lachs. Schau! Sie bemerkte es, ein rotes Blütenblatt war mit der Fischportion auf den Teller des Mannes geraten, der allein an dem Tisch neben ihrem saß, ein Versehen vielleicht, oder aber das schweizerische Serviermädchen mit dem runden Gesicht und der schweinchenrosa Haut mochte ihn besonders, wählte ihn, hatte ihm dieses Stück purer Farbe besonders gern aufgetan, sie selbst hatte natürlich kein Blütenblatt, tja, sie warf den Kopf leicht zurück (obwohl sie eigentlich schon etwas traurig war, dass sie auf ihrem

88

Teller nicht auch so eine leuchtendrote Glücksgabe hatte) und wandte den Blick ab, als der Mann das Blütenblatt mit den Zinken seiner Gabel sondierte – denn sie waren einander völlig fremd, Ozeane lagen zwischen ihnen, die in dem Raum nebeneinander an separaten Tischen saßen, Tischen, die ursprünglich (auch wenn die Menschen, die daran saßen, es nicht wissen konnten, das konnte niemand, es war ja auch vollkommen unwichtig und daher auch von niemandem irgendwo festgehalten worden) alle aus dem Holz desselben Baumes gezimmert worden waren.

Richard lässt das Buch in seiner Hand zuklappen, lässt es auf den Tisch fallen.

Eigentlich bin ich auf das Geld nicht angewiesen, denkt er. Ich kann das sausenlassen. Am Montag ruf ich an und sag es ihnen. Ich ruf morgen an und hinterlasse im Büro eine Nachricht auf dem Anrufbeantworter, dann wissen sie es gleich Montagfrüh.

Allerdings ist es das erste Angebot, das er seit fast vier Jahren bekommen hat.

Gefesselt, denkt er. An den Pflock.

Er klappt seinen Laptop auf.

Bringt es aber nicht über sich, Terps Anhang noch einmal zu öffnen.

Gibt stattdessen, so als wäre es dasselbe wie arbeiten, die Worte Rainer Maria Rilke und die Worte Pflock und Fessel in der Suchmaschine ein, woraufhin ein relativ leicht lesbares Gedicht von R. M. Rilke erscheint. Darin geht es um einen Schimmel, der an einem Frühlingstag in Russland über ein Feld galoppiert, voller *Übermut*, obwohl er durch einen Pflock an der Fessel gehemmt ist.

Die letzte Zeile des Gedichts sagt, Bilder seien ein Segen. Oh, das ist gut.

Das will er gleich Paddy erzählen.

Sein Blick geht zu Paddys Büchern, ebenfalls auf dem Regal über dem Fernseher. Die hat er noch nicht mal angesehen, seit er sie an dem verschneiten Tag mit zu sich genommen hat. Er holt sie herunter, alle. Schlägt aufs Geratewohl eins auf.

Darin befindet sich die reale Katherine Mansfield im März 1922 in Paris. Tagelang pendelt sie zwischen einem Hotel und einer Klinik hin und her. Wenn sie in den Hotellift einsteigt, sagt der schmächtige Junge, der in dem Grandhotel den Lift bedient, ihr jeden Tag auf Französisch, wie das Wetter werden soll, ganz gleich, ob sie aus dem Haus geht oder von draußen zurückkommt. An Regentagen sagt er, es ist noch Winter. An den Tagen, an denen die Sonne geschienen hat, sagt der Liftboy, der Hochsommer ist nur noch einen Monat entfernt.

Die zu dünne Frau. Der schmächtige Liftboy.

Richard bleibt bis in die frühen Morgenstunden des Sonntags auf und liest da und dort in den Büchern herum, in denen Katherine Mansfield, die reale Person, Briefe an andere reale Personen schreibt.

In einem Buch ist ihr Bruder im Krieg gefallen. In einem anderen wurde bei ihr gerade Tb diagnostiziert, auf einer Seite der Lunge ist es besonders schlimm, als hätte ein Flügel einen Schuss abgekriegt, schreibt sie, und als er das liest, spürt Richard seine eigene Lunge als zwei Flügel. Die Tb weckt in ihr *die Furien*. Sie fährt ihrer Gesundheit wegen in die Schweiz. *Ich habe zwei Zimmer und einen riesigen Balkon. Und so viele Berge, dass ich noch nicht einen davon bestiegen habe. Sie sind wunderbar.* Sie ist, was ist das richtige Wort – zuversichtlich. *Man beginnt das unstete Hin und Her eines Schwindsüchtigen – verhängnisvoll. Alle tun es und sterben.* Sie ist nüchtern und ehrlich. *Ich habe es satt, dass Leute sterben, bei denen es vielversprechend aussieht. Zu dieser Horde will man gar nicht gehören.* Einmal bedankt sie sich in einem ausführlichen Brief bei einem Arzt, der sie behandelt, weil er ihr erklärt hat, wie sie atmen soll, wie sie bequemer sitzen und wie sie die Füße warm halten kann. Sie beschreibt ihm – *ich frage mich, ob es Sie interessieren könnte* – einige Details, Dinge, die einer Tuberkulosepatientin an ihrer Erkrankung auffallen. Der Patient behandelt den Arzt, denkt Richard; wie klug von ihr, die Rollen zu tauschen, sich diese Autorität zuzugestehen. Sie schildert, wie sie nach dem Aufwachen die Arme ausbreitet, *die Bewegungen eines Opernsängers nachahme, der dieselbe Geste vollführt, bevor er zu einem hohen Ton ansetzt, den er so lange wie möglich »halten« will.* Das, berichtet sie dem Arzt, helfe gegen Müdigkeit; bei Niedergeschlagenheit helfe es dem Tuberkulosepatienten auch, *die Lage zu wechseln.* Mit einem leisen Summen *kann man offenbar das Gefühl der »Isolation« durchbrechen.* Sie rät außerdem zu bewusster Entspannung, wenn man sich einem Teller Essen widmen muss, damit einen das verängstigte Verdauungssystem nicht am Verzehr hindert, und sie beschließt den Brief an den Arzt mit der Mitteilung, wenn das Atmen *sehr beschwerlich wird und das Wetter dunkel ist, finde ich es hilfreich, mir Bilder anzusehen.*

Am Ende des Briefes gibt es zusätzlich eine Fußnote, in der die Herausgeber der Edition einen witzigen Limerick zitieren, den Katherine Mansfield früher einmal über diesen Arzt verfasst hatte: *Für die Lunge und all ihr Geratter/ Sagt der Doktor ihr, ja, da hat er / Schöne Spritzen, /Die ihr nützen, / Und wenn nicht, kommt halt dann der Bestatter.*

Richard blättert die Seiten um, lässt sie fallen, wie sie wollen. Katherine hört von einem russischen Arzt in Paris, der Menschen mit Schwindsucht auf der Stelle heilen kann, indem er ihre Milz Röntgenstrahlen aussetzt. Angeblich hat er schon 15 000 Personen geheilt. Sie überlegt, wie sie es anstellen soll, sich diesen Arzt leisten zu können, der wirklich berühmt und natürlich sehr reich ist. Der Arzt teilt ihr mit, wie viel seine Séancen oder Sitzungen kosten. In dem Brief verwendet er das Wort *guerison.*

Am Weihnachtstag 1921 schildert Katherine einer Freundin, wie hell dieses Wort *leuchtet.*

Richard weiß nicht, was *guerison* bedeutet.

Er sieht bei Google nach.

Genesung. Heilung.

Natürlich kann man Tuberkulose nicht mit Röntgenstrahlen heilen. Das ist ein Witz, ist Scharlatanerie. Je mehr er liest, desto mehr gerät Richard um Mansfields willen in Rage. Diese Frau, die vor hundert Jahren starb, gefällt ihm. Sie gefällt ihm außerordentlich. Sie hat Humor. *Es ist immer nur ein und derselbe Brei gewesen.* Sie ist geistreich und ein Schelm, kokett, bezaubernd und voller Energie, unbegreiflich bei jemandem, der so krank, so oft düster gestimmt ist, doch *ich schreibe immer, als würde ich lachen.* Sie findet die

Schweiz sehr ulkig, mag sie aber auch, denn *der Passagier der 3. Klasse ist in der Schweiz ebenso gut wie der in der 1. Klasse, und je schäbiger man aussieht, desto weniger wird man angesehen.* Sie ist unglaublich tapfer. Ist voller Leidenschaft. *Ich bin so pingelig, als schriebe ich mit Säure.* Sie ist großzügig. Einem jungen Schriftsteller, der sie anschwärmt und in einem Fanbrief um Rat bittet, gibt sie den Namen eines Verlegers; sie schreibt, sie wolle dem Verleger wegen des jungen Schriftstellers schreiben und ihm von ihm berichten. *Ich bin ins Leben verliebt – schrecklich*, schreibt sie dem jungen Mann. Entschuldigt sich dafür, dass sie ins Leben verliebt ist – das sei ganz und gar unmodern. Dann schreibt sie: *Ich schicke Ihnen eine Postkarte von mir & den zwei Schaltern für das elektrische Licht. Der Fotograf wollte unbedingt, dass sie auch auf die Aufnahme kommen.*

Als Richard in der Nacht schließlich doch noch ins Bett findet, träumt er, dass er ein junger Schriftsteller ist, und als es klingelt und er die Wohnungstür öffnet, reicht ihm der Postbote einen Stapel Briefe, von denen einer von einer Frau ist, die ihm ein Foto von sich geschickt hat, auf dem ihre Hand auf einem wie eine Brust geformten Lichtschalter liegt, so als demonstriere sie Elektrizität durch einen Griff an ihren Nippel.

Das ist unglaublich schön.

Er wacht davon auf, dass er in seine Hände kommt.

Er steht auf, wäscht sich, trinkt ein Glas Wasser, geht wieder ins Bett und schläft weiter.

Schläft tief und fest.

Tags darauf wird er so spät wach, dass es bereits Nachmittag ist.

Die restlichen Sonntagsstunden mit Tageslicht verbringt er damit, im Netz nach dem Bild auf der Postkarte zu suchen, die Katherine Mansfield dem jungen Schriftsteller geschickt hatte, dem mit dem Lichtschalter irgendwo. Er sucht bei Google Bilder. Sucht bei eBay. Sucht auf den zahllosen Seiten, die erscheinen, wenn man ihren Namen und das Wort *Postkarte* eingibt. Als der Nachmittag herum ist, hat er das Foto zwar nicht gefunden, weiß aber einiges über die Mitteilungen, die Katherine Mansfield per Postkarte verschickte.

Draußen wird es dunkel, da fällt ihm auf, dass er über all der Katherine Mansfield gewidmeten Aufmerksamkeit den anderen Schriftsteller, Rainer Maria Rilke, vernachlässigt hat.

Und gibt, bloß um zu schauen, was sich tut, *R. M. Rilke* ein, gefolgt von dem Wort *Postkarte*.

Es tut sich tatsächlich was.

Es erscheinen etliche Seiten, und jede einzelne erzählt eine Version derselben Geschichte: Ein wesentlicher Grund dafür, dass R. M. Rilke die Sonette an Orpheus, eines seiner großen Werke, 1922 in dem Turm überhaupt schrieb, war die Postkarte, die eine seiner Geliebten an die Wand seines Schreibzimmers geklebt hatte und die ein Renaissance-Bildnis des Musikers Orpheus zeigte.

Orpheus, der auf der Suche nach seiner toten Frau in die Unterwelt hinabstieg, fand sie auch und hätte sie fast gerettet, fast mit heraufgebracht, zurück ins Leben, verdarb dann allerdings alles, indem er sich zu ihr umdrehte, was ihm ausdrücklich untersagt worden war, denn auf das zurückzublicken, was hinter einem liegt, ist gegen die Vorschriften, wenn man aus der Welt der Toten lebend herauskommen will.

Zwei Internetseiten geben das Renaissance-Bild wieder, das der Dichter als Postkarte bei sich an der Wand hatte. So schön ist es nicht, nicht einmal sonderlich interessant. Ein Mann mit lockigem Haar, der römisch aussehende Kleidung trägt und ein Saiteninstrument spielt, sitzt in einem Baum, der wie ein Sessel um ihn herumgewachsen ist. Eine kleine Versammlung von Hirschen und Kaninchen lauscht seinem Spiel.

So ein Bild hätte Richard nicht dazu bewogen, ein Kunstwerk zu verfassen.

Draußen ist es jetzt vollkommen dunkel, der letzte Oktobersonntag der Sommerzeit. Nächste Woche wird es noch dunkler sein. Richard schaltet ringsum in der ganzen Wohnung das Licht ein. Beim Gang von einem Lichtschalter zum nächsten spürt er sehr lebhaft die Grenzen seines Körpers.

Die Lunge schmerzt ihn jetzt auch wieder.

Am frühen Abend verfasst er die folgende Mitteilung. Er braucht zwei Stunden, bis er sie richtig hinbekommt.

Lieber Martin,

danke für die Entwürfe.

Um gleich zur Sache zu kommen: Wenn ich bei diesem Projekt Regie führen soll, möchte ich, dass wir die Story ganz anders anpacken.

Mit Verlaub, ich muss gestehen, dass mir bei dieser Art der Fiktionalisierung des Lebens realer Personen, die das Drehbuch nun so weit getrieben hat, von Anfang an nicht wohl war.

Ich würde zu einer radikalen Abkehr raten.

Bitte hör mich an.

Ich werde darauf bestehen, dass wir, wenn du mit mir arbeiten willst, dieses Projekt anders angehen und mit einem neuen Drehbuch von vorn anfangen. Re dieses neue Drehbuch: In seiner gestalterischen Form sehe ich es als eine Reihe von Postkarten aus dem Leben dieser Schriftsteller. Womit ich die Darstellung kleiner Begebenheiten aus ihrem Leben meine, die Blicke in die Tiefe eröffnen.

Ich glaube, das wird dem Geist des Buches, das wir bearbeiten, besser gerecht und entspricht auch eher der wahren Beziehung zwischen zwei realen Personen, die einander nicht kannten und über die wir, obwohl sie berühmte Schriftsteller waren, deren Leben anscheinend gut dokumentiert ist, bis heute so gut wie nichts wissen.

Außerdem war die Postkarte in der Zeit, die wir porträtieren, die aktuellste und beliebteste Form der Verbindung, vergleichbar den SMS, der E-Mail oder sogar dem Instagram von heute.

Auf die Weise können wir außerdem mit Bild und Text arbeiten. Und können auf andere Ereignisse hinweisen, die zu diesem historischen Zeitpunkt stattfanden, ich meine, in der realen Welt von damals – und ebenso in der realen Welt von heute –, all das jedoch mit etwas Respekt vor der Wahrheit und vor dem, was wir in diesem Fall wissen und nicht wissen.

So dürfte dir zum Beispiel bekannt sein, dass K. Mansfields kleiner Bruder Leslie, den sie unglaublich gernhatte, 1915 in Belgien umkam, als eine Granate, in deren Einsatz er junge Rekruten gerade schulte, in seiner Hand explodierte.

Und dennoch schickt sie 1918 eine Postkarte aus Cornwall an ihre Freundin Ida in London (die sie manchmal auch mit dem Kosenamen Lesley anredete, einer Version des Namens ihres Bru-

96

ders) und bittet sie ausdrücklich, Zigaretten einer Marke namens GRENADE für sie zu kaufen. Zu der Zeit ist sie bereits schwer an Tuberkulose erkrankt, aber gerade erst diagnostiziert, und es ist eine besonders starke Zigarette, wie es in den Col. Letters of K. Mansfield heißt. Sie verwendete Wörter aber nicht gedankenlos, wie ich nach ausführlicher Lektüre ihrer Briefe etc. weiß. Das ist nur ein Beispiel. Ich bin davon überzeugt, dass hier eine Menge drinsteckt. Bilder/Episoden – diese etwa – leuchten aus sich selbst heraus und zeigen ihren Mut, ihren Zorn, ihre Verzweiflung und ihren Trotz. Genauso wie zum Beispiel hier die nicht erwähnte Geschichte vom entsetzlichen Verlust des Bruders.

Nimm dazu noch, was eine Ansichtskarte, die eine Gestalt aus dem Mythos zeigt – Orpheus, den sagenhaften Sänger –, für R. M. Rilke bedeutete. Wie du aus deinen Recherchen inzwischen sicher weißt, wurden die großen Gedichte, die er 1922 schrieb, zum Teil durch die Abbildung auf einer Postkarte inspiriert oder ermöglicht, die seine Geliebte an der Wand seines Schreibzimmers anbrachte. Eine Postkarte hatte zur Folge, dass all diese großen Gedichte entstanden.

Das Banale dieser Geschichte spricht eigentlich dagegen. Es ist wie ein Wunder.

Und das wiederum ähnelt dem Umstand, dass diese beiden Schriftsteller genau zur gleichen Zeit ihres Lebens am gleichen Ort lebten, ob sie sich nun begegnet sind oder nicht.

Das ist die Art Zufall, der Stromstöße durch die Wahrheiten unseres Lebens jagt.

Eines Lebens, das häufig Postkartencharakter hat, wie man es nennen könnte.

Ich hoffe, du siehst, worauf ich hinauswill.

97

Ich war immer dafür, die Gestalt, die ein Drama annimmt, nicht dadurch aufs Spiel zu setzen, dass man das Potential unterschätzt, das es von Natur aus besitzt.

Wenn wir diesem Projekt die richtige und angemessene Aufmerksamkeit schenken, könnte wirklich etwas Besonderes dabei herauskommen, davon bin ich überzeugt. Wenn nicht, ist es überflüssig und eine vertane Chance, das spüre ich.

Unser April könnte wirklich großartig werden.

Auch wenn ich weiß, dass dieser Brief schwer zu verdauen sein wird, und mit Verlaub,

würde ich mich freuen, von dir zu hören,

alles Gute,

R.

Richard liest es sich noch einmal durch.

Entfernt das Wort ausführlich vor dem Wort Lektüre; er will nicht lügen.

Entscheidet sich dagegen, eine Kopie ins Büro oder an die Sponsoren zu schicken. Er schickt sie nur an Terp.

Er liest es noch einmal durch und klickt, ihm ist gerade nach Keckheit, auf Senden.

Man denke nur, Paddy und er auf der großen Multimedia-Konferenz mit dem Titel Offen für Neues: Die Zukunft ist atemberaubend, wann war das, 1993? Bei einer Nachmittagssitzung sorgte ein sehr junger Mann, Cambridge-Absolvent, für Furore, als er eine Webseite vorstellte (noch bevor viele mit dem Wort etwas anfangen konnten), auf der er selbst ausgedachte Todesanzeigen für Menschen präsentierte, die es nie gegeben hatte.

Der junge Mann auf der Bühne war modern bar aller

Selbstzweifel. Er warf Bilder von Grabsteinen, Urnen und Fotos realer Personen auf die große Leinwand, die seine Webseite als diese »toten« Menschen und ihre Angehörigen, Haustiere und Besitztümer ausgab. Dazu zeigte er Zuschriften aus Teilen der Öffentlichkeit, die als Reaktion auf die Todesanzeigen auf der Seite eingegangen waren.

Sie wären, sagte er, tief bewegend und sehr persönlich gewesen, echte Schreie des Herzens. Die Abbildung eines Fahrrads oder einer Gitarre, die einem »Toten gehört« hatten, vermochte weltweit Fremde zu Tränen zu rühren.

Aber warum?, wollte Richard wissen, als die Zuhörer Fragen stellen durften. Warum tun Sie das? Warum machen Sie sich die Mühe und denken sich so etwas aus?

Um zu zeigen, was Menschen schreiben oder schicken, wenn sie auf die Webseite stoßen, sagte der junge Mann. Menschen *mögen* Gefühle. Sie mögen es, zum Fühlen aufgefordert zu werden. Gefühle sind etwas Machtvolles. Ich habe schon etliche Zuschriften von Werbetreibenden bekommen, die auf Mourning Has Broken Inserate schalten wollen.

Die Menschen, die sich auf Ihrer, Ihrer Webseite melden, *wissen* die, dass die als leider Verstorbene Ausgegebenen von Anfang bis Ende erfunden sind?, sagte Richard.

In unseren AGBs und bei den Voraussetzungen für die Erstanmeldung auf der Webseite erläutern wir, dass es sich bei den Profilen um fiktive Prototypen handelt, sagte der Mann. Man muss sich einloggen, wenn man uns eine Nachricht schicken will. Das bedeutet, wir verfügen als Nebenprodukt über eine immer länger werdende Liste, eine sogenannte Datenbank, mit persönlichen Angaben zu den Mitgliedern unserer Webseite.

Aber Sie lügen, sagte jemand anders aus dem Publikum. Sie lügen beim Leben, beim Tod und bei der emotionalen Betroffenheit.

Nein, ich erzähle Geschichten, sagte der junge Mann. Die emotionale Betroffenheit ist echt. Und sie ist äußerst wertvoll.

Sie geben aber nur vor, dass es echt ist, und das ist es nicht, sagte die Frau mit dem Mikrofon in der Hand.

Es ist echt, sagte der junge Mann. Es ist echt, wenn Sie es für echt halten.

Paddy, die neben Richard saß, stand auf. Wartete, bis das Mikrofon zu ihr durchgereicht wurde.

Was Sie gerade über die Realität und das, was wir dafür halten, gesagt haben, ist, philosophisch betrachtet, interessant und zugleich verkommen, sagt sie. Außerdem sehr clever. Es ist der Gipfel der Immoral.

Es ist eine neue Moral, hatte Terp auf der Bühne unter dem riesigen Bild des Friedhofs gesagt.

Glückwunsch, sagte Paddy. Sie werden einen Haufen Profit machen.

Und nicht bloß für mich, sagte Terp.

Ich möchte schon weinen, wenn ich das nur sehe, sagte der Nächste, der das Mikrofon bekam. Auch wenn ich weiß, dass Sie diesen Menschen bloß erfunden haben und er nicht gestorben ist oder so. Ich muss daran denken, wie es ist, wenn ich mal sterbe und all die Menschen, die ich kenne, und das macht mich traurig. Danke.

Nein, ich danke *Ihnen*, hatte Terp gesagt. Danke für Ihr Feedback.

In ferner Vergangenheit schüttelt Richard ungläubig den Kopf.

In ferner Zukunft hat sich Richard mit seiner Mastercard bei Deliveroo gerade ein Steak bestellt.

Welche seiner Karten derzeit noch funktioniert, kommt auf den Versuch an. Die Bestellung geht aber durch. Nach dem Essen will er sich online nach Katherine Mansfields Prosa umsehen. Er sollte jetzt wirklich mal etwas lesen.

Die Abendbrotzeit verbringt er damit, sich online von einer Seite abzumelden, die er nur einmal aufgerufen hat und die ihm jetzt täglich drei Werbemails schickt, eine Seite, auf der man bei jedem Klicken auf den Abmeldelink zu einer leeren Seite geführt wird. Er stopft die Verpackung seiner Mahlzeit in die Mülltüte neben der Wohnungstür, da leuchtet sein Posteingang quer durch den Raum. Er hat keine Eile beim Zurückgehen. Es wird Dibs.com sein, die ihm neue Nachrichten zu Sachen schicken, die er von Anfang an nicht kaufen wollte, um irgendwem irgendwo zu demonstrieren, wie groß die Reichweite der Dibs.com-Werbung ist.

Es ist eine Nachricht von Terp.

Richard setzt sich. Macht die Mail auf.

Betreff: Insta-Opa

Danke, Dickerchen, für deine Mail. Die wirklich aufregende Neuigkeit ist, wir haben eine Schauspielerin aufgetrieben, die glaubt, Katherine Mansfield zu sein. Ich meine, ihre echte Reinkarnation – ja, sie glaubt in ihrer Psychose, sie wäre sie. Ich scherze nicht. Und sie ist eine GRANATE. Die Energie, die sie ausstrahlt, ist unglaublich stark. Sie sagt, sie hätte sogar mal versucht, sich eine Tb einzufangen, weil sie die Krankheit noch authentischer erfahren wollte. Irre, was, Kumpel! Freut mich, sagen zu können, dass ich bereits unfassbar gutes Feedback zu den neuen Drehbuchskizzen kriege, die Leser bei den Geldgebern lieben es, außerdem bin ich vom Sender gebeten worden, mehr ethnische Diversität in das Projekt reinzubringen, und schaue, ob ich das mit ein paar zusätzlichen Rollen für Hotelangestellte und illustre Hotelgäste abhaken kann. Anregungen dazu s. willkommen. Danke usw. für alle Einfälle usw., alle Ideen stets willkommen, freue mich auf dein Feedback und darauf, dich morgen zu sehen PLUS lese mich gerade über die 40er in Schweizer Sanatorien ein, wo man Leute hin und wieder als Schlafkur für ein Jahr ins Koma versetzt hat, wonach die, bei denen das getan wurde, nicht bloß geheilt aufgewacht sind, sondern auch, um das festzuhalten, 20 Jahre jünger aussahen!! Wie wär's, solltest du vielleicht auch mal ausprobieren, Dick? ;) Ich könnt's ins Drehbuch einarbeiten. Was, wenn sie nicht gestorben wäre oder erst in den 70ern oder so? – das wäre ein Knaller, was! Ja, wir können den Lauf der Geschichte verändern

bis morgen

MT

Terp hat Richards ursprüngliche Mail im unteren Teil seiner Antwort gelöscht und diese Antwort an den Sender, die Geldgeber und alle im Büro verschickt.

Insta-Opa

Danke, Dickerchen

solltest du vielleicht auch mal ausprobieren

Unverschämter Mistkerl.

Richard atmet ein.

Das schmerzt.

Er atmet aus.

Das schmerzt.

Ein Pferdehuf, durch den ein Holzpflock genagelt ist, wenn man von nahem daraufschaut.

Ein Brief, unaufgefaltet, mit einem Wort in einer anderen Sprache, so stark leuchtend, dass das von ihm ausgehende Licht einen dunklen Raum erhellt.

Ein schmächtiger junger Mann, der einen Hotellift bedient. Da kommt wieder die dem Tode geweihte Frau. Was kann er ihr heute Gutes tun? Seine Stirn wird kraus; man sieht, wie die Falten sich bilden.

Den Kopf voll von überflüssigen Bildern, klappt Richard den Deckel des Laptops herunter.

11:59. Die Automatenstimme am Bahnhof sagt die Ankunft eines Zugs an. ScotRail, teilt sie ihm mit, entschuldige sich für die Verspätung und für alle dadurch entstandenen Unannehmlichkeiten.

Richard tut es auch leid. Er würde gern um Entschuldigung bitten. Er weiß, dass er so klischeehaft ist wie eine Gestalt in einem Film von Terp. Aber was kann er sagen? Es tut ihm leid, leid, so leid. Es tut ihm leid.

Er weiß auch, dass er von Überwachungskameras auf beiden Seiten des Bahnhofs gefilmt wird. Weiß, dass diese Art Kameras nur die Oberfläche erfassen und nur die Oberfläche zeigen. Es ist die dumme neue Art, alles zu wissen.

Er ist sich ziemlich sicher, dass er flinker ist als diejenigen, die ein Auge auf die Bilder der Überwachungskameras haben oder nicht, wo immer im Bahnhof diese Leute sitzen mögen. Es ist, als lägen die Bilder, die die Kameras von ihm aufnehmen werden, obwohl das noch nicht geschehen ist, bereits hinter ihm. Sie gehören zur Nachwelt. Sie haben mit dem Jetzt nichts zu tun.

Richard weiß auch, und es tut ihm auch leid, dass er für denjenigen, der hinter ihm aufräumt, eine Schweinerei hinterlassen wird.

Er weiß nicht, was er sonst tun soll.

Entschuldigung.

Er ist ein Kind, zehn Jahre alt, und streckt die Arme weit vom Körper weg, spielt aber nicht Flugzeug wie die anderen Nachkriegskinder, nein, seine Arme sind keine Flügel, kein Fluggerät. Sie sind die lange, biegsame Stange eines Jungen auf einem Seil, so hoch wie die Wolken (so hoch, dass sein Pony manchmal von den Wolken feucht wird).

Das Seil, auf dem er in der Luft balanciert, ist so dünn wie das Zeug in den Angelrollen seines Vaters. Sein Vater ist ein Mann, der, obwohl der Krieg schon über ein Jahrzehnt zurückliegt, also länger, als sein Sohn auf der Welt ist, mitten in der Nacht schreiend aufwacht. Dann steht er auf und wirft sich gegen die Türen des großen Kleiderschranks, den seine Eltern in ihrem Zimmer haben.

Er allerdings hat im Hinblick auf Gleichgewicht und Höhe ein für einen zehnjährigen Jungen fast unmögliches Niveau erreicht, entgegen allen Erwartungen.

Jetzt ist Richard in den Dreißigern und im Bett mit der Frau, die seine Frau werden wird. Wann ist das? Vor über dreißig Jahren. Seine zukünftige Frau weint in seinen Armen, weil der Frühling, die Jahreszeit, die sie am liebsten hat, vorbei ist.

Du kannst doch nicht weinen, weil es Sommer wird. Wenn es Winter würde, das könnte ich verstehen. Aber Sommer?

Ich kann weinen, worüber ich will, sagt sie.

Er ist verblüfft. Können Leute das, einfach so weinen, worüber sie Lust haben? Er wünschte, das träfe für ihn auch zu. Er kann nie über etwas weinen.

Seine zukünftige Frau, die das Gesicht an seinem Brusthaar reibt und sich die Augen trocknet – das fühlt sich sogar sehr erotisch an, und der Sex bringt sie in ihrer ersten gemeinsamen Zeit oft zum Weinen –, teilt ihm mit, dass sie nach ihrem Tod jedes Jahr als Blüte an einem Baum wiederkehren wird.

Und falls du vor mir stirbst, sagt er, werde ich die ganze Zeit, die ich ohne dich lebe, durch die verschiedenen Zeitzonen der Welt reisen, damit ich auf diesem Planeten so viel Zeit wie möglich im Frühling verbringen und nach dir suchen kann.

Bei diesen Worten bricht sie wieder in Tränen aus. Er kommt sich sehr romantisch vor.

Fünf Jahre nach diesem Frühlingsversprechen geht er durch ihr Haus zu der zerbrochenen Glasscheibe in der Hintertür, gegen die ein paar Tage zuvor etwas geworfen worden ist (der Wasserkessel? die Katze?), denn die ganze Tür ist nun ein mattes Spinnennetz, und da sie den Großteil des Erdgeschosses beleuchtet und er das Haus Jahre später verkaufen wird, ohne sie je repariert zu haben, wird es sein, als ob das Haus fast zehn Jahre lang nur Winterlicht gesehen hätte, zu allen Jahreszeiten.

Und nun? Ist er ein Mann, der auf einem Bahnhof auf seinen letzten Zug wartet.

Die Jahreszeiten sind sinnlos.

Nein – schlimmer als sinnlos. Paddy ist Schutt und Asche, und die Zeit geht einfach weiter. Herbst, dann wird es Winter. Dann Frühling und so fort.

Er blickt hinab auf die Schienen, auf die Übersichtlichkeit ihrer Anlage. Sieht sich den Boden darum herum an, die Steinchen und das Gras um das Ordentliche.

Ich bin auch Schutt, denkt er. Nur in anderer Form. Die ganze Welt und ihre Bewohner. Schutt.

Sollten wir die Welt da nicht besser behandeln?, sagt die imaginäre Tochter in seinem Kopf. Wenn sie so sehr *wir* ist? Wenn wir buchstäblich *aus ihr* gemacht sind?

Mein Liebes, du bist imaginär, sagt er.

Ja, ich weiß.

Du existierst nicht, sagt er.

Aber ich bin trotzdem da, sagt sie.

Geh weg.

Wie kann ich denn?, sagt sie. Ich bin du.

In dem Augenblick taucht der Zug hinten auf dem Gleis auf. Er nähert sich. Fährt ein. Hält an. Seine Türen piepsen.

Es öffnet sich nur die hinterste Tür; sonst steigt niemand aus, nur die zwei Personen, an denen er vorübergeht, ein Mädchen und eine Frau, die eine weiß, die andere ein Mischling, die Frau in so etwas wie einer Uniform, schwerer Trenchcoat, das Mädchen in Schulkleidung, die für den Norden von Schottland zu dünn aussieht. Die Geschichte über sie, was immer es für eine sein mag, rollt schon heran, allerdings unter ungünstigsten Umständen, nichts als Äußerlichkeiten.

Schlag's dir aus dem Kopf.

Was für eine Erleichterung, es hinter sich zu haben, all das ein für alle Mal hinter sich zu haben. Er geht an ihnen vorbei, sie sind auch bloß Schutt, weiter nichts, genau wie alles andere, im Augenblick sind sie sogar nützlicher Ballast, denn sie versperren die Sicht zwischen ihm und einer Bahnwärterin in Warnweste, die herausgekommen ist und den Zug abfertigt.

Viel Platz, in den man einen Körper zwängen könnte, ist da nicht. Der Zug reicht bis dicht über den Boden. Auf der kaum einsehbaren unteren Ebene ist das Metall schmutzverkrustet. Sogar die Maschine muss mit der Natur zurechtkommen, nicht einmal sie entkommt der Erde. Das hat etwas Beruhigendes.

Er beugt sich zum, was ist das Wort? Unterbau? Unterseite?

Wenn er sich mit dem Bauch flach auf den Boden legt, bekommt er den Kopf – er schaut nach, wo die Räder sind. Lässt sich der Länge lang nieder. Steine. Gras. Metall. Dreht sich um. Versucht, den Nacken auf der Schiene, den Kopf zum Rad hin zu schieben.

In weniger als einer Minute werden mehrere Personen in Warnwesten aus den Bahnhofsbüros zum Ende des Bahnsteigs rennen.

Vorläufig aber nichts. Ein Augenblick Nichts.

Noch ein Augenblick Nichts.

Man würde doch meinen, ein verspäteter Zug führe schneller aus einem Bahnhof aus.

Aus dem Unterbau des Zugs fällt tropfenweise Wahrheit.

Na ja, um bei der Wahrheit zu bleiben, schmutziges Wasser. Richard schließt die Augen.

Gleich wirft er die Zeit aus dem Gleis.

Gleich ist es vorbei.

Gleich.

—

Hey.

Hey. Sir.

Er macht ein Auge auf. Ein Tropfen fällt mitten hinein. Richard hebt die Hand, weil er am Lid reiben will, und schlägt mit dem Handrücken gegen Metall, zuckt dabei mit dem Kopf und stößt sich mit der Stirn hart am Unterbau des Zugs.

Au.

Entschuldigung, Sir.

Er schiebt den Kopf unter dem Zug hervor.

Ein Mädchen, ein reales, dasselbe, das eben aus dem Zug ausgestiegen ist, hockt hinter dem Zug auf der Bahnsteigkante. Die Kleine sieht ihn direkt an.

Ich könnte Sie hier oben echt gut brauchen, sagt sie.

Februar. Die erste Biene schlägt gegen die Fensterscheibe.

Das Licht kehrt mit Macht zurück, grell bei der Kälte. Und Vogelgesang umrahmt den Tag, das Erste und das Letzte, wenn das Licht kommt und geht.

Die Luft schmeckt sogar im Dunkeln anders. Im Licht der Straßenlaterne sind die Äste der kahlen Bäume von Regen erleuchtet. Etwas hat sich verändert. Wie kalt es auch ist, der Regen ist kein Winterregen mehr.

Die Tage werden länger.

Daher kommt das Wort Lent.

Der lateinische Name des Monats ist eine Ableitung aus Wörtern für das Reinigen, für die Besänftigung der Götter, gewöhnlich durch das Verbrennen von Opfergaben, etymologisch wohl in beiden Fällen wurzelnd im Februa, dem römischen Reinigungsfest. Monat der Vegetation, Monat der zurückkehrenden Sonne, Regenmonat, Monat des sprießenden Kohls, Monat der raubgierigen Wölfe, Monat der Kuchen, den Göttern als Opfergabe für ein gutes Jahr, eine gute Ernte, ein gutes Leben dargebracht.

In den schottischen Highlands war es früher, als Traditionen strenger befolgt wurden als heute, der Monat, in dem die Menschen Kerzen anzündeten und die Sonne auf die Erde zurückriefen (der Ursprung von Lichtmess); zu dieser Jahreszeit formten Mädchen Figuren aus den letzten Garben des Getreides vom Vorjahr, legten ihre Kreationen in eine Wiege, tanzten um die Wiege herum und sangen ein Lied über das wiedererwachende Leben, über die Schlangen, die erwachten und ihre Nester verließen, über die Rückkehr der Vögel, über St. Bride oder Brigid oder Bridget von Kildare, die Schutzheilige von vielem, unter anderem Irlands, der Fruchtbarkeit, des Frühlings, der schwangeren Frauen, der Schmiede und Dichter, Kühe und Stallmägde, der Seefahrer und Bootsführer, der Hebammen und illegitimen Kinder. Als eine Version einer keltischen Feuergöttin namens Brid, der zu Ehren die Menschen Freudenfeuer entzündeten, spendete sie ihren Segen auch heiligen Quellen und Orten, deren Wasser man bis heute nachsagt, dass es Leiden heilen kann, vor allem solche der Augen.

Wie immer sie auch geheißen haben mag, sie nahm das mit Edelsteinen besetzte Schwert ihres Vaters und schenkte es den Aussätzigen der Siedlung. Die lösten die Edelsteine heraus und kauften sich davon Nahrungsmittel. Brid gab ihrem Vater das leere Schwert zurück.

Dann bat sie einen irischen König, ihr ein Stück Land zu geben, auf dem sie eine Abtei errichten wollte, in der eine Gemeinschaft von Frauen leben und sich wohltätigen Werken widmen konnte.

Der König hörte ihr aber nicht zu. Er sah auf ihre Brüste.

Als er merkte, dass ihr das nicht entging, sah er stattdessen auf den kleinen Umhang, den sie über den Schultern trug.

Gibst du mir so viel Land, wie der Umhang, den ich trage, bedeckt?, sagte sie.

Der König lachte. Meinetwegen, sagte er.

Sie nahm den Umhang ab und legte ihn auf den Boden. Der Umhang dehnte sich langsam aus. Er wurde immer größer. Brigid fasste nach einem Zipfel. Drei andere Brigid-Versionen fassten nach den anderen Zipfeln. Sie liefen los, eine nach Osten, eine nach Westen, eine nach Norden und eine nach Süden.

Brigid selbst ging nach Norden. Sie schritt über einen matschigen Acker. An jeder Stelle, an der ihre Füße den Boden berührten, sprossen Blumen aus dem Nichts.

Zwei

Nicht dass Sie uns falsch verstehen.

Wir wollen Ihr Bestes. Wir wollen die Welt besser vernetzen. Wir wollen Ihnen zeigen, dass die Welt Ihnen gehört. Wir wollen, dass Sie durch uns die Welt sehen. Wir wollen, dass Sie Sie selbst sind. Wir wollen, dass Sie sich weniger allein fühlen. Wir wollen, dass Sie Gleichgesinnte finden.

Sie sollen wissen, dass wir Ihre weltweit beste Wissensquelle sind. Wir wollen alles über Sie wissen. Wir wollen wissen, wo Sie sich bewegen. Wir wollen wissen, wo Sie gerade sind. Wir wollen, dass Sie Bilder davon posten, was Sie sich gerade ansehen, damit Sie sich immer an diesen besonderen Moment erinnern. Sie sollen sich ansehen können, was Sie vor genau zehn Jahren gepostet haben. Glückwunsch zum Jubiläum! Wir wollen Sie regelmäßig an die besonderen Momente in Ihrem Leben erinnern. Wir wollen Ihnen zeigen, was Ihre Freunde genau vor zehn Jahren gepostet haben. Wir wollen, dass Sie Ihr Leben dokumentieren – Ihr Leben bedeutet doch so viel! Sie sollen wissen, dass Sie eine Bedeutung auf der Welt haben. Sie sollen wissen, wie viel Sie uns bedeuten. Sie sollen wissen, dass wir uns sehr für alles interessieren, was Ihnen wichtig ist. Sie sollen wissen, dass uns das ebenfalls wichtig ist.

Wir wollen jeden Schritt erfassen, den Sie gehen. Wir wollen Ihnen helfen, fit und bei Kräften zu sein. Wir wollen wissen, was Ihr Herz schneller schlagen lässt. Wir wollen, dass Sie uns eine Probe Ihrer DNA und einen bestimmten Geldbetrag übersenden, damit wir Ihnen helfen können herauszufinden, wer Sie sind, wer Ihre Angehörigen sind und waren und wo Sie ursprünglich herstammen, und wir wollen das einzig und allein für den völlig legitimen Zweck einer Ihnen nützlichen Dienstleistung.

Sie sollen alles sein, was Sie sein können: als Freund, in einer Beziehung, als Single und als komplexe Person. Wir wollen wissen, was Sie kaufen. Wir wollen wissen, was für Musik Sie sich über Kopfhörer anhören. Wir wollen wissen, welche Kleidung Sie tragen. Wir wollen Ihnen speziell auf Sie zugeschnittene Werbung liefern. Es soll für Sie richtig sein! Wir wollen, dass Sie mehr über sich in Erfahrung bringen. Wir wollen, dass Sie unseren unterhaltsamen Persönlichkeitstest machen und erfahren, was für ein Mensch Sie wirklich sind und wem Sie bei Wahlen Ihre Stimme geben wollen. Wir wollen Sie genau einschätzen können und damit Input liefern, der anderen für ihre unterhaltsamen Projekte ebenso nützlich ist wie uns für unsere.

Wir wollen in Ihrem Wohnzimmer sein. Wir wollen Ihnen helfen, kleine Alltagsprobleme zu regeln, wohin essen gehen zum Beispiel, wohin in den Urlaub fahren, wo wird ein Film gezeigt und zu welchen Zeiten, wo amüsieren sich viele

Leute aus Ihrem näheren Umfeld jetzt gerade. Wir wollen Ihnen bei den lästigen Onlinebestellungen helfen: Katzenfutter, Gartengeräte, Kindersachen. Wir wollen Ihnen beim Allgemeinwissen für Kinder helfen. Sie sollen uns als einen Familienangehörigen betrachten. Wir interessieren uns für alles, was Sie sagen. Wir wollen immer hören, was Sie sagen, wenn Sie auf einen Bildschirm sehen. Wir wollen Sie durch diesen Bildschirm sehen können, während Sie ganz woanders hinschauen. Wir wollen wissen, was Sie in allen Zimmern Ihres Hauses zueinander sagen. Wir wollen wissen, wie Ihr Tagesrhythmus aussieht, was Sie zu welchen Zeiten tun, wann Sie online sind und wann nicht und wofür Sie Ihr Geld ausgeben.

Wir wollen, dass die Telefone, die wir Ihnen verkaufen, langsamer sind und weniger gut funktionieren als die vorherigen Modelle, damit Sie schneller ein neues kaufen.

Wir wollen Leute einstellen, die jeden in einer Machtposition angreifen, der Dinge über uns sagt, die uns missfallen, ganz gleich, ob sie stimmen oder nicht. Wir wollen, dass sich Schwarze und Latinos in unserer Belegschaft ein bisschen weniger wichtig und geschützt fühlen, weniger gut in der Firmenhierarchie aufsteigen können als Weiße, obwohl sie uns nützlichen Input im Hinblick auf die Verarbeitung von Daten zu ethnischer Zugehörigkeit geben sollen.

Wir wollen für Redefreiheit eintreten, besonders die von mächtigen reichen Weißen. Wir wollen Millionen von Menschen ermöglichen, Posts von Trollen zu lesen. Wir wollen die Regierung bei ihrer Propaganda unterstützen und helfen, Wahlen zu fälschen, und wir wollen Menschen nicht daran hindern, sich zu organisieren und für ethnische

Säuberungen einzutreten, all das nützliche Nebenprodukte dessen, dass wir rund um die Uhr für Sie da sind.

Sie sollen wissen, wie viel uns Ihr Gesicht bedeutet. Wir wollen, dass Ihr Gesicht und die Gesichter aller, die Sie fotografieren, und die Gesichter all Ihrer Freunde und die der Menschen, die sie wiederum fotografieren, auf unseren Seiten ins Netz gestellt werden und in unserem Archiv unterhaltsamer Daten und für die Forschung zugänglich sind.

Sie sollen wissen, dass wir für Ihre Sicherheit sorgen. Sie sollen wissen, dass wir Ihre Privatsphäre respektieren und schützen. Sie sollen wissen, dass wir Privatsphäre als Menschen- und Bürgerrecht betrachten, vor allem, wenn man sie sich leisten kann. Wir wollen Ihnen versichern, dass Sie alles in der Hand haben. Sie sollen wissen, dass Sie darüber entscheiden, wer Einblick in Ihre Informationen bekommt. Sie sollen wissen, dass Sie unbeschränkten Zugang zu Ihren Informationen haben — Sie und alle, die Sie beschatten.

Wir wollen Ihr Leben erzählen. Wir wollen das Buch dazu sein. Wir wollen die einzige Verbindung sein, auf die es ankommt. Wir wollen, dass es ungünstig für Sie ist, auf uns zu verzichten. Wir wollen, dass Sie uns anschauen und, sobald Sie den Blick von uns abwenden, das Bedürfnis verspüren, uns wieder anzuschauen. Wir wollen, dass Sie uns nur dann mit Lynchmobs, Hexenjagden oder Säuberungsaktionen in Verbindung bringen, wenn es *Ihre* Lynchmobs, Hexenjagden und Säuberungsaktionen sind.

Wir wollen Ihre Vergangenheit und Ihre Gegenwart, weil wir auch Ihre Zukunft wollen.

Wir wollen Sie ganz.

Jederzeit. Hier, nur zu. Fotografieren Sie mein Gesicht.

Ich bin nicht überrascht, dass Sie mein Gesicht wollen. Es ist das Gesicht von heute.

Mit mein Gesicht meine ich das Gesicht auf dieser A4-Fotokopie, der Beweis für meine Existenz. Ohne sie gibt es mich offiziell nicht. Obwohl ich körperlich anwesend bin, bin ich es ohne dieses Blatt Papier nicht. Verliere ich es, bin ich nirgendwo, ganz gleich, wo ich mich befinde. Es greift sich ein wenig ab – keine Überraschung bei einem bloßen Blatt Papier im A4-Format –, und da es an den Stellen gefaltet ist, an denen sich die Kopie des Gesichts befindet, ist von der Kopierertinte, aus der mein Gesicht besteht, im Knick der Falte schon etwas abgebröckelt.

Aber ich bin da. Ich existiere, denn dieses Blatt Papier mit meinem Gesicht darauf beweist, dass ich ohne Erlaubnis hier weder studieren noch arbeiten noch leben und auch kein Geld verdienen darf.

Da ich keine Rechte habe, haben Sie umso mehr.

Keine Ursache! Ich helfe gern.

Sie werden außerdem feststellen, dass dieses Gesicht den Zeichnungen auf den Plakaten ähnelt, die Sie auffordern, alles zu melden, was Ihnen verdächtig erscheint.

Sagen Sie es der Polizei, wenn Sie jemanden sehen, der mir ähnelt, denn mein Gesicht ist für Ihre Nation von großer Wichtigkeit.

Keineswegs. Kein Problem. Freut mich, wenn ich Ihnen helfen konnte.

Und mit diesem Gesicht, genau wie mit den Gesichtern auf dem LKW-Plakat, vor dem der weiße Mann in dem Anzug posierte, den Gesichtern einer langen Schlange von Menschen, ich meine Nicht-Menschen, an einer Grenze, war endgültig bewiesen, dass all die Menschen auf dem Plakat gesichtslose Niemande waren, sein Gesicht aber das eines Jemand. Er hatte das einzige Gesicht von Belang.

Mein Gesicht ist die Grenze der Belastbarkeit.

Nicht der Rede wert. Jederzeit.

Es ist das Gesicht, das Ihnen in Dokumentationen und Filmen gezeigt wird oder das Ihnen in Romanen über Menschen, die nicht Sie sind, vor Augen steht, in den Büchern, die Sie lesen, weil Sie die Literatur lieben oder Zeit totschlagen wollen, in Büchern, die die Geschichten erzählen, nach denen Sie glauben, dass Sie wirklich etwas gefühlt haben, dass Sie tief ergriffen sind, ja sogar etwas Entscheidendes über Geschichte, über das politische Geschehen der Zeit verstanden haben, in der Sie leben.

Nichts zu danken. Bitte schön. Mein Gesicht spricht von Ihnen.

Mein im Schlamm festgetretenes Gesicht.

Mein vom Meer aufgetriebenes Gesicht.
Mein Gesicht bedeutet nicht Ihr Gesicht.
Unbedingt. Gern geschehen.

Es war September, als Brittany Hall zum ersten Mal von dem Mädchen hörte, an dem Morgen, als Stel von der Sozialhilfe in der Mitarbeiterumkleide an ihr vorbeikam und sagte, hör mal, Brit, es geschehen doch noch Zeichen und Wunder, irgendein Schulmädchen ist ins Zentrum gekommen und – das glaubst du nicht, ich kann's selber immer noch nicht glauben. Sie hat das Management dazu gebracht, die Toiletten zu reinigen.

Das Management wozu?, sagte Brit.

Dann sagte sie: Wie meinst du das, *sie*?

An sich waren Kinder nicht so selten. Die von der CIO schickten oft Personen her, die sie als Erwachsene eingestuft hatten und die schlicht noch Kinder waren, dreizehn, vierzehn Jahre alt. Aber dies war ein reines Männerzentrum.

Sämtliche Toiletten, sagte Stel. Jede einzelne Schüssel in jedem Zimmer in sämtlichen Flügeln, sogar in der Isolation. Ich meine nicht das Management persönlich, das Management beim Reinigen der Klos, ein beschissener Anblick. Nein, wie ich es sage, ein Kind. Ein Mädchen. Zwölf oder dreizehn, ich hab sie nicht gesehen. Keiner, mit dem ich geredet habe, hat sie mit eigenen Augen gesehen. Aber sie ist reingekommen. Und nicht nur das, sondern durch bis zum Management. Hat sie dazu gebracht, eine Reinigungsfirma kommen zu lassen, die sie reinigt, und zwar *wirklich* gründlich, zwischen den Fliesen, die Risse und die Verfärbungen, alles, was die Putzbrigade der Insassen nicht mehr wegkriegt, die Firma ist mit großen Hochdruckreinigern angerückt, mit Dampfreinigern wie an Autowaschplätzen, und hat sämtliche Schüsseln, Fliesen und das Drumherum abgestrahlt und hinterher alles trockengewischt. Gott, es riecht so viel besser da drin, warte, bis du in die Abteilung kommst, die haben alle Abteilungen gereinigt, den ganzen Block H. Ein paar von den Insassen haben sie auch gesehen, als sie in Schuluniform ganz allein in der Abteilung B herumgelaufen ist, alle haben ihr Platz gemacht und geguckt wie sonst was.

Du verscheißerst mich, sagte Brit.

Die Scheiße ist weg, sagte Stel. Ta-daa. Wie von Zauberhand. Sogar an den Wänden in der Dauerbeobachtung.

Kein Scheiß?, sagte Brit.

Keine, meine Kleine, weißt du, was ich meine?, sagte Stel.

Du bist eine Dichterin, sagte Brit, und weißt es nicht mal.

Doch, schon, sagte Stel. Ich hab nur in letzter Zeit wenig Gelegenheit dazu. Aber heute? Heute, ach, bin ich ganz davon erfüllt. Von Poesie, meine ich.

Sie ging durch den Flur davon und sang Zeilen aus oh, what a beautiful morning, und das Echo im Flur übertrug das Lied von einem Ende bis zum anderen. Mit einer Hand winkte sie Brit zu, mit der anderen der Kamera, damit man sie durch die Sicherheitsschleuse durchließ.

Stel arbeitete schon seit Jahren hier, ganze drei schon, sagte mal jemand, so lange. Sie war knapp dreißig. Brit war noch relativ neu. Die Insassen merkten es ihr an. Das war ungut. *Glückwunsch, Sie sind jetzt vier Monate hier, genauso wie ich, und sind nicht tot, und ich bin es auch nicht, macht schon zwei, die noch nicht tot sind, Miss DCO Hall,* hänselte sie einer der Syrer jeden Tag. Es war nicht böse gemeint. Aber nicht böse gemeint war verzwickt. Man musste Grenzen setzen. Es gab Vorschriften, wie man zu antworten hatte. Einerseits konnte man lachen und mit einer Frotzelei antworten, andererseits musste ein wie können Sie es wagen, so mit mir zu sprechen sein. Je nachdem.

Körperkameras. Stacheldreht. Die Deets, die Insassen.

(Stel zum Beispiel sagte nie Deets. Stel, selbst schwarz, wurde öfter als die nichtschwarzen Mitarbeiter kontrolliert, wenn sie das Zentrum verließ und nach Hause gehen wollte. Auch wenn alle sie kannten. Stel war die personifizierte Geduld. Das musste man auch sein. Wenn man tat, was sie täglich tat.)

Man stelle sich vor: ein Kind im Zentrum.

Brit hat bei der Arbeit tatsächlich oft an ein Kind denken müssen, denn als Obergrenze für das Gewicht des persönlichen Besitzes pro Deet im Flüchtlingszentrum ist 25 kg festgelegt, so viel, wie ein kleines Kind von drei bis vier Jahren wiegt. Das diente ihr als Gedächtnisstütze, und sie fragte sich jedes Mal, wenn neue Deets kamen: Sieht das aus wie mehr oder weniger als das Gewicht eines kleinen Kindes? Denn wenn es wie viel mehr aussieht, können sie jederzeit Radau machen, wenn es ihnen weggenommen wird.

Beim Gewicht des persönlichen Besitzes muss Brit immer an ihren Vater denken. Als er starb, sprachen sie über seinen Nachlass, seinen persönlichen Besitz, darüber, was von jemandem bleibt, im Sinne von was er nach dem Tod wert ist.

Dadurch ist die Stelle, die ihr ein Gehalt zahlt, so etwas wie eine Unterwelt, dachte sie. Die Stätte der lebenden Toten. Das Tor zu ihrer Unterwelt bildete eine Reihe kleiner Heckensprösslinge in Kästen, die kürzlich vorn zwischen Parkplatz und Gebäude aufgestellt worden waren, vielleicht als Puffer, um die Anlage für ankommende Besucher zu verschönern. Jeden Tag nickte Brit ihnen nun zu, wenn sie zur Arbeit kam und nach der Schicht wieder nach Hause ging. Eine entmilitarisierte Zone zwischen Unterwelt und Restwelt.

Hallo, Hecken. (Wünscht mir Glück.)

Macht's gut, Hecken. (Wieder ein Tag geschafft.)

Brit ging mit dem Wissen hinein und kam mit dem Wissen heraus. Das Wissen war: Sie konnte gehen. Sie konnte am Ende jedes Tages (oder am Morgen, wenn sie Nachtschicht hatte) gehen.

Mehr oder weniger war sie aber immer dort, auch wenn sie es nicht war. Auch wenn sie das Zentrum verlassen konnte und es nach Schichtende auch tat, einfach hinausging, vorbei an den Hecken, über die Straße, über den Parkplatz, auf der Flughafenstraße bis zum Bahnhof lief und in den Zug einstieg, nach Hause fuhr.

Was musst du da machen?, sagte ihre Mutter, als sie den Job seit vierzehn Tagen hatte.

Ich bin DCO in einem IRC und Angestellte der privaten Sicherheitsfirma SA4A, die im Auftrag des Innenministeriums das Haus Spring, das Field, das Worth, das Valley, das Oak, das Berry, das Garland, das Grove, das Meander, das Wood und noch ein, zwei andere betreibt, sagte sie.

Brittany, sagt ihre Mutter. Was für eine Sprache sprichst du?

Brit war nicht dumm. Sie war in Sprachen gut gewesen. Sie war in allen Schulfächern gut gewesen, ohne sich anstrengen zu müssen. Sie hatte aufs College gewollt, aber das konnten sie sich jetzt nicht leisten. Sei vernünftig. Sie hätten es sich nie leisten können, doch ihre Mutter machte sich Vorwürfe, weil es nicht ging. Deshalb beklagte sich Brit nicht. Wenn sie heimkam: *Wie war's auf der Arbeit?* Gut. *Was hast du heute gemacht?* Verschiedenes, weißt du, das Übliche. Dazu lachte man kurz auf.

Hauptsache, du hattest mal was zu lachen, sagte ihre Mutter. Schwere Arbeit und Lachen, das passt zusammen wie das Meer und schlechtes Wetter.

Ich werd schon noch dahinterkommen, sagte Brit.

Eines Tages sagte ihre Mutter dann:

Brittany, was ist ein Deet?

Hatte sie das Wort ihrer Mutter gegenüber wirklich verwendet? Deet war ein Torquil-Wort, so nannte er sie, meinte es aber nicht unfreundlich. Torq war in Ordnung.

Deet, sagte Brit in ihrer ersten Woche zu ihm. Ich meine das, was wirklich so heißt. Das ist doch ein Insektenmittel.

126

Mhm, sagte er.

Aber dann geht der Witz auf unsere Kosten, sagte sie. Wenn sie das Mittel sind.

Mhm, sagte Torquil.

Wenn du sie Deets nennst, macht uns das zu Insekten.

Mhm, sagte Torquil.

Zu Blutsaugern.

Mhm.

Sie lachte.

Mhm.

Torq war Schotte, deswegen hatte er den komischen Namen.

Ich erklär's dir, sagte er. Alles an dieser Arbeit ist abstoßend. Und beim Hantieren mit Deet muss man aufpassen. Es kann zu verwaschener Sprache führen, du kannst dich echt krank fühlen, es ist ein Neurotoxin und dringt, wenn es unter die Haut gelangt, tief in einen ein. Taubheit. Koma. Ich will dich nur rechtzeitig warnen, damit du bei dir auf Symptome achten kannst, Britannia.

Brittany, was ist ein Deet?

Ach, weißt du. (Lachen.) Ein Slangausdruck. Die Kurzform von Detail.

Und, wie war die Arbeit?

Gut.

Was hast du heute gemacht?

Das Übliche. Verschiedenes. (Kurzes Lachen.)

Hauptsache, du hattest mal zu lachen. Schwere Arbeit und Lachen.

Ihre Mutter wandte sich wieder dem 24-Stunden-Nachrichtensender zu. Schüttelte den Kopf wie jeden Tag über alles, was so passiert.

Es passieren so viele destabilisierende Dinge auf der Welt, sagte sie.

Das sind bloß die Nachrichten, Mum, sagte Brit. Das ist Quatsch.

Ihre Mutter meinte ja, Nachrichten wären wichtig. Aber heute wusste jeder, dass man aus denen nicht erfuhr, was wirklich los war. Ausgenommen ihre Mutter. Sie glaubte noch ans Fernsehen. Alte Leute waren so.

Ich bin ja neugierig, was um alles in der Welt das noch gibt, sagte ihre Mutter.

Von der realen Welt hatte ihre Mutter keinen Schimmer. Schwere Arbeit, Lachen. Nicht dass bei der Arbeit nicht viel gelacht würde. Da war das Lachen der Deets, das klang, als wäre etwas zerbrochen, und das Lachen bestimmter DCOs über Deets, das hart an der Schmerzgrenze war, drohend. Überhaupt war es ständig laut: Lachen, Weinen, Türenzuschlagen, Türentreten, Geschrei. Es war eine laute Arbeit. Es sei denn, man war am Scanner oder am Eingang oder in den Besuchszimmern. Bring sie zum Lachen, bring sie zum Weinen, lass sie schmoren: Wenn ein Deet auf die Art lacht, so irre, das hatte Torq ihr beigebracht, lass ihn erst mal schmoren: Es gab welche, in einer Einrichtung, die bei ihrer Eröffnung für einen Aufenthalt von maximal 72 Stunden gedacht war, die hingen hier schon jahrelang fest.

Zweiundsiebzig Stunden? Drei Tage.

Die Mehrzahl der Insassen war mindestens schon zwei Monate da.

128

Hallo, Hecken.

Macht's gut, Hecken.

Tag für Tag.

An *dem* Tag aber? Das ganze Zentrum war wie ausgewechselt.

Es war unheimlich still.

Niemand lachte. Niemand weinte. Niemand, ob Deets oder DCOs, knallte mit den Türen.

Die Geschichte machte die Runde.

Ein Kind, ein Mädchen in Schuluniform, war offenbar einfach in das Zentrum *hineinspaziert*.

Erstens ist so etwas unmöglich. Das kann keiner, nicht in diesem Zentrum und auch in keinem anderen. Einfach so reingehen. Ausgeschlossen, Punkt. Hier – und es ist noch nicht einmal eine Einrichtung mit höchster Sicherheitsstufe – wird man durchsucht, überprüft, fotografiert, überprüft, bekommt das Besucherband umgehängt, wird überprüft, gescannt, noch einmal überprüft, passiert dann eine Sicherheitsschleuse, Türen, Zäune, Türen, drei weitere Kontrollen vor der letzten am Eingang zur jeweiligen Abteilung.

Angeblich war das Kind auch bei vier anderen Abschiebezentren einfach rein- und wieder rausspaziert.

Lügen, sagte Brit. Fake News.

Dann sah sie die Toilette in dem Raum, den sich der türkische und der polnische Deet Adnan und Tomek teilten.

Dann ein paar andere Toiletten in Block B.

Die waren wirklich sauber.

Ist das so was wie ein flächendeckendes April, April?,

sagte sie zu Dave. In den September verlegt? Oder ein SA4A-Test?

Dave hatte das Mädchen nicht mit eigenen Augen gesehen, aber ein paar der Geschichten gehört, die im Haus die Runde machten. Er erzählte sie Brit beim Kaffee. Am Nachmittag war sie dann für das Besuchszimmer eingeteilt und hörte noch mehr Geschichten von Russell, der genau wie sie meinte, die wären alle der reinste Blödsinn.

Angeblich hatte dieses Mädchen, was sagt man dazu, an der Tür eines Stundenhotels in Woolwich geläutet, war reingegangen und lebendig und, ohne dass ihr ein Haar gekrümmt worden wäre, wieder rausgekommen.

Was, sogar in Schuluniform?, sagte Brit.

Sie und Russell lachten aus vollem Hals.

Angeblich hatten die Zuhälter die korrupte Polizei zu Hilfe gerufen. *Holt sie raus. Führt sie ab*, sagten sie. *Bitte. Sie macht uns das Geschäft kaputt.* Das Mädchen soll nämlich, als sie erst einmal drin war, eine halbe Stunde lang durch mehrere Räume gegangen sein und den Kunden das, wobei sie gerade zugange waren, ausgeredet haben, was an sich schon sehr lustig war, und hinterher den Mann an der Eingangstür zum Aufschließen gebracht haben, so dass fünfzehn Teenager und jüngere Mädchen freikamen und das Weite suchten, um ihr Leben rannten.

Ja.

Genau.

Es wurde auch erzählt, ein Deet, ein Selbstverletzer, ein Eritreer aus Block C, Brit kannte ihn nicht, hätte, als er aufblickte, das Mädchen in seinem Zimmer vorgefunden, sie hätte einfach dagestanden wie eine Vision, wie die *scheiß Jungfrau Maria* (Russell). Der Eritreer, der Selbstverletzer, hätte zu ihr gesagt, dass sie mich in dem Haus hier festhalten, ist wie leben in Hoffnungslosigkeit, wozu soll ich da am Leben bleiben? Nur der Schmerz hält mich am Leben. Das Schulmädchen habe dann etwas zu ihm gesagt, aber was, wollte er niemandem verraten, und nun war er wie ein neuer Mensch. Geschlagene zehn Minuten dachten sich Russell und Brit zusammen aus, was das Mädchen zu ihm gesagt haben könnte, lauter Obszönitäten. Unsinn, sagte Brit. Wie soll sie überhaupt bis in Block C gekommen sein, ohne dass jemand sie rausgeworfen hat? Sie hat doch Flügel, sagte Russell. Ist wie ein Engel reingeflogen, mit kleinen Monatsbinden als Steuerruder an den Fersen.

Angeblich war die Mutter des Mädchens ein Deet und saß im Wood, sie wäre vom Innenministerium einkassiert worden, weil sie sich für einen Kurs an der Uni angemeldet hätte, sie wäre hier aufgewachsen, hätte aber keinen Pass, und das Innenministerium hätte sie auf der Straße abgefangen, sie wäre bloß für zehn Minuten raus und die Straße runter in den Asda gegangen, ohne Mantel, die Tasche mit den Einkäufen wäre auf dem Gehweg stehen geblieben, als sie sie mitnahmen. Und als ihre Mutter schon seit einigen Wochen im Wood saß, wäre dieses Mädchen dahingekommen und hätte zu den Männern am Tor gesagt, sie sollten das noch an dem Abend in Ordnung bringen, hätte die Diensthabenden dazu gebracht, das Zimmer ihrer Mutter aufzuschließen, die Einrichtung zu entsichern, danach das System auszuschalten und ihre Mutter herauszulassen.

Klar doch, sagte Brit. Würden wir doch alle machen. Sie brauchen bloß höflich darum zu bitten.

Sie und Russell lachten aus vollem Hals.

Aber.

Aufgepasst.

Offenbar.

Hatte es eine Lücke im internen Sicherheitssystem im Wood gegeben, und ein paar Insassen kamen heraus, *ohne* dass es aufgezeichnet wurde. Doch auf den Bändern der Überwachungskamera gegenüber dem Eingangstor ist zu erkennen, dass eine Frau mitten in der Nacht unbehelligt aus dem Wood hinausspaziert und mit ihr noch ein paar andere.

Brit lachte. Das war besser als Comedy. Sie kriegte sich gar nicht wieder ein vor Lachen. Sie lachte so sehr und so laut, dass die Besucher, die ringsherum zu Deets gekommen waren, sich umdrehten und herüberstarrten. Sie musste sich das Lachen richtig verbeißen.

Dann ging sie wieder durch die Reihen und vergewisserte sich, dass kein Deet neben jemandem saß oder wen anfasste. Neben der Familie zu sitzen ist verboten.

Doch die Geschichte wurde im Laufe des Tages immer blödsinniger.

Sie machte im ganzen Block H die Runde.

Irgendwer, eine Sekretärin, hatte durch die Tür mitgekriegt, was das Mädchen zum Chef gesagt hatte.

Sie war zehn Minuten bei ihm drin, höchstens, erzählte Sandra (Oates' Sekretärin) Brit und ein paar anderen (plus Torq, Frau ehrenhalber) auf der Mitarbeitertoilette.

Sandra sprach nur flüsternd, obwohl alle Türen zu den Toilettenkabinen offen standen und sonst niemand da war.

Sie hat es ganz ruhig und vernünftig gesagt, erzählte Sandra. Sie war so leise, dass ich nicht viel hören konnte, das Wort warum hab ich aber verstanden, das kam mehrmals vor, warum. Ich wollte nicht lauschen, so war das nicht, ich hab bloß die Ohren gespitzt, falls ich die Security rufen muss. Aber an *denen* war sie ja schon ohne Probleme vorbeigelaufen, die hatten sie nicht aufgehalten, an denen war sie genauso problemlos vorbeigegangen wie an mir, sie hat mir direkt ins Gesicht gesehen, anders kann ich es nicht nennen, ich hab sie nicht aufgehalten, ich wollte nicht. Sie hat an seine Tür geklopft, ist sofort rein, hat sich gesetzt und auf ihn gewartet. Dann ist er rein. Ich wollte ihn noch aufhalten und warnen, aber er war wieder mal in Blöde-Sandra-Stimmung.

Dann, was, fünf, zehn Minuten später, kommt sie aus dem Büro raus und sagt, *Wiedersehen, Sandra, vielen Dank*, keine Ahnung, woher sie meinen Namen kannte, kannte sie aber. Sie war kaum fort, da hat er mich zu sich reingerufen, rot bis zu den Haarwurzeln, und mich an meinen Schreibtisch geschickt, ich soll bei Steamclean anrufen und die schnellstmöglich herbeordern.

Es hieß, sagte Sandra halblaut in der Damentoilette, dieses Mädchen wäre noch in mehrere andere Abschiebezentren rein und hätte den Leuten alle möglichen unorthodoxen Sachen aufgeschwatzt, zum Beispiel eben, dass die Toiletten richtig gereinigt werden.

Wie hat sie ausgesehen?, sagte Brit.

Wie ein Schulmädchen, sagte Sandra. Wie man sie im Bus sieht.

Sandra nahm sie alle mit in ihr Büro und zeigte ihnen auf dem Computer die Sequenz des Überwachungsbandes. Sandras Büro ist richtig nett, wie ein normales Büro. Sandra ließ sie auch einen Blick in Oates' Büro werfen, das schön möbliert und sehr geräumig war.

Auf dem Überwachungsband sahen sie das Obere des Kopfes eines ziemlich kleinen Mädchens, das herumging.

Sie lief einfach so herum, als gehörte sie dorthin. Niemand hielt sie an. War vor ihr eine Tür geschlossen, wartete sie einfach, bis sie aus irgendeinem anderen Grund wieder aufging, und spazierte durch. Es wirkte auf der Aufnahme so einfach und unkompliziert, dass da nichts Rätselhaftes zu erkennen war. Eine Tür geht auf. Sie spaziert durch.

Dann war Brits Schicht zu Ende.

Sie konnte gehen.

Sie ging zum Zug.

Sie setzte sich und starrte zum Fenster hinaus. Ihr Blick wanderte von dem, was vor dem Fenster war, zu den Kratzern und Schmierflecken auf der Scheibe, zu denen auf der Innenseite, zu denen auf der Außenseite und wieder zu der Welt jenseits der zerkratzten Fensterscheibe.

Auf der Arbeit hatte jemand gesagt, er wüsste von dem Mädchen, dass es zusammen mit einer Freundin der Kinder eines Kollegen auf eine Schule der Co-op Academy ging.

Einige Deets hatten gesagt, sie hätten von dem Mädchen gehört, wüssten, wer sie ist. Sie hätte ein Boot überlebt und wäre aus Griechenland gekommen.

Nein, sie hätte eine Wüste durchquert, wäre an Skeletten vorübergekommen, die es nicht geschafft hatten, und am Leben geblieben, weil sie ihren eigenen Urin getrunken hätte.

Sie hätte im Man-United-Fußballshirt ihres kleinen Bruders die halbe Welt durchquert.

Sie sagten, sie hätten ihren Vater gekannt, der wäre tot, ein wichtiger Mann in der Politik und zur falschen Zeit am falschen Ort.

Sie sagten, sie hätten ihre Mutter gekannt. Die wäre in einem Boot vor Italien ertrunken.

Sie sagten, sie wäre ausgebombt worden, die Familie hätte um ihr Leben rennen müssen, Guerillas hätten sie als Lastesel benutzt, hätten sie die Ausrüstung für ihr Feldlager tragen lassen, meilenweit, tagelang, und als ihr Vater am ersten Tag einmal angehalten und um eine Rast gebeten hätte, hätten die Guerillas gesagt, hier hast du deine Rast, und ihn an Ort und Stelle erschossen.

In dem Moment sah Brit, die zuhörte, als einer der Männer diese Geschichte erzählte, unweigerlich zu dem Deet aus dem Südsudan hinüber, zu Pascal, der die Augen niederschlug, den Kopf einzog und keinen Mucks tat. Laut seiner Fallakte hatte er angegeben, er hätte mitansehen müssen, wie sein Vater und sein Bruder enthauptet wurden, und wäre gezwungen worden, sich einen Kopf als Fußball auszusuchen und damit zu spielen.

In Erstaunen versetzte Brit auf der Heimfahrt im Zug aber, was ihr in den Sinn kam, als sie an das Mädchen dachte.

Es war ein Bild ihrer eigenen Mutter.

In diesem Bild war Brits bestürzte Mutter in einer Einheit im Wood eingeschlossen. Sie saß auf dem Plastikbettzeug und sah auf das Abflussloch im Fußboden. Den Geruch, der durch dieses Loch heraufdang, konnte Brit förmlich sehen, als ihr das Gesicht ihrer Mutter vor Augen trat.

Im Wood, das wissen alle, haben es die Frauen, die dort ausharren müssen, schwer, es ist, als lebten sie mit einer Horde Fremder in einem Duschraum. Noch schlimmer sind die Leibesvisitationen, die Übergriffe, die nie angezeigt werden. Vergewaltigungen angeblich auch. Klar gibt es die. Brit hatte davon gehört, sie alle hatten davon gehört. Rauchverbot. Außerdem hatten es die Frauen geschworen, die als Sexsklavinnen durch die halbe Welt verschachert worden und schließlich im Wood gelandet waren: Die Internierung da wäre schlimmer als alles andere, was ihnen widerfahren war.

Brit schüttelte den Kopf, um ihn freizukriegen.

Ihrer Mutter ging es gut.

Sie war zu Hause, schaute den Parlamentskanal im Fernsehen und sagte in einem leeren Zimmer laut zu sich selbst: *Ich bin ja neugierig, was das noch gibt.*

Lass es hinter dir.

Da fiel Brit ein, dass sie heute vergessen hatte, sich von den blöden Hecken zu verabschieden.

Verdammt.

In dem Punkt war sie abergläubisch. Eigentlich dumm.

Sie dachte an die kleinen dunkelgrünen Blätter. Heckengeruch. Ein guter Bittergeruch. Nicht mehr lange, praktisch in null Komma nichts würden diese noch relativ neuen klei-

136

nen Heckensprösslinge, jeder für sich neben den anderen in seinem Kasten, sie waren ja mehr als nur Sprösslinge, eigentlich schon Büsche, zu einer Hecke zusammenwachsen und dann nicht mehr die separaten Pflänzchen sein, als die sie gesetzt worden waren.

Sag jetzt in Gedanken, was du sonst zu ihnen sagst.

Macht's gut, Hecken.

Wieder ein Tag geschafft.

Ja, aber.

Der hatte es in sich.

Ein Mädchen im Zentrum.

Total rätselhaft.

Reiner Blödsinn.

Aber es stimmte, die Toiletten waren überall oder jedenfalls in dem Block, für den sie eingeteilt war, grundgereinigt.

Gut. Da macht jemand mal etwas richtig.

Zeit wurde es.

Eines Nachmittags –

Torq erzählt ihr von dem einzigen anderen Tag, der halbwegs mit diesem vergleichbar ist, lange vor ihrer Zeit, einem Tag, als er selber erst gerade dort angefangen hatte –

Ich war seit ungefähr sechs Wochen hier. Vier Uhr nachmittags. Ich hatte Pause, wir saßen gerade im Pausenraum, da breitete sich ein eigenartiger Lärm durch den ganzen Block aus, er wurde lauter, es war wie bei einer Welle, wenn man eine Welle, höher als die anderen, auf dem Meer heranrollen sieht, dann kapierten wir, es kam von den Deets, es waren die Deets, die lachten. Wir guckten uns reihum an. Es war kein irres Gelächter und auch kein Drogengelächter oder Prügelgelächter, es war vollkommen anders. Wir alle so: <u>was ist los</u>?

Wir also die Schutzausrüstung angezogen.

Die Deets zwängten sich alle in die Zimmer, in denen die Fernseher funktionierten, und schauten einen alten Schwarz-Weiß-Film. Ich konnte über die Köpfe hinwegsehen. Der Kerl mit dem Hitlerbärtchen und der Melone, der aus den Stummfilmen, sitzt auf dem Bordstein, hat ein in Decken gewickeltes Baby auf dem

Arm und guckt so wie, wieso hab ich ein Baby auf dem Arm?, und dann hebt er den Gullydeckel auf der Straße mit dem Fuß an, so als will er das Kind durch den Gully in die Kanalisation werfen, lässt es aber bleiben, da steht nämlich ein Polizist in der Nähe, und da musste ich auch lachen. Überall wurde schallend gelacht, der Block hallte wider von den Deets und uns, alle am Lachen. Deets, die ich hier drin vorher und hinterher nie hatte lachen sehen, noch nicht mal sprechen hören, Deets, die kein Englisch können und kein Wort sprechen, die Gewalttätigen. Der verkorkste Iraner, der meistens in Isolation sitzt, sogar der lachte, alle lachten, sie waren wie Kinder. Er warf das Baby nicht in die Kanalisation, sondern nahm es mit nach Hause in ein potthässliches Loch von Zimmer, in dem alles kaputt war, und tüftelte aus, wie es gefüttert und saubergehalten werden muss, und dann wuchs es zu einem schlauen kleinen Kerlchen heran, das draußen herumrannte und Steine schmiss, Scheiben einwarf, so dass der Mann, ein armer Kerl, der wie ein Vater für ihn war und von Beruf Scheiben reparierte, kurz nach einem Steinwurf mit einer neuen Scheibe auf dem Rücken an einem kaputten Fenster vorbeikam und von der Hausfrau dafür bezahlt wurde, dass er sie auswechselte.

Weiter war an dem Film nichts, Britannia, halt eine blöde Geschichte über ein Kind, einen Mann, eine Glasscheibe, einen Stein und einen Polizisten. Hinterher war es hier drin, wie ich es noch nie erlebt habe. Leute, die zum Schluss Tränen im Gesicht hatten, Leute, die danach durch den Block liefen, so als wären wir alle normal.

Klar, es sank ziemlich schnell wieder auf das andere Normal herab.

Ich dachte aber, das weiß ich noch, ein bisschen so muss es an dem

Weihnachtsabend in den Schützengräben gewesen sein, weißt du noch, wie in dem Video zu dem Weihnachtslied von Paul McCartney, als sie zusammen Fußball gespielt und sich ihre Zigaretten- und Schokoladenrationen geschenkt haben.

Nachfolgend einiges davon, was Brittany Hall in ihren beiden ersten Wochen als DCO in einem britischen IRC gelernt hat:

– Dass sie ihre Körperkamera ausgeschaltet ließ, bis ein Deet wirklich die Beherrschung zu verlieren drohte. *Filmen ist überflüssig, solange jemand noch ruhig ist*, sagte der Betreuer namens O'Hagan. *Schweinebacke hier zum Beispiel schwingt bloß gerade eine Rede, man muss aber ein Gespür dafür entwickeln, wann er so weit ist, dass er in etwa zehn Sekunden den Kopf gegen die Wand schlägt – dann schaltet man sie ein. Du kommst noch auf den Trichter. Nein, alles in Ordnung mit ihm. Er macht nur Radau. Dem fehlt nichts, der will uns nur ärgern.*

– Dass es die Isolation gab, wenn jemand Radau machte. Kein Bettzeug, das Licht rund um die Uhr angeschaltet, Sicherheitskontrollen alle Viertelstunden, ebenfalls rund um die Uhr.

– Dass man zu Deets, die unter Suizidüberwachung standen, ruhig so etwas sagen konnte wie *dann mal los, traust dich ja doch nicht*, weil sie es meistens nur taten, um Aufmerksamkeit zu bekommen oder die Betreuer zu ärgern.

– Dass manche Betreuer fanden, *du Sack, Schweinebacke, Scheißkerl* und *Arschgesicht* wären als Anrede für Deets durchaus passend.

– Dass es im Bericht zu einem Inspektionsbesuch abschließend hieß, die Deets mochten die Betreuer und fanden sie alles in allem zugänglich und vernünftig. Besonders hoch fielen die ermittelten Zahlen bei den Deets aus, die kein Englisch sprachen.

– Welcher Betreuer bei den Deets als Officer Spice bekannt war (der DCO namens Brandon). Er gab ihnen, was sie wollten, was sie unbedingt brauchten, und wenn sie gerade Kinder in der Einrichtung hatten, waren die es, an denen Brandon oder die Deets das Spice testeten, um zu prüfen, ob es etwas taugte.

– Dass Paracetamol für den krebskranken kurdischen Deet im Block in der Regel verfügbar war, außer am Wochenende, wenn die Ärzte frei hatten. In dem Fall musste er wie alle anderen bis Montag warten.

– Dass das Management daran dachte, ein drittes Bett in den Zimmern aufzustellen. Von denen, die in den Blocks arbeiteten, hielt das niemand für eine gute Idee. Die Angestellten hätten dem Management wiederholt mitgeteilt, dass das eine schlechte Idee war, erzählte ihr Dave, das Management tat es aber trotzdem. *Nicht Drei Männer und ein Baby, sondern Drei Männer und eine Toilette*. Das war eine Anspielung auf einen alten Film. In jedem Zimmer gab es eine Toilette. *Zimmer mit eigenem Bad. Hohoho*. Die Toiletten hatten keine Deckel und waren in den meisten Fällen nicht durch einen Sichtschutz oder irgendwas von den Betten abgeteilt. Das hatte den schönen Nebeneffekt, dass viele Deets kaum etwas aßen, denn wer will schon, wenn er nicht gerade wahnsinnig ist, im Beisein anderer scheißen, zumal die Deets 13 Stunden, von 9 Uhr abends bis 8 Uhr morgens, und tagsüber noch zweimal für den Zählappell eingeschlossen sind. Eine gute Übung für den Schließmuskel, sagte Dave.

– Dass die in Großbritannien aufgewachsenen Deets am depressivsten waren und besonders unangenehm sein konnten, teils weil sich niemand von den anderen mit ihnen anfreunden wollte. *Ich kannte mal einen*, erzählte Russell ihr. *Ich hab ihn hier drin gesehen und gesagt: Laurie, Mann, was tust du hier? Wir waren doch die ganze Grund- und Mittelschule durch in einer Klasse. Zwölf Schuljahre. Er sagte: Mich haben sie vor einem Supermarkt angehalten und durchsucht, ich stand zu dicht neben einem Porsche. Sie haben mich auf eine Wache gebracht, Gott weiß wo, mich dann mitten in der Nacht aufgeweckt, mir Handschellen angelegt und mich hierhergefahren.*

Am nächsten Tag bin ich ins Büro und hab seine Fallakte durchsehen lassen, und er sollte demnächst nach Ghana abgeschoben werden, buchstäblich am folgenden Morgen. Ich hab es ihm gesagt.

Ghana?, sagte er. Ich weiß nichts über Ghana. Da bin ich nie gewesen. Ich weiß nicht mal, wo Ghana ist.

– Dass Russell in Ordnung war, aber eine schmutzige Phantasie hatte, vulgär wie sonst was. Dass Dave in Ordnung war, Torq genauso. Torq mochte Bücher, ein bisschen wie Josh, nur dass er schwul war. In ihrer ersten gemeinsamen Schicht flüsterte er ihr ins Ohr: *Wie ein berühmter Schriftsteller in den Dreißigern schon festgestellt hat, für die Misshandlung von Tieren wird man bestraft, für die Misshandlung von Menschen aber befördert.* Wollte er ihr einen Rat geben? Brittany war sich nicht sicher, was sie davon halten sollte. Zu dem Zeitpunkt kannte sie Torq noch nicht gut genug, wusste nicht, was ein Scherz war und was nicht. Im Pausenraum erzählte einer, als wäre es ein Witz, von dem Deet, der in ein Flugzeug gesetzt wurde, noch ehe er in Erfahrung bringen konnte, dass der Bescheid, nach dem er bleiben durfte, im Zentrum eingetroffen war. War das lustig? Viele Betreuer lachten. Ein anderer in der Runde sagte mal: *Okay, ein Deet richtet eine Beschwerde ans Innenministerium. Er schreibt: Zu Hause war ich im Gefängnis, weil sie meine politische Einstellung nicht mochten. Und das Gefängnis zu Hause unterscheidet sich nicht wesentlich von dem Arrest hier in Großbritannien, außer dass ich hier in Großbritannien bis jetzt noch nicht zusammengeschlagen worden bin. Und das Innenministerium schreibt zurück: Wir haben gern geholfen (Smiley).* Ein Witz? So war es auf jeden Fall gedacht. Was haben wir gelacht.

Wo ist eigentlich Josh abgeblieben? Was ist da los bei euch?, fragte ihre Mutter beim Abendessen noch einmal.

Woher soll ich das wissen?, sagte Brit.

Entschuldige, dass ich was gesagt habe, sagte ihre Mutter.

Es war noch September. Brit saß auf dem Bett in ihrem Zimmer, wollte ein bisschen Ruhe haben.

Als sie Josh das letzte Mal gesehen hatte, im August, hatten sie miteinander geschlafen, selten genug nun wegen Joshs Rücken, aber sie hatten, gut, und hinterher hatte Josh ewig von einem Geschichtsbuch erzählt, das er gerade las, in dem ein Mann in einer seit kurzem von den Nazis besetzten Stadt zu einem SS-Mann hinging, der gerade einen Unerwünschten mit seiner Pistole ins Gesicht geschlagen hat oder so was Nazimäßiges, und der Mann, ein Zivilist, ein älterer Herr von einer Universität oder Schule, Typ Professor, sagt, der SS-Mensch soll damit aufhören, sagt wortwörtlich: *Haben Sie kein Herz?* Woraufhin sich der SS-Mann umdreht, dem Professor an Ort und Stelle in den Kopf schießt und der Mann tot auf die Straße sinkt.

Josh hatte davon angefangen, weil sie ihm, bevor sie ins Bett gingen, erzählt hatte, dass ein Deet im Zentrum Hero hieß und Namen manchmal schon seltsam waren. Als Josh ihr dann das von dem Mann erzählte, der dem Gelehrten in den Kopf schoss, war eine Dunkelheit über Brit gekommen, aber in ihrem Kopf.

Sie senkte sich ihr über die Augen und die Stirn wie ein dicker Vorhang, wie alte Vorhänge in Häusern aus vergangener Geschichte oder bei Most Haunted, den Filmen über paranormale Phänomene auf Really, dem Digitalkanal, so echt, dass Brit den Vorhangstoff förmlich riechen konnte.

Muffig. Feucht.

Ich frage mich ja, sagte Josh, auf welcher ethischen Grundlage.

Welcher was?

Wie zum Beispiel in einem Tarantino-Film, sagte er, wenn gezeigt wird, wie einer, der als brutal dargestellt wird, einen anderen plötzlich angreift und erschießt und der Film so tut, als ginge das schon in Ordnung. Wir sollen das komisch finden.

Komisch, genau, sagt Brit.

Sie und Josh hatten in dem Schuljahr an der Klassenspitze gestanden.

Wir sollen denken, sagte Josh, dass er, übler Bursche und Bösewicht hin oder her, cool ist, ein richtiger Held, weil er brutal zur Sache geht. Aber. Bedeutet das, dass der Heroische kein Herz haben *kann*, ich meine, dass jemand, der kein Herz hat, heroisch ist? Und dass wir denken sollen, das wäre etwas Gutes oder Erstrebenswertes?

Ehrlich, Josh, das ist mir so was von egal, aber so was von, ehrlich, hatte Brit gesagt.

Sie hatte sich zur Seite gedreht, von ihm weg. Sie war hundemüde, hatte höllische Kopfschmerzen und einen fauligen Geruch in der Nase. Sie machte die Augen zu. Machte sie wieder auf. Dahinter und davor war es dunkel.

Ist nicht dein Ernst, oder?, sagte Josh. Das kann nicht sein.

Er war aus dem Bett gesprungen.

Was kann nicht mein Ernst sein?, sagte sie.

Dass dir das egal ist, sagte er. Hast du gesagt, stimmt ja auch. Es ist dir ja auch egal, wenn wir vögeln. Du lässt alles über dich ergehen und gibst nichts mehr zurück.

Dann hatten sie den Streit, bei dem Josh ihr sagte, was sie mit ihrem Leben mache, sei der Inbegriff des Exkrements. Josh warf gern mit großen Wörtern um sich. Amüsant, ethisch, Inbegriff, Exkrement.

Wie kannst du es wagen, so mit mir zu sprechen?, sagte sie.

Als sie das sagte, lachte er. Bei seinem Lachen raste rasende Wut bis in ihre Finger- und Zehenspitzen.

Ich meine nur, du betrachtest alles immer aus deinem Blickwinkel, sagte er.

Ach? Das hab ich zufällig mit allen anderen auf dieser Scheißwelt gemeinsam.

Das macht dich unglaublich selbstgerecht, sagte er. Ist nicht deine Schuld. Du hast einen Job angenommen, der dich noch verrückter macht als uns andere.

Ich habe einen Job angenommen, für den es ein Gehalt gibt, sagte sie. Das ist mehr, als du momentan bekommst.

Und definitiv mehr, als du bekamst, als du gearbeitet *hast*. Es ist ein richtiger Job. Sicherheit liefert messbare Ergebnisse.

(Das war unter die Gürtellinie. Im Mai hatte Josh seinen Job in dem Lagerhaus eines Onlinehändlers verloren.)

Sicherheit, sagte Josh. Das ist deine Version. Ich sage dazu Illusionen hegen.

Was denn für Illusionen?

Dass es bloß darum ginge, Menschen draußen zu halten, sagte er.

Wobei geht es um was?

Brite sein, sagte er. Engländer.

Wovon redest du eigentlich?, sagte sie.

Mauert euch ein, sagte er. Schießt euch ins Knie. Tolle Nation. Tolles Land.

Du bist derjenige, der hier den Inbegriff des Exkrements labert, sagte sie. Politisch-korrekter Großstadt-Liberalen-Müll. Ihr bezieht eure Ansichten aus dem Netz und der Zeitung. Der Inbegriff des Exkrements, das bist du selber.

Und warum?

Er sagte es ganz ruhig. Es war die Art seiner Ruhe, die sie fuchtig machte. Er sprach, als ob er im Recht und sie im Unrecht wäre.

Nein, ehrlich, Brittany, ich meine es ernst. Warum bin ich Exkrement? Sag's mir. Nenn mir einen Grund. Nur einen guten Grund.

Weil ich es sage, schrie sie.

Siehst du?, sagte Josh noch immer ganz ruhig. Das macht es mit dir.

Wumm. (Schlafzimmertür.)

Ihre Sachen zog sich Brit draußen auf dem Treppenabsatz an. Hoffentlich waren seine Mutter oder sein Vater oder sein Bruder nicht in der Nähe oder kamen die Treppe herauf. Dann stand sie noch eine volle Minute an der Treppe und wartete, Josh kam aber nicht aus seinem Zimmer, um sich zu entschuldigen.

Auch gut.

Was soll's.

Wumm. (Haustür.)

Exkrement, dachte sie den ganzen Weg nach Hause, als sie wütend aus seiner Straße bog, wütend an der Ecke in ihre Straße einbog, ekelhaftes Scheißexkrement, an dem Tag auf der Arbeit wieder überall an den Händen, auf den Schuhen auch, ein Fleck sogar noch am Knöchel, obwohl sie dachte, sie hätte alles abgekriegt.

Einer der Deets in der Dauerüberwachung hatte damit geworfen. Das tat er ständig, um Aufmerksamkeit zu kriegen.

Ganz gleich, wie oft man es sich von den Händen wusch oder ob es jemand aufwischte oder nicht. Es war trotzdem überall.

Ich sitze seit drei Jahren hier für das Verbrechen, ein Migrant zu sein, sagte ein Deet zu ihr. Wenn ihr die Leute so lange hierbehaltet, könnt ihr uns genauso was arbeiten lassen. Wir könnten einen Abschluss machen. Etwas Nützliches tun.

Nützlich?, sagte sie. Ein Abschluss? Hohoho.

Ich hab die halbe Welt durchquert, um hierherzukommen und euch um Hilfe zu bitten, sagte ein kurdischer

Deet zu ihr. Und ihr habt mich in diese Zelle gesperrt. Jetzt schlafe ich jede Nacht mit jemandem, den ich nicht kenne und der nicht meine Religion hat, in einer Toilette.

Es ist ein Zimmer, keine Zelle. Und Sie haben Glück, dass Sie überhaupt einen Schlafplatz haben, sagte sie.

Ein Deet lag in seinem Zimmer mit dem Rücken auf dem Boden, den Kopf dicht an der Toilettenschüssel. Aus diesem Winkel starrte er von unten auf etwas hinter den Stäben und dem Plexiglas hoch über seinem Kopf.

Warum in diesem Gefängnis nicht können Fenster aufmachen?

Nicht *das* Fenster aufmachen, sagte sie. Und es ist kein Gefängnis, sondern ein spezialgefertigtes Abschiebezentrum in Gefängnisbauweise.

Wenn man leben in Abschiebezentrum in Gefängnisbauweise, man träumen Luft, sagte der Deet.

Wenn man *in einem*, sagte sie. Und *lebt*. Und man *träumt von* Luft.

Er hieß Hero. Vietnamese. In seiner Fallakte stand, er sei nach siebenwöchiger Fahrt in einem versiegelten Frachtcontainer hier angekommen.

Ein Flugzeug dröhnte über sie hinweg.

Danke für Hilfe bei Ihrer Sprache, Miss DCO B. Hall, sagte er. Es ist gut, von anderen Hilfe zu haben. Sagen Sie mir, wie ist, richtige Luft atmen?

Wie ist *es*, Luft *zu* atmen, sagte sie. Warum liegen Sie auf dem Boden? Zählen Sie die Flugzeuge?

Flugzeuge erschütterten das Gebäude ungefähr alle zwei Minuten.

Ich beobachten Wolks an Himmel, sagte er.

Ich *beobachte*, sagte sie. Die *Wolken am Himmel*. Suchen Sie nach einer, die wie ein Pferd aussieht? Oder wie eine Landkarte? Das Spiel hab ich früher gespielt.

Er sah sie an und blickte dann wieder nach oben und weg.

Kein Pferd. Keine Landkarte, sagte er.

An dem Tag war sie mit den Frauen unter den Betreuern plus Torq auf einen Sommerabend mit teuren Getränken und Tapas nach Covent Garden gefahren. Auf dem Weg von der Tube kam sie an einem Pärchen vorbei, das mit seinem Audi Sport mit heruntergelassenem Verdeck in einem Stau steckte. Die beiden schrien sich an.

Es geht dauernd nur um dich, schrie die Frau.

Es geht nicht dauernd nur um mich, schrie der Mann zurück.

Brit hatte nach oben gesehen. Der Himmel über ihnen war wolkenlos. Aus dem Geographieunterricht wusste sie noch, dass Wolken sich nur bildeten, wenn sie etwas hatten, woran sie sich anlagern konnten, ein kleines Staub- oder Salzpartikel, ein Aerosol, an dem der aufsteigende Wasserdampf haftete. Große weiße Wolkenformationen, der von Gott ausgestoßene Atem bei Winterwetter zum Beispiel, kleine Fitzelchen Weiß oder schmutziggraue Wolkenbänke waren nichts als Staub und Wasser, von der Luft geformt. Jetzt lag Brit auf ihrem Bett und sah hinauf zu dem Artex an der Zimmerdecke. Artex war Asbest. Ihr Vater war an Komplikationen nach einer Asbestose gestorben, und sie hatten das Zeug an allen Zimmerdecken.

Halb so wild.

September jetzt.

Den ganzen heißen Sommer hindurch waren die Leute knallrot vor Wut, fast lila vor Wut.

Es geht immer nur um dich.

Jetzt war es kühler, sie selber nahm auch alles etwas lockerer. Lernte, die Wolken zu vertreiben, hohoho. War genauso einfach, wie jetzt das Licht auszuschalten. Sie legte sich das zweite Kissen über den Kopf.

Sie schlief. Die Nacht verging. Der Handywecker piepste. Sie wurde wach.

Stand auf, zog frische Sachen an, erwischte den Bus zum Bahnhof und den Zug zur Arbeit.

Einmal waren BBC-Reporter vor einem Bahnhof der Overground. Sie befragten Passanten zu irgendwas über die Gegenwart. Ein Mann hielt Brit ein langes Mikrofon unter die Nase. Ein anderer sagte: *Sagen Sie uns, was der Brexit für Sie bedeutet.*

Brit dachte an all die Insassen im Zentrum.

Sie dachte an Stel von der Sozialhilfe, die ihr erzählt hatte, wie viel mühsamer es war, andere zum Zuhören zu bewegen, wenn es um Sozialhilfe für Deets ging, die jetzt aus den Augen und aus dem Sinn waren, seitdem alle von überallher ebenfalls als Immigranten durchgingen und die legalen Immigranten bei den Medien und in der Öffentlichkeit genauso schlecht wegkamen wie die illegalen.

Jetzt muss es halt durchgezogen werden, nicht?, sagte sie ins Mikro.

Der Interviewer nickte, als ob es auf ihre Meinung ankäme.

Sie finden, die Regierung sollte es einfach durchziehen, sagte er.

Ja, sagte sie. Was bleibt uns denn übrig? Ehrlich gesagt ist es jetzt doch scheißegal, entschuldigen Sie meine Ausdrucksweise. Ich meine, die Welt da draußen ist größer als der Brexit, oder? Ach, na ja. Was soll's.

Der Interviewer wollte von ihr wissen, wofür sie beim EU-Referendum gestimmt hatte.

Das sage ich Ihnen aber nicht. Ich werde Ihnen keinen Anlass geben zu glauben, Sie könnten mir irgendetwas unterstellen. Ich sage nur, ich war damals noch jünger und hielt Politik noch für wichtig. Aber das alles. Dieses ewige. Es frisst die, die, Sie wissen schon. Die Seele auf. Es spielt keine Rolle, wofür ich gestimmt habe oder Sie oder sonst wer gestimmt hat. Wozu soll das auch gut sein, wenn ja doch niemand hören will oder sich dafür interessiert, was andere denken, es sei denn, sie denken und glauben dasselbe wie man selbst. Ihr seid doch genauso. Die ganze Zeit wollt ihr wissen, was wir denken, als käme es darauf an. Ihr interessiert euch doch gar nicht für uns. Ihr wollt bloß Streit. Ihr wollt bloß, dass wir eure Sendezeit füllen. Ich sag Ihnen, wozu das führt. Es macht uns alle überflüssig. Ihr macht uns überflüssig, ihr und die in den Machtpositionen, die das alles für *uns* tun, für die *Demokratie*, klar, was sonst, erzählen Sie das jemand anders. Die tun es für ihre Diäten. Machen uns mit jedem Tag überflüssiger.

Die Interviewer dankten ihr. Fragten sie nach ihrem Namen und ihrer Beschäftigung.

Brittany Hall. Ich bin DCO in einem IRC.

Die Assistentin notierte es, ohne sich zu erkundigen, was das hieß. Schrieb Britney wie bei Britney Spears. Menschen sind oft so gleichgültig. Die Assistentin schrieb alles falsch. Britney Hall DC RC.

Es war also gar nicht wichtig, was oder wer Brit war.

Sie ging durch die Schranke, stieg in den Zug ein (kein Sitzplatz mehr, weil die ihre Zeit vergeudet hatten) und fuhr zur Arbeit.

Sie stieg aus dem Zug aus. Sie ging vom Bahnhof zwischen den Rollen des Flugplatzstacheldrahtzauns die Straße entlang und über den Parkplatz für Manager und Besucher.

Hallo, Hecken.

Nachfolgend einiges davon, was Brittany Hall in ihren ersten beiden Monaten als DCO in einem britischen IRC gelernt hat:

– Was Privatsphäre bedeutete. (Dass sie kein Deet war, das bedeutete sie.)

– Welche Folge ein behördlicher Bericht über eine unabhängige Inspektion des Zentrums für die betreffende Einrichtung hatte: Er bewirkte, dass im Besuchszimmer ein neuer Wasserkühler aufgestellt wurde.

– Dass in diesem Land zu jedem beliebigen Zeitpunkt 30000 Personen festgehalten wurden, und das galt für die Gesamtheit aller Einrichtungen, wodurch die Gehälter bei SA4A stabil gehalten werden konnten.

– Dass die Deets durch die Blocks der Einrichtung taumelten, als ob sie Jetlag hätten. Je länger sie festgehalten wurden, desto stärker wurde der Jetlag. Nach ihrer Erstankunft freundeten sie sich mit Insassen an, mit denen sie etwas gemeinsam hatten, das Herkunftsland, die Religion, die Sprache. Doch dann erlosch die Freundschaft, man sah es immer wieder, denn nun war das Gemeinsame die Scheiße, eine offene Toilette und der Umstand, für unbestimmte Zeit hier festgehalten zu werden, ohne in Erfahrung bringen zu können, wann man rauskam, ob überhaupt einmal und, falls ja, wie lange es dauerte, bis man wieder reinkam.

– Nach welchen Kriterien man entschied, mit welchen Deets man sprach und welche man ignorierte.

– Dass man mit anderen Betreuern übers Wetter plauderte, während sie jemanden im Schwitzkasten hatten oder vier auf einem draufsaßen, um ihn zu beruhigen.

– Dass man, ohne sich viel dabei zu denken, sagte: *Die machen bloß Radau. Wir sind hier kein Hotel. Wenn es euch hier nicht gefällt, fahrt nach Hause. Wie kannst du es wagen, um eine Decke zu bitten?* An dem Tag, an dem sie sich das sagen hörte, wusste sie, dass etwas Furchtbares geschehen war, inzwischen war dieses Furchtbare, so furchtbar wie ein Tod, aber schon in weite Ferne gerückt, so als geschähe es im Grunde nicht ihr, sondern hinter Plexiglas, dem Zeug in den Fenstern der Einrichtung, die keine richtigen Fenster waren, sondern bloß so aussahen.

Internierung ist der Schlüssel zur Aufrechterhaltung einer erfolgreichen Regulierung der Immigration

HO: Home Office, Innenministerium

Niemand wird unbegrenzt festgehalten, und es finden regelmäßige Überprüfungen der Internierungsanordnung statt, durch die ein rechtsstaatliches und angemessenes Verfahren gewährleistet wird

HOHOHO

Dann geschah Folgendes.

Es war ein Montag im Oktober. Brit stieg aus dem Zug aus. Es war vormittags, und sie hatte Nachmittagsschicht. Sie ging die Treppe zur Schranke hinunter und nach draußen.

Vor dem Bahnhof saß ein Schulkind auf einem der Metallsitze.

Entschuldigung, sagte das Kind.

Meinst du mich?, sagte Brit.

(Es waren gerade eine Menge Leute aus dem Zug ausgestiegen.)

Könntest du mir bitte bei etwas helfen?, sagte das Mädchen.

Brit schaute auf ihrem Handy nach der Uhrzeit.

Sollte jemand in deinem Alter nicht in der Schule sein?

Das ist eine wirklich gute Frage, sagte das Mädchen.

Dann beantworte sie mal, sagte Brit.

Das mach ich, sagte das Mädchen. Bald. Im Moment überlege ich noch.

Überlegen, was denn?

Was DCO bedeutet, sagte das Mädchen.

Was?, sagte Brit. Oh.

(Das Gesicht des Mädchens befand sich auf einer Höhe mit dem Schlüsselband um Brits Hals.)

Das bedeutet, ich bin Custody Officer, Haftbetreuerin, sagte Brit.

Und das D?

Gefangener.

Und das B?

Brit hob sich ihr Band vor die Augen.

Das ist mein Vorname.

Der Buchstabe B ist dein Vorname?, sagte das Mädchen. Das ist ja cool. Eine richtig gute Idee.

Sei nicht dumm, sagte Brit. Das ist natürlich der Anfangsbuchstabe meines Namens.

Ich werde meinen Namen auch in den Anfangsbuchstaben ändern, sagte das Mädchen.

Wie heißt du denn?

F, sagte das Mädchen.

Brit platzte laut heraus vor Lachen.

Und wie heißt du wirklich?

Florence.

Na, wenn du Florence bist, bedeutet das dann, ich bin die Maschine?, sagte Brit.

Das Mädchen schaute erfreut. Es gab Brit unheimlich Auftrieb, dass sie jemanden erfreut hatte.

Na komm, den Scherz bekommst du als Florence doch bestimmt dauernd zu hören.

Stimmt. Aber meistens werde ich gefragt, wo hast du denn deine Maschine, Florence, oder so was Ähnliches. Bis jetzt hat sich noch nie jemand als meine Maschine bezeichnet.

Ja, aber ich bin wirklich die Maschine, sagte Brit. Nicht unbedingt deine allerdings. Und das Wort, das die Maschine jetzt zu dir spricht, lautet: Schule. Solltest du nicht fleißig Gleichungen büffeln oder so? In welche Schule gehst du denn? Ich meine, gehst du nicht?

Nun musste das Mädchen auch lachen. Brit versuchte das kleine Wappen auf dem Blazer des lachenden Mädchens zu entziffern. Vivunt spe. Lateinisch. Leben. Sie leben. Irgendwas.

Das Mädchen zog etwas aus der Tasche und hielt es Brit hin. Brit nahm es und setzte sich auf den Metallstuhl neben ihr.

Es war eine Postkarte, schon älter, wie sie vor Jahren verschickt wurden, darauf ein flacher steiniger Fluss und ein paar Bäume. Auf dem Bild paddelten in weiter Ferne drei Kinder in tiefblauem Flusswasser. Das Blau war nachkoloriert worden, es wirkte künstlich, so blau war Wasser nicht; vielleicht war auch das Grün nachträglich grüner gemacht worden. Doch auf der Karte war es ein sonniger Tag mit einem dunstigen blauen Himmel, einer einzelnen Wolke, hügeligen Hängen und Bergen in der Ferne, ein paar Bäumen, einer steinigen Uferböschung, die zum Fluss hinabführte, und massenhaft Gras dahinter. Am unteren Rand der Karte stand *KINGUSSIE – River Gynack und Golfplatz 5359 W*, und hatte man den Golfplatz erst einmal identifiziert, konnte man ganz hinten auf dem Foto auch drei winzige Gestalten ausmachen, vermutlich Golfspieler.

Mhm, sagte Brit. Von wem ist die? Darf ich die Rückseite lesen, oder ist das privat?

Weduwi, sagte das Mädchen.

Weduwi? Was soll das heißen?

Das heißt, wenn du willst, ja, sagte das Mädchen.

Maida, sagte Brit.

Maida? Was soll das heißen?

Mach ich, danke, sagte Brit.

Du sprichst meine Sprache!, sagte das Mädchen.

Die Karte *war* alt, abgestempelt vor ewigen Zeiten, ein Jahrzehnt bevor Brit überhaupt auf die Welt gekommen war.

17:30 16.04.86 INVERNESS Ein »Heil Kaledonien«-Produkt Lieber Simon, wir kamen am Samstagabend um halb sechs in Kingussie an. Die Fahrt war angenehm. Das Wetter hier ist sehr warm mit viel Sonne, heute, Montag, fahre ich am Nachmittag nach Inverness und sehe mir vom Bus aus Loch Ness an, also mach's gut. Dein Onkel Desmond

Brit gab dem Mädchen die Karte zurück.

Und?, sagte sie.

Wo ist das von der Karte genau?, sagte das Mädchen.

Der Name steht doch drauf, sagte Brit.

Wo in diesem Land?, sagte das Mädchen.

Sieh nach. Schlag es auf dem Handy nach oder in einem Computer. Wenn du in der Schule wärst, könntest du das jetzt einfach tun.

Was, wenn ich keinen Computer benutzen will?

Warum nicht?

Weil ich einfach nicht will.

Warum?

Weil ich mich ohne Fußabdruck bewegen will, sagte das Mädchen.

Warum?

Eben darum, sagte das Mädchen.

Warum sollte jemand das tun wollen?, sagte Brit.

Das solltest du doch wissen. Du bist die Maschine. Aber wie komme ich dahin? Ich meine, wirklich. Ist das in diesem Land?

Das musst du deine Eltern fragen, sagte Brit.

Mal angenommen, bloß mal angenommen, sagte das Mädchen, ich will niemanden fragen.

Warum nicht?

Dich ausgenommen.

Du fragst die Maschine.

Nein, ich frage dich, sagte das Mädchen. Was muss ich da machen?

Na ja, das ist in Schottland, sagte Brit.

Ja?, sagte das Mädchen. Wow.

Ja, sagte Brit. (99,9 % sicher; zuerst dachte sie wegen des seltsamen Namens, es könnte Devon sein oder, falls nicht, vielleicht Yorkshire. Aber hinten stand Loch Ness. Und das war auf jeden Fall Schottland.)

Wo ist das, ich meine, von hier aus?, sagte das Mädchen. Ich weiß, wo Schottland liegt. Aber wo in Schottland? Wenn jemand dahin will, wie macht der Betreffende das?

Der Betreffende kann fliegen oder mit dem Zug fahren oder mit dem Bus, das ist wahrscheinlich am billigsten. Er braucht einen Erwachsenen, der ihm eine Fahrkarte kauft, höchstwahrscheinlich jedenfalls. Wenn er Geld ausgeben will, könnte er wahrscheinlich einen Flug von hier nach dort in der Nähe finden. Ist es speziell der Fluss, zu dem er will? Natürlich, ich merk schon, du bist eine große Golferin. Spielst die Runde aller Runden, machst eine Tour zu allen Golfplätzen des Landes. Golfspieler erkenne ich auf Anhieb.

Das Mädchen kringelte sich vor Lachen neben ihr.

Was macht dein Birdie? Ich meine Eagle. Und was macht dein Bogey?, sagte Brit.

Denen geht's bestens, danke der Nachfrage, sagte das Mädchen.

Du musst aufpassen, dass du den Ball nicht ins Wasser dieses Flusses Wiehießergleich drischst, sagte Brit. Zeig noch mal. Gynack. Klingt ein bisschen nach Arzt. Und wer ist Onkel Desmond? Spielt er Golf? Und wer ist Simon? Haben die ein Auto? Sie könnten dich hinfahren.

Die kenne ich nicht, sagte das Mädchen. Ich glaub, die sind nicht relevant.

Nicht relevant? Niemand ist nicht relevant, sagte Brit.

Da nehm ich dich beim Wort, sagte das Mädchen. Ich wollte sagen, ich glaub, die Karte dient nur als Beispiel, und ich brauch von der nur den Namen des Ortes zu nehmen, zu dem ich hinmuss.

Wer hat dir die Karte dann geschickt?, sagte Brit. Könnte derjenige dich nicht hinfahren? Was ist mit deiner Familie?

Was, wenn jemand keine Familie hat, die ihn mit dem Auto hinfahren kann?

Wie meinst du das, keine Familie hat?

Hast du ein Auto?

Würde ich jeden Tag mit dem Zug zur Arbeit fahren, wenn ich ein Auto hätte?

Vielleicht, wenn du umweltbewusst bist, sagte das Mädchen. Würdest du mich dahin fahren?

Die Leute, die sich um dich kümmern, sollten dich hinfahren, nicht jemand, den du nicht kennst, sagte Brit. Du kannst nicht einfach so Fremde fragen, ob sie dich im Land hin- und herfahren. Wir leben im einundzwanzigsten Jahrhundert. Fremde sind gefährlicher denn je; wir sind nie gefährlicher gewesen. Wer kümmert sich um dich?

Eine Familie. Pflege.

Und wo wohnen diese Pfleges?, sagte Brit.

Und dann: Oh. Eine Pflegefamilie.

Ich muss dahin, sagte das Mädchen. Das ist unumgänglich. So bald wie möglich.

Deine Pflegefamilie bringt dich, sagte Brit.

Das Mädchen schüttelte den Kopf.

Warum willst du unbedingt dahin?, sagte Brit. Was ist denn da? So eilig kann das doch nicht sein. Vor über dreißig Jahren abgeschickt, haha.

Wenn man mit dem Zug hinfahren will, sagte das Mädchen, zu welchem Bahnhof in London müsste man da gehen?

Frag das deine Pflegemutter. Sie soll auf ihrem Handy nachsehen, sagte Brit.

Kannst du es nicht auf *deinem* Handy für mich nachsehen?

Mhm, sagte Brit. Wie wär's? Ich tu dir den Gefallen, und du tust mir auch einen?

Könnte sein, sagte das Mädchen.

Abgemacht, sagte Brit. Oder jedenfalls so weit abgemacht, wie ich komme.

Sie zog ihr Handy hervor. Sah, wie viel sie schon zu spät zur Arbeit kam. Tippte aber trotzdem den Namen des Ortes ein und hielt das Handy hoch, damit das Mädchen es sehen konnte.

Direktzüge verkehren von hier täglich, sagte Brit. Oder – du könntest *hierhin* fahren, in die … die was?

Sie legte den Zeigefinger auf das Wort Edinburgh und zeigte es dem Mädchen.

Die Hauptstadt von?, sagte Brit.

Sind alle Maschinen so herablassend?, sagte das Mädchen.

So sind Maschinen nun mal, sagte Brit. Da fällt mir ein, ich muss zur Arbeit. Okay, also, du fährst *dahin*, und da steigst du um und fährst *dahin*.

Wenn wir heute führen?, sagte das Mädchen. Kämen wir dann noch heute dort an?

Wenn du heute führest? Hm, keine Ahnung, sagte Brit. Ich würde sagen, wahrscheinlich nicht. Mit dem Zug nicht. Mit dem Flugzeug schon. Es ist ziemlich weit im Norden.

Oh.

Das Mädchen machte ein langes Gesicht.

Einen Teil der Strecke könntest du wahrscheinlich an einem Tag schaffen und den Rest dann am nächsten. Aber ich sollte einer Ausreißerin besser nicht Beihilfe leisten, indem ich dir das alles verrate. Und du solltest nicht ausreißen.

Ich reiße vor nichts aus, so bin ich nicht, sagte das Mädchen.

Schön. Also gut, sagte Brit. Du bist mir was schuldig.

Ich dir was schuldig? Was?

Ich habe dir einen Gefallen getan, sagte Brit. Du hast versprochen, mir auch einen zu tun.

Ich hab gesagt, könnte sein.

Versprich mir, sagte Brit, dass du anrufst und denen, die sich um dich kümmern, sagst, wo du bist und was du vorhast.

Geht nicht, sagte das Mädchen.

Warum nicht?

Ich hab kein Handy.

Schon war sie aufgesprungen und rannte in Richtung Vordereingang des Bahnhofs.

Sag mir ihren Namen und gib mir eine Nummer, damit ich ihnen Bescheid sagen kann, wo du bist, rief Brit ihr nach. Sag mir wenigstens den Namen deiner Schule.

Los, komm!, sagte das Mädchen. Schnell. Wir verpassen ihn.

Ich kann nirgendwo mit dir hinfahren, sagte Brit.

Das Mädchen, hörte sie, sagte dem Mann an der Schranke, sie habe keine Fahrkarte. Der Mann öffnete die Schranke trotzdem. Schon im Weiterrennen bedankte sich das Mädchen bei ihm. Brit zog noch einmal ihr Handy hervor und wollte – welche Nummer wählen? Die 999? Die Feuerwehr? Die Polizei? Einen Krankenwagen?

Als sie von ihrem Bildschirm aufschaute, war das Mädchen treppauf zu den Bahnsteigen verschwunden.

Brit schüttelte den Kopf. Drehte sich um und machte sich wieder auf den Weg zur Arbeit.

Nach drei Minuten auf der Flughafenstraße blieb sie stehen. Machte auf dem Absatz kehrt.

Rannte zurück zum Bahnhof. Stand vor der geschlossenen Schranke.

Lassen Sie mich bitte durch, schnell, ja?, rief sie dem Schrankenwärter zu.

Er kam herüber.

Fahrkarte?, sagte er.

Ich will bloß das Kind einholen, das Sie vor einer kurzen Weile durchgelassen haben, sagte sie.

Sie brauchen eine gültige Fahrkarte, sagte der Mann.

Vor langer, langer Zeit, am Vormittag dessen, was genau genommen noch heute war, ist Brit zur Arbeit unterwegs gewesen. Und jetzt sitzt, ihr gegenüber in einem Zug, der auf der Landkarte von England nach Norden rast, das Mädchen Florence und spricht von dem unsichtbaren Leben, das *hier drin* ist – und zeigt auf die kleine Pfütze, die aus einer Wasserflasche auf dem Tisch zwischen ihnen verkleckert ist –

– und das brachte ihn auf die Idee mit den ersten Mikroskopen, sagt sie. Er hatte etwas mit der Herstellung von Stoffen zu tun und wollte wissen, wie die Garne, aus denen er seine Stoffe webte, von nahem aussahen. Daher brachte er sich selbst bei, wie man Sand zu Glas zermahlt, denn so wird Glas gemacht.

Nein. Wirklich?, sagt Brit.

Ja, wirklich, sagt das Mädchen. Er hat es zu so außergewöhnlich feinen, aber starken Linsen zermahlen, dass er sich Sachen in aberhundertfacher Vergrößerung ansehen konnte.

Außerordentlich, sagt Brit.

Dann hat er ein Holzding erfunden, mit dem er sich die Linsen vors Auge halten konnte, sagt das Mädchen, das war nur so groß, buchstäblich, denn seine Linsen waren ja auch klein, aber obwohl seine Linsen bestimmt nur winzig waren, konnte das menschliche Auge trotzdem durchsehen und das Kleine in groß wahrnehmen.

Wahrnehmen, sagt Brit. Großes Wort.

Meine Mutter sagt immer, es ist grundsätzlich eine gute Idee, die Welt größer zu machen, nicht kleiner. Und dann dachte der Holländer, toll, jetzt kann ich mir alles Mögliche von ganz nahem ansehen, und als er 1670 irgendwas mal zu Mittag aß, war an dem Tag Pfeffer über sein Essen gestreut. Ich wette, dachte er für sich, wenn ich mir so ein Pfefferkorn durch eine meiner Linsen ansehe, hat das scharfe Kanten oder massenhaft Stacheln außen rum wie ein Igel, genau so fühlt es sich nämlich auf der Zunge an, als stäche es die mit unsichtbaren spitzen Nadeln. Also weichte er ein paar Pfefferkörner für einen Monat in Wasser ein und sah sich das Pfefferwasser dann durch eine Linse an, die es zweihundertmal größer machte als das, was man mit bloßem Auge erkennt. Das Wasser war voller kleiner Tierchen, die nannte er *animalcules*, so wie das Wort Moleküle, die schwammen da drin herum. Dann wollte er noch einmal nachsehen, dieses Mal mit Wasser, in dem kein Pfeffer schwamm, aber die kleinen Tierchen waren trotzdem drin, und das bedeutete, sie waren nicht durch den Pfeffer hineingeraten.

Und er hat noch etwas getan, was richtig cool ist. Er hat sich durch eine seiner Linsen das Auge einer Libelle angesehen. Er hat das Libellenauge aufgeschnitten, die Libelle war schon tot –

Woher willst du das wissen?, sagt Brit.

– sei nicht makaber, ein Stück Auge herausgenommen und auf eine seiner Linsen gelegt. Und als er sich beides vorhielt, die Linse und das Stück Libellenauge, und aus dem Fenster schaute, sah er seine Straße, aber wie einen App-Effekt, dasselbe Bild seiner Straße, aus vielen verschiedenen Blickwinkeln gezeigt, wodurch es Tiefe erhält, und daher wissen wir, was die Augen mancher Insekten sehen und wie.

Unter anderem schaute er sich auch die Bakterien in seinem Zahnbelag an. Und Regenwasser. Und er schaute sich das Öl an, das aus Kaffeebohnen austrat, und Froschlaich und – jedenfalls wissen wir heute, was Mikroben sind und was Zellen und dass der Mensch mit bloßem Auge nur einen Bruchteil dessen sieht, was tatsächlich existiert. Dass es hier –

(das verschüttete Wasser auf dem Tisch)

– von Leben wimmelt, können wir nicht sehen, das heißt aber noch lange nicht, dass es nicht da ist. Es ist da, wirklich und wahrhaftig. Guckt man sich zum Beispiel eine Kiefernnadel an, eine einzelne Kiefernnadel, eine von den Millionen an nur einer Kiefer in nur einem Wald, schneidet sie auf und vergrößert ein Stück, damit man sich die Struktur von nahem ansehen kann, sieht sie aus wie ein Gemälde oder wie Buntglas oder wie ein Mosaik bei den alten Römern oder wie die Flügel eines Schmetterlings, und man erkennt, dass sie eine Zellstruktur haben und dass Kiefernnadeln echt schlau gebaut sind, damit sie im Winter Sonnenlicht in

Nahrung umwandeln können und in den heißen Sommermonaten genug Feuchtigkeit behalten. Dadurch bleiben sie nämlich grün.

Grundlagen der Biologie. Dinge, die Brit bereits weiß oder wusste, nach der Schule, wo man solches Zeug wissen muss, um versetzt zu werden, aber wieder vergessen hat. Doch sie hört dem Mädchen zu, das ihr das alles erzählt, sitzt im Licht der tiefstehenden Nachmittagssonne, das durch eine Wolkenlücke bricht und zwischen Telefonmasten immer wieder das Zugfenster trifft wie Trommelschläge, Brit trifft, als bringe das Licht sie zum Klingen.

Könnte Brit durch all die Wochen der Zeit zurückblättern, die sie bisher auf Erden verbracht hat, zu jedem einzelnen ihrer Montage, wäre sie zuletzt trotzdem hundertprozentig sicher, dass sie an einem Montagnachmittag noch nie glücklicher war als im Augenblick. Das ist die reine Wahrheit.

Sie sitzt mit einem Kind, das sie nichts angeht, in einem Zug und fährt Gott weiß warum Gott weiß wohin.

Sie ist nicht auf der Arbeit, wo sie für ein Gehalt Menschen überwacht, die für unbestimmte Zeit interniert sind –

Hinschauen ist nämlich erst der Anfang von Verstehen, gerade mal das Äußere, die oberste Schicht allen Verstehens, sagt das Mädchen

– und mit Sicherheit ist es lange, lange her, dass Brit sich erlaubt hat, daran zu denken, dass Zelle nicht nur eine Bedeutung hat. Seltsam, wenn man bedenkt, dass sie in einem Gebäude arbeitet, das voll davon ist.

Sie war am King's Cross hinten in den Zug nach Edinburgh eingestiegen, durch die Wagen gegangen und hatte nach dem Kind Ausschau gehalten. Fünf Wagen weiter hatte sie Florence erspäht. Sie saß allein an einem Platz mit Tisch und zog sich gerade die Ärmel der Schulbluse unter den Blazerärmeln herunter.

Der Zug glitt hinaus in Vororte und ins offene Land, und Brit stand im Zwischenraum zwischen zwei Wagen, verdeckt durch das Gepäck der Reisenden, behielt durch die Glastür das Mädchen im Auge und hatte das Handy mit der Nummer ihrer Arbeit erhoben in der Hand.

Sie drückte auf Anruf. Die Wache nahm ab. Brit trat einen Schritt zurück um die Ecke und ließ sich mit Stel verbinden.

Sie wurde mit Stel verbunden, in deren Büro der Anrufbeantworter ansprang und jeder zufällig Anwesende mithören konnte, was sie gerade aufs Band sprach.

Brit legte wieder auf und wählte Stels Handynummer. Erreichte nur die Mailbox. Hi, sagte sie, Stel, hier ist Brit Hall, hör zu. Ich bin im Zug mit dem Mädchen, du weißt schon, das Mädchen, das die vorigen Monat dazu gebracht hat, das Gebäude reinigen zu lassen. Ich glaube, sie ist es, ich bin mir ziemlich sicher. Also, ich bin in einem Zug, und sie ist im selben Zug, ich kann sie von hier aus sehen, und ich, ähm, ich –

Brit hielt das Handy von sich weg.

Stels Mailbox dürfte für diese wenigen Sekunden Zuggeräusche gespeichert haben.

Brit drückte die 1.

Die Bandstimme teilte ihr mit, sie könne die 2 drücken und ihre Mitteilung noch einmal neu aufsprechen. Brit tat

171

es, hielt das Handy in den Fahrtwind und überspielte ihre aufgenommene Stimme mit dem Rauschen des Zugs.

Dann steckte sie das Handy wieder ein und trat an die Stelle, an der die automatische Türöffnung ausgelöst wird.

Das Mädchen blickte von dem Schulheft auf, das es aufgeschlagen vor sich hatte.

Ich hab dir einen Platz freigehalten, sagte sie. Außerdem, hör zu.

Sie sagte es, als ob sie noch mitten im Gespräch und in den letzten zwei Stunden nicht in verschiedenen Zügen quer durch London gefahren wären.

Wenn nur noch fünf Atombomben mehr auf der Welt explodieren, sagte sie, beginnt ein ewiger nuklearer Herbst, und es gibt keine Jahreszeiten mehr.

Wer hat dir diesen paranoiden Quatsch erzählt?, sagte Brit.

Das ist kein Quatsch. Das ist eine echte Mahnung für die Zukunft, sagte das Mädchen. Du weißt wohl nicht, wie warm die Meere sind? Falls nicht, findest du es im Netz. Du kannst es einfach nachschlagen. Es ist deine Zukunft genauso wie meine.

Ich dachte, du benutzt das Netz gar nicht gern?, sagte Brit.

Ich entscheide mich dafür, es klug zu nutzen, sagte das Mädchen.

Wer ist gestorben und hat dich zum neuen Sokrates ernannt?

Falls du von der Antike sprichst, meinst du bestimmt eher die neue Kassandra.

172

Du hältst dich wohl für ganz schön schlau.

Ich hoffe, ich bin es, sagte das Mädchen. Schlau genug. Und hoffentlich du auch.

Ach, bei schlau kann ich mich nicht beklagen, danke der Nachfrage.

Eine intelligente Maschine, sagte das Mädchen.

In Person, sagte Brit und setzte sich auf den Platz, den das Mädchen für sie freigehalten hatte.

Auf der anderen Seite des Gangs sitzt auf dem Tischplatz eine Frau, die ganz erschrocken aussah, als das Mädchen sagte, in dem verschütteten Wasser wimmele es von Leben.

Ringsherum sitzen überall im Zug Leute, die auf Displays schauen, sich Displays an die Ohren und Nasen halten, welche auf dem Schoß haben.

Das Mädchen und sie haben derweil stattdessen Die Glückliche 13 gespielt, wie das Mädchen es nennt.

Das Spiel geht so. Ich stelle dreizehn Fragen, und die müssen wir dann beide beantworten. Alles klar?, sagte sie.

Alles klar, sagte Brit.

Was ist deine Lieblingsfarbe, dein Lieblingslied, dein Lieblingsessen, dein Lieblingsgetränk, dein Lieblingsort, deine liebste Jahreszeit, dein liebster Wochentag, und was ziehst du am liebsten an. Welches Tier möchtest du sein, wenn du ein Tier wärst. Welcher Vogel. Welches Insekt. Was kannst du richtig gut. Wie würdest du am liebsten sterben.

Oh, die letzte Frage ist ganz schön deprimierend, sagte Brit. Wer hat sich dieses Spiel ausgedacht?

Ich, sagte das Mädchen. Und die letzte Frage ist genau

der Grund, weswegen das Wort glücklich im Titel des Spiels vorkommt.

Was soll glücklich daran sein, wenn man weiß, wie man am liebsten sterben möchte?, sagte Brit.

Wenn du nicht weißt, was du für ein Glück hast, dass du darüber nachdenken und es dir aussuchen kannst, sagte das Mädchen, kann ich nur sagen, du bist ein echter Glückspilz.

Es folgen die Antworten des Mädchens:

Lieblingsfarbe Türkis.

Lieblingssong Nummer 1 Self von No Name (davon hat Brit noch nie gehört, aber aus Zeitmangel ist sie bei aktueller Musik nicht auf dem Laufenden) und Lieblingssong Nummer 2 Ooh Child von Nina Someone (kennt Brit auch nicht).

Lieblingsessen Pizza.

Lieblingsgetränk Orangensaft zum Frühstück.

Lieblingsort zu Hause.

Liebste Jahreszeit Frühling.

Liebster Wochentag Freitag.

Am liebsten zieht sie die Jeans mit der Blumenstickerei an, die sie dieses Jahr zum Geburtstag bekommen hat.

Als Tier wäre sie am liebsten ein rosa Gürtelmull (so etwas gibt es anscheinend).

Als Vogel wäre sie am liebsten so ein Rotkehlchen wie die, die im Dezember mitten in der Nacht singen.

Als Insekt wäre sie nach dem, was sie über deren Augen weiß, am liebsten eine Libelle.

Die vorletzte Frage ist eine Fangfrage, sagt sie, weil die meisten Menschen viel mehr als nur eine Sache gut können und bei dieser Gelegenheit darüber nachdenken sollen.

Und sterben würde sie am liebsten vor allen anderen, die sie liebt, damit sie niemanden vermissen muss.

Die Frau gegenüber beginnt sich mit einem Nagelknipser die Fingernägel abzuknipsen, als ob der Zug ihr Schlafzimmer oder ihr Bad zu Hause wäre.

Jemand anders telefoniert so laut mit dem Handy, als ob der Zug sein persönliches Büro wäre.

Florence blättert in dem Schulheft, in dem sie las, als Brit sich hinsetzte. Aufwind steht, mit Edding geschrieben, in Großbuchstaben auf dem Umschlag. Ein Geographieprojekt vielleicht, Naturwissenschaft. Konvektion. Florence trägt etwas ein und singt dazu ein altes Volkslied. Brit lehnt sich auf ihrem Sitz zurück und hört mit geschlossenen Augen das Nägelknipsen, die Stimme des Mannes und dazu das Mädchen, das ein altes Lied singt. *Fresh are the roses culled from the garden, oh don't deceive me, oh never leave me.* Bringt man Kindern dieses alte Lied in der Schule noch bei? Ein Lied über Lügen, das so fröhlich klingt? Wahrscheinlich weil hier gar nicht die Jungfer singt, der so übel mitgespielt wurde, überlegt sie.

Aber: rosa Gürtelmull.

Libelle.

Vogel, der im Dezember singt.

Das kann nicht das Kind sein, das angeblich in das üble

Bordell in Woolwich hineingegangen – und unversehrt wieder herausgekommen – ist. Ausgeschlossen.

Hier die erste meiner Glücklichen 13 für dich, sagt Brit. Frage 1: Erzähl mir von deiner Familie.

Nein, sagte das Mädchen. Nächste Frage.

Deine Mutter, sagte Brit. Erzähl mir was von ihr. Oder von deinem Vater.

Das ist privat, sagt das Mädchen. Ich kann dir aber etwas erzählen, was damit nichts zu tun hat.

Was?

Als ich mit dem vorigen Zug zum King's Cross fuhr, saß mir gegenüber ein Junge mit seinen Freunden und las ihnen aus seinem Handy Emojis vor. Er sagte:

Herzchen Herzchen Herzchen.

Herzchen Herzchen.

Herzchen.

Herzchen.

Dann meine nächste Frage, sagt Brit. Hast du einen Freund?

Privat, privat, privat, sagt das Mädchen. Privat, privat. Privat. Privat. Du?

Vielleicht, sagt Brit. Wie sieht es bei dir mit Brüdern und Schwestern aus?

Das ist privat, sagt das Mädchen. Bei dir?

Einzelkind, sagt Brit. Was deine Mutter gesagt hat, das über das Große und das Kleine, ist echt nützlich. Wirklich gut ausgedrückt. Erzähl mir noch etwas, was deine Mutter über das Leben sagt.

Ähm, sagt das Mädchen.

Tja, meine Familie ist auch Privatsache, sagt Brit. Aber wie sollen wir Freundschaft schließen oder uns auch nur kennenlernen, wenn du mir nicht wenigstens ein bisschen von deinem Leben erzählst und ich dir im Austausch von meinem?

Mit einer Maschine Freundschaft schließen, sagt das Mädchen. Ausgeschlossen. Das ist Treibsand.

Warte, ich hab eine Idee, sagt Brit. Wie wär's: Ich denk mir eine Geschichte aus, über jemanden aus meiner Familie. Dann tust du dasselbe für jemanden aus deiner. Ich erzähl dir, warum meine Mutter mich Brittany genannt hat.

Wie Bretagne, nur auf Englisch?, sagt das Mädchen.

Yep. Aber alle nennen mich Brit.

Ich bin auch ein Ort auf Englisch, sagt das Mädchen. Eine Stadt in Italien. Du bist genau genommen sogar zweierlei. Britannien und die Bretagne.

Das liegt daran, dass meine Mutter – ähm –, was sagt man dazu, ich lüge nicht, ein wandelndes Geographielehrbuch ist, sagt Brit. Lach nicht, ist so. Meine Mutter hat einen großen Teil ihrer Kindheit in einem Schulschrank verbracht. Sie hat eine Ewigkeit da drin gesessen und darauf gewartet, dass aufgeschlossen wird. Sie hat sich auch nichts sehnlicher gewünscht, als selber erschlossen und gelesen zu werden, am liebsten von jemandem, der zu schätzen wusste, was sie zu sagen hatte, jemandem, der etwas lernen würde von all dem Wissen über die Welt, das sie intus hatte. Sie war randvoll von Landkarten und Ortsnamen, von Länder- und Städtekoordinaten, von Wissen über Bäume und Wolkenformationen, sie konnte die Fakten und Zahlen über Flüsse und Täler, Berge und Ebenen, Meere und Erosionen kaum für sich behalten.

Jetzt ist sie wohl kein Geographielehrbuch mehr?, sagt das Mädchen.

Brit denkt an ihre Mutter, die jetzt zu Hause ist.

Der 24-Stunden-Nachrichtenkanal. *Ich bin ja neugierig, was das noch gibt.*

Sie ist jetzt in Rente, sagt sie. Sie ist, ähm, ein bisschen veraltet, was den Lehrstoff angeht.

Das ist schade, sagt das Mädchen. Deine Geschichte ist eine Tragödie.

Ja, sagt Brit.

Schon bei der Antwort merkt sie, dass sie selber Mühe hat, von der albernen Geschichte über ihre Mutter nicht zu Tränen gerührt zu werden.

Sie reißt die Augen auf und kann es so verhindern.

Auf gewisse Weise schämt sie sich auch. Ihre Mutter, eine blöde Geschichte. Ihre Mutter, bei der mit jedem Gefühl die Farbe von Gesicht und Hals mehrfach wechselt. Ihre Mutter mit all ihren nervtötenden Gewohnheiten, die gar nicht nervtötend sind, wie Brit weiß, sondern es nur für Brit sind, weil sie ihre Tochter ist.

Beim bloßen Gedanken daran, dass ihre Mutter ein Buch ist, aufgeschlagen und behutsam gehalten in jemandes Händen, möchte Brit schon weinen.

Wie ist sie überhaupt aus dem Schrank herausgekommen?, sagt das Mädchen. Wie kann ein Buch jemanden zur Welt bringen? Wie konnte ein Buch *dich* zur Welt bringen? Warum bist du keins? Was ist mit deinem Vater? War er auch ein Geographielehrbuch? Oder war er ein anderes Buch, eins über Geschichte? Mathe? Poesie? Was bist du dann?

Nein, jetzt bist du dran, sagt Brit. Mir eine Geschichte über jemanden zu erzählen. Über eine Mutter, wie wär's? Ich hab dir von meiner erzählt. Es braucht nicht deine eigene Mutter zu sein, irgendeine Mutter genügt.

Das Mädchen schüttelt den Kopf.

Meine Geschichte ist auf dem Meer verschollen, sagt sie. Ende.

Deine Mutter?, sagt Brit.

Das Mädchen sieht sie traurig an.

Dein Vater?

Das Mädchen sieht sie traurig an.

Das ist entsetzlich, sagt Brit.

Das Mädchen sieht sie traurig an.

Ist das wahr?, sagt Brit.

Es entspricht genau dem, was du von mir hören willst, sagt das Mädchen. Die eigentliche Geschichte ist aber, dass ich dir nichts erzählen werde. Da kannst du so lange in dem gemütlichen körpergerecht geformten Plastiksessel mit integriertem Getränkehalter für deine Coke im warmen Cineplex deiner vorgefassten Meinung sitzen, wie du lustig bist, und glauben, was du willst.

Wow, sagt Brit. Du übertriffst wirklich alles. Wo hast du gelernt, so zu reden?

Du bist dran, sagt das Mädchen. Na los. Überrasch *meine* vorgefasste Meinung.

Ja, aber deine Geschichte war viel zu kurz, sagt Brit.

Es ist eine Kurzgeschichte.

Danach wechseln Brit und das Mädchen auf einen Zweisitzer, damit ein Pärchen und seine Kinder zusammensitzen können; die Familie steigt in Newcastle aus, und im Zug wird es wieder ruhiger. Ein Fahrkartenkontrolleur kommt durch den Wagen. Für dieses Mal, sagt er zu Brit, sehe er von einer Strafzahlung ab, aber sie solle es nicht noch einmal tun. Der Mann fragt, wo sie eingestiegen ist. Lässt sie mit ihrer Karte ein Ticket ohne Strafzuschlag lösen und lächelt beim Weitergehen.

Das Mädchen sieht er nicht einmal an, geschweige denn, dass er sie fragt, ob sie eine Fahrkarte hat oder wer dafür aufkommen wird.

Brit hebt die Brauen, als die Tür hinter ihnen zischend zugeht.

Klasse gemacht, Florence, sagt sie.

Ich habe nichts getan, sagt das Mädchen.

Hast du überhaupt eine Fahrkarte?

Ich bin manchmal unsichtbar, sagt das Mädchen. In bestimmten Läden oder Restaurants, in der Schlange am Fahrkartenschalter oder im Supermarkt, sogar wenn ich mich laut bemerkbar mache, in einem Bahnhof oder so um eine Auskunft bitte, kommt es vor, dass Leute glatt durch mich hindurchsehen. Vor allem bestimmte Weiße sehen durch junge Leute glatt durch, auch durch schwarze Personen oder Mischlinge, als ob wir gar nicht da wären.

Das würde erklären, warum du es vorigen Monat bis ins Büro unseres Chefs geschafft hast, sagt Brit.

Seltsamerweise ist es jetzt, wo sie nebeneinandersitzen, leicht, davon anzufangen. Als das Mädchen ihr noch ge-

genübersaß, hatte irgendetwas Brit vom Fragen abgehalten. Jetzt aber, wo sie einander nicht direkt ansehen, sondern beide in Fahrtrichtung, kann sie es freiheraus sagen:

Das warst du, nicht?

Das Mädchen wendet sich zum Fenster, summt wieder ein altes Lied, dieses Mal Ash Grove, und blättert in ihrem Schulheft.

Das erklärt, wie du an der Wache vorbeigekommen bist, so nennen wir die Anmeldung, und durch die Körperscans. Was eigentlich menschenunmöglich sein sollte. Jetzt kapier ich's. Du warst unsichtbar.

Das Mädchen sieht zum Fenster hinaus.

Am meisten interessiert mich, sagt Brit, es interessiert uns alle, auf der Arbeit, meine ich, weil es einiges gibt, was wir ihm gern mal sagen würden, wozu wir aber nie die Gelegenheit bekommen. Was hast du ihm gesagt?

Das Mädchen hat Brit weiter den Hinterkopf zugedreht. Sie schweigt.

Also, ich weiß ja nicht, ob du es weißt, sagt Brit. Aber egal, was du zu ihm gesagt hast, es hat dazu geführt, dass sie den Laden wirklich gereinigt haben. Sie haben noch am selben Abend eine Putzkolonne kommen lassen, und die hat die Toiletten dampfgereinigt. Das war kein Tag wie jeder andere, der Tag, nachdem sie da saubergemacht hatten, sagt Brit. So einen Tag hat es laut meinem Freund Torquil im Zentrum bisher nur einmal gegeben, an dem alle, die Insassen wie die Angestellten so, ähm, mir fällt das Wort nicht ein.

Sauber waren, sagt das Mädchen.

Ja.

Mehr haben sie nicht getan, sagt das Mädchen, ohne sich umzudrehen. Als die Toiletten zu reinigen.

Sie sagt es nicht in fragendem Ton. Doch Brit ist sich jetzt zu 99,99 Prozent sicher: Sie sitzt neben dem Mädchen, das dem System ein Schnippchen geschlagen hat.

Sie lässt sich nichts anmerken. Wechselt das Thema. Tippt auf das Schulheft in der Hand des Mädchens.

Aufwind, sagt sie. Schulsachen.

Nicht direkt, sagt das Mädchen. Das hat mir meine, jemand, den ich kenne, gegeben, weil ich manchmal Ideen habe und die meinte, ich soll sie aufschreiben.

Das Mädchen lässt Brit, aber nur für den Bruchteil einer Sekunde, einen Blick auf die erste Innenseite werfen, auf der oben jemand unter die unterstrichenen Worte <u>Dein Aufwind-Buch</u> die Worte SCHWING DICH AUF, MEINE TOCHTER und ein paar handschriftliche Zeilen hinzugesetzt hat.

Kann ich mir das mal mit ein bisschen mehr Ruhe ansehen?, sagt Brit.

Nein.

Was steht sonst noch da drin?

Lauter heiße Luft, sagt das Mädchen. Privater Aufwind.

Eine Stimme verkündet über Lautsprecher, dass sie demnächst einen Halt namens Berwick-upon-Tweed erreichen werden.

Gleich sind wir in Schottland, sagt Brit.

Ich habe aber keinen Pass, sagt das Mädchen.

Brauchst du auch nicht. Nicht für diese Grenze. Noch nicht jedenfalls.

Wie meinst du das, noch nicht?, sagt das Mädchen.

Na ja, Schottland und England, sagt Brit. Das versteht sich von selbst.

Wieso?

Verschiedene Länder, sagt Brit.

Sieht man das?, sagt das Mädchen.

Schottland?, sagt Brit.

Den Unterschied, sagt das Mädchen.

Sie drückt sich gegen das Fenster.

Möglich, dass wir schon in Schottland sind, sagt Brit.

Ich seh keine Grenze, sagt das Mädchen. Hast du sie gesehen? Ich seh nichts, was anders wäre.

In der Geschichte gab es mal eine Zeit, sagt Brit, in der Pässe völlig unbekannt waren. Man konnte überallhin reisen. So lange ist das noch gar nicht her.

Hat dir das dein Vater gesagt, das Geschichtsbuch?

Mein Vater, sagt Brit. Ein Geschichtsbuch. Wenn ich das meiner Mutter erzähle, schüttet die sich aus vor Lachen.

Das Mädchen wendet sich auf seinem Sitz herum und beginnt zu sprechen.

Wenn wir, statt diese Grenze teilt zwei Länder zu sagen, es ungefähr so sagen würden – wie bei deiner Mutter als Erdkundebuch –, also wenn wir sagen würden, meine Mutter ist zwei verschiedene Länder, und mein Vater ist eine Grenze.

Damit kämst du niemals durch, sagt Brit. Die Mütter würden sich darüber beschweren, abgesperrt zu sein, und die Väter würden verkünden, sich ausdehnen zu wollen, bis sie so groß sind wie die Länder zu ihren beiden Seiten. Das hätte ganz neue Scheidungsverfahren zur Folge.

Sind *deine* Eltern geschieden?, sagt das Mädchen.

Das ist privat, sagt Brit.

Was wäre, wenn wir statt die Grenze teilt diese Länder sagen würden: Die Grenze *verbindet* diese Länder. Die Grenze hält diese beiden echt interessanten verschiedenen Länder zusammen. Was, wenn wir Grenzübergänge einrichten würden, in denen man, hör zu, wenn man drübergeht, selber doppelt möglich werden würde.

Du bist naiv, sagt Brit. In mehr als doppelter Hinsicht.

Ich bin zwölf, sagt das Mädchen. Was erwartest du? Aber, hör zu. Angenommen, bloß mal angenommen, man brauchte nicht mit einem Büchlein zu beweisen, wer man ist, oder damit, dass man das Auge oder das Gesicht vor einen Bildschirm hält oder den Zeigefinger auf einen drückt, sondern könnte es damit beweisen, was man mit eigenen Augen *sieht* und was man eigenhändig *macht* und –

Und mit den Gesichtern, die man mit seinem Gesicht schneiden kann, sagt Brit. Das gäbe den totalen Krieg. Der Zungenrollkrieg würde ausbrechen.

Was ist der Zungenrollkrieg?, sagt das Mädchen.

Der Krieg gegen Menschen, die aufgrund einer genetischen Anlage die Zunge rollen können, sagt Brit. Angegriffen von denen, denen diese genetische Anlage fehlt. Und / oder umgekehrt. So oder so, es gäbe Krieg. Kannst du die Zunge rollen?

Das Mädchen probiert es. Brit lacht und führt es ihr vor.

Ja, aber wenn du das kannst und ich nicht, heißt das noch lange nicht, dass ich einen Krieg gegen dich anzetteln will, sagt das Mädchen.

Glaub mir, sagt Brit. Manchmal liegt es an so einem genetischen Zufall.

Was denn?

Der Hass, sagt Brit.

Das Mädchen seufzt.

Brittany, du durchkreuzt alle Pläne, die ich mir ausgedacht habe.

Klar.

Das ist nicht fair.

Das stimmt.

Du bist pessimistisch, sagt das Mädchen.

Ich bin nur ehrlich, sagt Brit.

Unmenschlich.

Das ist mein Job.

Wir können deinen Job verändern, sagt das Mädchen.

Eine Maschine ist ein Gewohnheitstier, sagt Brit.

Eingebaute Obsoleszenz, sagt das Mädchen. Du wirst Rost ansetzen. Aber keine Sorge, wenn es so weit ist, ölen wir dich, rüsten dich um und machen dich fit für eine neue Arbeitsweise.

Das werden wir ja dann sehen, sagt Brit.

Dann sehen wir, mit Glück sehen wir dann wie Libellen, von allen Seiten, sagt das Mädchen. Wir fangen von vorn an. Revolution.

Du meinst Evolution, sagt Brit.

Nein, ich meine Revolution, sagt das Mädchen. Eine Umwälzung, wir wälzen uns in einen neuen Zustand.

Du meinst Revolte, sagt Brit. Du sprichst von Revoltieren.

Nein, ich spreche von Umwälzung.

Tust du nicht.

Doch. Wir wälzen alles um, sagt das Mädchen. Wir machen alles anders.

Sie kehrt Brit den Rücken zu, dreht sich wieder zum Fenster und starrt hinaus ins Dunkel, als wolle sie ergründen, was es mit den Lichtern in der Ferne auf sich hat.

Wenig später schlummert das Mädchen ein, von einem Augenblick zum nächsten wie ein Kätzchen oder ein Hündchen, schläft so tief, dass sie völlig erschlafft, buchstäblich in den Schlaf sinkt, gegen Brit sinkt in einem Zug, der in einem ganz anderen Land durch die Dunkelheit fährt, in einer Gegend, von deren Existenz Brit wusste, in der sie aber noch nie war.

Ich meine, seht euch Brittany Hall an.

Ihr Leben, sie kann es selbst nicht glauben.

Sie ist wieder intelligent.

Ist witzig und unterhaltsam.

Und ist auf Draht.

Sie sollte auf Arbeit sein. Es ist Montag.

Stattdessen keine Hecken, keine Unterwelt: Hier ist sie, und ein Kind – nicht irgendeins, sondern ein wirkliches Kind und zufällig das *legendäre* Kind – sitzt nicht bloß neben ihr, sondern schläft, gegen ihren rechten Arm gelehnt, so tief und fest, dass Brit für diese Unbekannte, die keine Angehörige ist, sondern das Kind einer Fremden, das sie erst seit diesem Vormittag kennt, einen Beschützerinstinkt entwickelt, den sie nie für möglich gehalten hätte.

Sie greift um das Mädchen herum und zieht das Aufwind-Heft unter seinem Arm hervor. Schlägt es mit einer Hand auf, blättert darin.

Es ist angefüllt mit kurzen Einträgen, geschrieben in Schulmädchenhandschrift, wie kleine Geschichten.

Eine ist in der Stimme vieler Seiten im Netz und in den sozialen Medien verfasst. Sie ist sogar richtig lustig und pfiffig. Brit muss ihr Gelächter zügeln, sonst weckt sie mit ihrem Gewackel das Mädchen auf.

Eine ist wie vieles von dem, was Leute von rechts außen und links außen sagen, von dem Mädchen in verschiedenen Schriftgrößen, teilweise sogar in Großbuchstaben notiert. Es ist zwar naiv, Zeug von der Art, wie ein Schüler es schreiben würde, aber es ist auch witzig und bringt Brit zum Nachdenken.

Schon eine Zwölfjährige durchschaut vieles von dem, was momentan auf der Welt vorgeht.

Ein Absatz ist geschrieben wie ein Beispiel für die obszöne Sprache auf Twitterwalls. Dann entdeckt Brit eine wirklich gute Geschichte, wie ein Märchen, über ein Mädchen, das sich weigert, so lange zu tanzen, bis es tot umfällt, obwohl ein ganzes Dorf von Menschen und Millionen online es dazu drängen.

Sie klappt das Buch zu und legt es auf die Schultasche des Mädchens. Rosa.

Brits eigene Lieblingsfarbe ist Blau.

Ihr Lieblingslied ist Heroes von Alesso (obwohl sie auch When We Were Young sehr mag, den Song von Adele, weil der sie an Josh und sie erinnert, an früher und ihre gemeinsame Schulzeit, bevor Josh ihr die kalte Schulter zeigte).

Ihr Lieblingsessen ist alles Angebrannte oder mit Barbecuesauce Übergossene.

Ihr Lieblingsgetränk ist Wodka.

Am liebsten an hat sie gar nichts (so was würde sie einem Kind aber nicht sagen, sie hat stattdessen von ihrem blauen All-Saints-Kleid erzählt), ihre Lieblingsgegend ist Florida, wo sie, ihre Mum und ihr Dad im Urlaub hingefahren sind, als sie zehn war, ihre liebste Jahreszeit ist der Winter, ihr Lieblingswochentag ist Freitag; als Tier wäre sie am liebsten eine Löwin, als Vogel ein Turmfalke und als Insekt ein Tier, das Spinnen fressen kann.

Richtig gut? Kann sie Dinge erfinden.

Am liebsten sterben? Möchte sie im Bett, ohne dass sie das Geringste davon mitbekommt.

Turnschuhe mit integriertem Ladegerät, mit denen man einfach beim Herumlaufen Sachen aufladen kann, ist eine tolle Idee für eine Erfindung, hatte das Mädchen gesagt. Die sollte gleich jemand herstellen und verkaufen. Du solltest deinen Job kündigen und sie herstellen. Außerdem haben wir beide denselben Lieblingswochentag. Und: Wenn wir Jahreszeiten wären, würde ich auf dich folgen.

Du wärst mein Ende, sagt Brit. Du würdest mir den Garaus machen.

Nein, du würdest mich möglich machen, hatte das Mädchen, das jetzt an ihr lehnte und fest schlief, gesagt.

Danach hatte es sie den ganzen Nachmittag über angestupst, wenn jemand vorbeiging, der etwas Blaues anhatte, und blau gesagt.

Wer hat sich in den letzten zehn Jahren länger als zehn

Sekunden um irgendwas geschert, was Brit wovon auch immer am liebsten hat?

Als ob sie selbst in einem Märchen wäre, so kommt es ihr vor.

Sie sollte ihrer Mutter simsen. *Ich bin in einem Scheißmärchen. Bin ja neugierig, was das noch gibt.*

Ganz ungefährlich ist es nicht, mit einem Bein in Märchen zu stehen.

Welche Rolle ist ihr zugedacht? Ist sie, die Ältere, Klügere, dazu da, Ratschläge zu erteilen?

Ist sie ein Zauber? Oder benötigt sie einen Zauber? Ist sie eifersüchtig? Verwunschen? Hat sie sich, jung und töricht, wie sie ist, im Wald verlaufen und muss eine Lektion lernen? Ist sie der Hüter von etwas wirklich Kostbarem?

Ist sie böse oder gut?

Sie blickt hinaus in die Dunkelheit, sieht aber nur ihr eigenes Gesicht.

(Überrascht wird sie auf der Rückfahrt in den Süden ein paar Tage später das Meer erblicken, das ihr auf der Fahrt nach Norden total entgangen war.)

Irgendwo wird irgendjemand krank sein vor Sorge, wo dieses Kind abgeblieben ist.

Brit wird herausfinden, wem sie es sagen muss.

Und außerdem wird ihr das, wenn die auf der Arbeit davon erfahren, kein Mensch glauben.

Und außerdem spürt sie jetzt auf jeden Fall die Eltern des Mädchens auf oder zumindest einen Elternteil.

Vielleicht springt bei dem Ganzen sogar eine Beförderung für sie heraus.

So vorsichtig wie möglich zieht sie ihr Handy aus der Tasche, um das schlafende Mädchen nicht zu stören.

Schickt Josh die erste SMS seit ihrem Streit im Sommer.

Hey, Josh, ich bin's, kannst du mir was Lateinisches übersetzen sims zurück was bedeutet vivunt spe

Wortlaut des Gesprächs, das SA4A-IRC-Manager Bernard Oates und Florence Smith an besagtem Tag im September führten:

– Hi.

– Was zum T–

– Ich bin heute hier, um Ihnen ein paar Fragen zu stellen.

– Du bist was?

– Also. Erstens. Meine erste Frage ist.

– Wer bist du?

– Warum sind die Toiletten für die Menschen, die Sie hier festhalten, alle so schmutzig?

– Die – ? (Ruft) Sandra! Kannst du mal kurz kommen?

– Okay, wir machen es so, wenn Sie auf eine meiner Fragen nicht antworten oder nicht antworten können, behellige ich Sie nicht weiter damit, sondern gehe gleich zur nächsten Frage über. Also, meine nächste Frage ist: Warum legen Sie Menschen, die hierherkommen, Handschellen an, wenn sie hier herein- und von hier weggebracht werden, obwohl es keine Kriminellen sind?

– Hat Graham dich zu mir geschickt? Hat er, haben die, wer hat dir gesagt, du sollst mich nach Toiletten fragen?

– Okay, danke. Die nächste Frage besteht aus zwei Fragen. Wenn Sie Leute hier hereinbringen, warum geschieht das mitten in der Nacht? Und warum benutzen Sie Vans mit geschwärzten Scheiben, wenn es mitten in der Nacht sowieso dunkel ist?

– War das Evie aus der Personalabteilung? Hat Evie dich dazu angestiftet?

– Okay, kommen wir also zu meiner nächsten Frage. Sie lautet: Warum haben die Türen zu den Zimmern hier innen keine Griffe?

– Wie kommst du – Bist du im Familienhaus? Hier drin Schularbeiten erledigen, das geht nicht. Du kannst kein Projekt über diese Einrichtung durchführen. Hier ist Sperrgebiet.

– Okay. Wie kommt es, dass die Behörde für Strafvollzug und Bewährungshilfen und deren Angestellte für Personen zuständig sind, die geflüchtet und in dieses Land gekommen sind aus anderen Ländern, in denen sie nicht bleiben können, weil dort gefoltert wird oder weil Krieg herrscht oder sie nichts zu essen haben?

– Hör auf mit diesen, diesen. Was schreibst du da auf?

– Mr Oates, wussten Sie, dass Sie gegen das Gesetz verstoßen? Von Gesetzes wegen darf man jemanden in diesem Land nur zweiundsiebzig Stunden festhalten und muss den Betreffenden dann eines Verbrechens anklagen.

– Das geht so nicht. Es ist nicht gestattet, du brauchst eine Freigabe, du bist nicht befugt –

192

– Ich wollte noch etwas fragen. Im Netz habe ich gestern gelesen, der High Court habe festgestellt, es sei auch ungesetzlich, Menschen, die gefoltert wurden, in Abschiebezentren wie diesem festzuhalten. Und dann habe ich gelesen, das Innenministerium habe das Wort Folter neu definiert und »enger« gefasst. Deshalb wollte ich jemanden fragen, der das vielleicht weiß. Was ist eine enge Fassung des Begriffs Folter und was eine weite?

– Okay, ich werde dich jetzt bitten zu gehen. Bitte geh. Ich bitte dich höflich zu gehen. Bitte verlass dieses Büro. Ich habe dich jetzt zweimal höflich zum Gehen aufgefordert, ist das angekommen? Wenn du dem nicht Folge leistest, werde ich den Sicherheitsalarm auslösen. Schön, ich habe jetzt die Security gerufen. Die werden jeden Augenblick – (Ruft) Sandra. SANDRA, komm rein. SANDRA. Wo zum Teufel – wo zum –

– Okay. Ich habe nur noch wenige Fragen. Ist Einwanderung in ein anderes Land, weil man Hilfe benötigt, eigentlich ein Verbrechen?

– Wird das gefilmt? Zeichnest du das auf? Wer hat dir diese Fragen aufgeschrieben? Worum geht es hier?

– Es geht darum, dass ich ein zwölfjähriges Mädchen bin, auf einem Stuhl in Ihrem Büro sitze und Ihnen Fragen zu Ihrem Arbeitsplatz stelle. Ich bin durchaus alt genug, Bücher und Sachen, die im Internet veröffentlicht sind, zu lesen und zu verstehen, und ich habe mich über vieles informiert, teils weil es mich persönlich betrifft, aber auch weil es mich überhaupt interessiert, und einiges von dem, was ich gelesen habe, hat mich dazu gebracht, den dafür

Verantwortlichen ein paar Fragen stellen zu wollen, und Sie sind einer davon.

– Verantwortlich wofür? Wofür bin ich deiner Meinung verantwortlich? Wo ist die Kamera? Machst du das fürs Fernsehen? Für eine Zeitung? Ist es Panorama? Bist du von Channel 4?

– Worum es für Sie geht, wird davon abhängen, was Sie aus den Fragen machen, die ich Ihnen heute gestellt habe, und ob Sie etwas unternehmen oder nicht oder etwas Positives oder etwas Negatives tun oder etwas noch verschlimmern oder doch verbessern. Ich möchte mich bei Ihnen bedanken, dass Sie so bereitwillig Auskunft gegeben haben.

– Auskunft? Inwiefern habe ich Auskunft gegeben und worüber?

– Auf Wiedersehen, und haben Sie vielen Dank, Mr Oates.

– Hey. HEY. Worüber habe ich Auskunft gegeben? HEY.

Gestern Abend, um es kurz zu machen, wollte das Mädchen in einem Hotel in der Nähe des Edinburgher Zoos übernachten.

Das taten sie dann auch.

Die ganze Nacht hindurch hörte Brit das dumpfe Uh-Uh des einen oder anderen Tiers in seinem Gehege und am Morgen Geräusche ihr unbekannter Vögel.

Aber, was sagt man dazu. Als sie nach dem Frühstück am Vormittag an der Rezeption bezahlen wollte, wollte die Frau Brits Bankkarte nicht nehmen.

Sie müssen Zimmer 62 sein und reisen mit Miss Florence Smith von 68, sagte sie.

Ja.

Die Übernachtung ist kostenlos, sagte die Frau. Gute Reise.

Der Ausdruck auf dem Gesicht der Frau war allerdings einer der Verblüffung, der Ausdruck in dem Augenblick, bevor die Fassungslosigkeit über ihr Tun in ihrem Gesicht ankam.

Anschließend gehen sie zum Bahnhof.

Ein Fahrkartenkontrolleur öffnet mit einer Verbeugung vor Florence die Schranke und lässt Brit ebenfalls durch. Eine Schaffnerin im Zug verlangt von allen außer ihnen die Fahrausweise. Als der Zug Verspätung hat, kommt die Schaffnerin in den Wagen, bleibt an ihrem Tisch stehen und entschuldigt sich für die Verspätung, als beträfe die speziell sie.

Du und ich, Kleine, sagt Brit, nachdem die Schaffnerin den Wagen wieder verlassen hat. Ich glaube allmählich, wir könnten die Welt erobern.

Eroberungen interessieren mich nicht, sagt Florence.

Ich komme mir vor, als ob ich von zu Hause ausgerissen wäre und mit einem fidelen Wanderzirkus durchs Land zöge. Wie machst du das?

Ich mache gar nichts, sagt Florence.

Und als sie schließlich auf dem Bahnhof der Stadt von der Postkarte ankommen, hält ein oller Kerl, der ein bisschen die Übersicht verloren hat, sie noch mehr auf.

Als der Zug aus dem Bahnhof ausfährt, wieder zurück nach Edinburgh, dreht Brit sich am Ausgang um und sieht Florence weit hinten am anderen Ende des langen Bahnsteigs.

Sie sprintet den Bahnsteig entlang.

Schwingen Sie die Beine hoch, sagt Florence zu einem derangiert aussehenden Mann im Gleisbett. Setzen Sie sich erst mal hier auf die Seite. Dann, eins, zwei, schwingen Sie sie hoch.

Drei Bahnhofsangestellte rennen ebenfalls zu dem Mann, der weint und die Arme von sich gestreckt hat, als ertrüge er es nicht, dass seine Arme ihn berühren. Zwei Bahnleute beugen sich über den Bahnsteig und ziehen ihn nach oben. Lassen ihn aber noch nicht los.

Er hat seinen – was hatten Sie gleich verloren?, sagt Florence. Ihm ist etwas auf die Schienen gefallen. Was war's?

Mein, äh, mein Stift, sagt der Mann.

Sein Stift, sagt Florence. Er hat seinen Stift fallen lassen.

Er ist mir aus der Hand gefallen, sagt er. Ich, ich hatte ihn in der Hand und habe ihn aus Versehen weggeschnipst, er ist durch die Luft geflogen, und weil ich sehr daran hänge, ähm, hm.

Ein Stift, sagt eine Frau, die so was wie eine Bahnhofsaufsicht ist.

Ja, sagt der Mann.

Sie sind trotz Verbot leichtsinnigerweise in ein Gleisbett hinuntergestiegen, was zu einem tödlichen Unfall oder zu schweren Verletzungen und einem Trauma hätte führen können, sagt die Frau. Nicht nur für Sie selbst, sondern für sämtliche Reisende in dem Zug, der gerade abgefahren ist. Ganz zu schweigen von uns, die wir hier arbeiten. Für deren Beschäftigungsverhältnis das ebenfalls unsagbar schädliche Folgen hätte haben können. Und das ohne Rücksicht auf einen im Norden und Süden des Landes ohnehin schon angespannten Fahrplan. Das alles, weil Ihnen ein Stift aus der Hand gefallen ist. Ich bin im Bilde. Wo ist dieser Stift? Ich würde den Stift gern mal sehen, der Sie das Leben und mich meinen Arbeitsplatz hätte kosten können.

Hier, sagt Florence.

Sie reicht dem Mann einen Kuli, den Brit als Stift aus dem Hotelzimmer identifiziert, in dem sie gerade übernachtet haben.

Sie lacht.

Ein Stift aus dem Holiday Inn?, sagt die Frau.

Wunderbar, sagt der Mann. Ich hänge dran.

Er bedeutet ihm viel, sagt Florence.

Der Mann fängt wieder an zu weinen.

Sie brauchen ihn nicht so festzuhalten. Sie können ihn jetzt loslassen, sagt Florence.

Die beiden Bahnangestellten lassen die Arme des Mannes los. Und schauen verdutzt. Haben sie das gerade getan? Nun poltern alle drei los, schimpfen lautstark, der Mann habe eine Ordnungswidrigkeit begangen. Die Frau sagt irgendetwas von Polizei und zieht ein Handy hervor.

Florence sieht sie begütigend an.

Es ist doch eher so, dass nun wieder alles in Ordnung ist, sagt sie. Etwas ist verloren gegangen und hat sich wieder eingefunden. Es war nicht böse gemeint. Und ein Schaden ist auch nicht entstanden.

Die Frau sieht erst sie und dann den weinenden Mann an.

Ich würde jedoch meinen, dass in dem Fall kein Schaden entstanden ist, sagt sie.

Danach tritt ein bestürzter Ausdruck in ihr Gesicht. Hat sie das eben gesagt?

Wie das aussieht, denkt Brit. Wie sich das anfühlt.

Die Bahnangestellten haben alle denselben perplexen Ausdruck. Sie entschwinden durch Türen in verschiedene Teile des Bahnhofs, und sie und Florence begleiten den weinenden Mann vor das Gebäude, wo er sich die Nase am Ärmel schnäuzt. Er entschuldigt sich für seine abscheuliche Tat. Setzt sich auf eine Bank auf dem Vorplatz und erzählt, er habe Bahnhöfe immer gemocht, da herrsche ein ständiges Kommen und Gehen, und das mache sie zu hochemotionalen Orten, und dann erzählt er davon, wie er einmal von dem

Bahnhof wegging, zu dem er bei der Hin- und Rückfahrt von seiner Heimatstadt immer kam, er war lange nicht dort gewesen und hatte nach den Sachen sehen wollen, die nach dem Tod seiner Eltern noch dort lagerten, und als er vom Bahnhofseingang wegging, sang hinter ihm jemand ein Stück aus einem Lied, er kam aber nicht darauf, aus welchem, er kannte es, der Titel fiel ihm aber nicht ein, die Stimme klang nett, und dann fiel ihm ein, das Lied hieß Every Time We Say Goodbye, und weil er Schritte hinter sich hörte, ging er langsamer, damit derjenige ihn überholen konnte, und es war eine junge Frau, aber falls sie gesungen hatte, tat sie das nun nicht mehr und war auch viel zu jung und hatte das Falsche an für jemanden, der so ein altmodisches Lied kannte oder so ein Lied mit so viel Gefühl singen konnte.

Der Mann verstummt.

Gut, denn er ist genau genommen ganz schön langweilig.

Wieder laufen ihm Tränen übers Gesicht.

Brit setzt ihr Arbeitslächeln auf, das Lächeln, zu dem sie greift, wenn jemand, ob Kollege oder Deet, in ihrem Block weint.

Wie wär's, wenn wir ihm einen Kaffee spendieren?, sagt sie.

Möchten Sie einen Kaffee?, sagt Florence zu dem Mann.

Er ist Alkoholiker, sagt Brit. Da drüben steht ein Kaffeewagen.

Ich bin kein Alkoholiker. Und in dem Wagen gibt es keinen Kaffee, sagt der Mann.

Doch, sagt Brit. Steht ja dran.

Sie geht hinüber.

Als sie wiederkommt, hat der Mann Gott sei Dank mit der Flennerei aufgehört.

Sind Sie ein Filmemacher?, sagt sie zu ihm.

So was Ähnliches.

Heißt das nun ja oder nein?

Der Mann weist jedoch mit einem Nicken auf Florence, die nun statt seiner weint.

Was haben Sie mit ihr gemacht?, sagt Brit mit so heftigem Beschützerdrang, dass sie sich zügeln muss, um dem Mann keinen Fausthieb ins Gesicht zu verpassen.

Er sagt, die Bibliothek hat zu, sagt Florence.

Der Mann weicht vor dem wilden Ausdruck auf Brits Gesicht ein paar Schritte zurück.

Tja, sagt er. Das stimmt. Dienstags ist geschlossen.

Das ist doch nicht schlimm, sagt Brit.

Sie legt den Arm um Florence.

Deswegen braucht man nicht zu weinen, sagt sie. Wir können in eine andere Bibliothek gehen, eine in einer größeren Stadt.

Ich hab die offene Bibliothek aber hier gebraucht, sagt Florence.

Was du brauchst, können wir alles problemlos auf meinem Handy nachschlagen, sagt Brit. In meiner Taschenbibliothek. Hier. Was musst du denn wissen?

Ich muss in den Ort, der auf der Karte steht, sagt Florence, und dort in die Bibliothek. Was anderes hat man mir nicht gesagt, und mehr hat man mir auch nicht gesagt.

Brit fasst sie bei den Schultern und dreht sie zu dem Kaffeewagen.

Siehst du die Frau da drüben?, sagt sie.

Florence wischt sich über ein Auge und schaut.

Kennst du die?

Florence schüttelt den Kopf.

Tja, sie kennt dich aber, sagt Brit.

Woher?

Sie hat mich eben rundheraus gefragt, ob du Florence bist.

Wer ist das?, sagt Florence.

Komisch, ziemlich genau dasselbe hat sie mich eben auch gefragt. Ich bin rüber und wollte Kaffee kaufen, aber sie sagt, sie hat keinen Kaffee.

Und dann hat sie gesagt, das Mädchen da drüben neben dem Mann, mit dem ihr da rumsteht, ist das etwa Florence?

Aber ich hab nichts verraten. Da hat sie mich von oben bis unten gemustert und gesagt:

Die Bekanntschaft von Mr Filmemacher habe ich bereits gemacht, aber wer magst du sein, wenn du zu Hause bist, Mrs SA4A-Uniform?

Und ich hab gesagt:

Das Dumme ist, Mrs Kaffeewagen, der kein Scheißkaffeewagen ist: Ich bin momentan nicht zu Hause. Sondern weit, weit weg von zu Hause. Und das bedeutet, ich könnte jeder sein. Sonst wer.

März. Der kann noch ganz schön ruppig sein.

Löwe und Lamm.

Die kalte Schulter des Frühlings.

Monat jener Blüten, die noch Schnee sein könnten, Monat der Narzissen, deren Blütenköpfe eine papierdünne Hülle durchstoßen. Soldatenmonat, sein Name geht auf den Mars zurück, den römischen Kriegsgott; im Gälischen ist es der Winter-Frühling, im Altsächsischen wegen seiner Winde Raumonat.

Es ist aber auch der Monat des Sichstreckens, in dem die Tage länger werden. Der Monat des Wahnsinns und der unerwarteten Milde, der Monat neuen Lebens. Vor Einführung des gregorianischen Kalenders begann das neue Jahr nicht im Januar, sondern im März, in dem die Frühlingstagundnachtgleiche gefeiert wurde, bei der sich der Norden wieder zur Sonne neigte, und die Verkündigung, der Tag, an dem der Engel der Jungfrau Maria erscheint und ihr ankündigt, dass sie, wenngleich Jungfrau, empfangen wird, und zwar vom Heiligen Geist.

Überraschung! Frohes neues Jahr. Alles Unmögliche ist möglich.

Die Luft hebt sich. Es riecht nach Neubeginn, Initiation, Schwelle. Die Luft teilt dir sehr feierlich mit, dass sich etwas verändert hat. Tief im Efeu versteckte Primeln breiten die Arme ihrer Blätter aus. Farbe fegt über den Alltag. Das tiefe Blau der Traubenhyazinthe, das leuchtende Gelb auf Brachen ziehen die Blicke von Zugreisenden auf sich. Vögel statten den noch unbelaubten, aber nicht wie im Winter unbelaubten Bäumen einen Besuch ab; jetzt verdicken sich die Äste, die Spitzen der Zweige schimmern wie heruntergebrannte Kerzen.

Dann der Regen und das erste Anzeichen dafür, dass der Ast an dem alten Baum zur Blüte aufplatzt, das Licht im Innern wird im Holz sichtbar, sogar nachts unter der Straßenlaterne siehst du es.

Wenn man im Morgengrauen unter einem klaren Himmel aufsteht, und das im März, kann man, heißt es, mit einem Sack Luft auffangen, die so gesättigt ist von der Essenz des Frühlings, dass man, wird sie destilliert und zubereitet, daraus ein goldenes Öl gewinnt, ein Mittel zur Heilung aller Beschwerden.

Das ist die Stimme der Künstlerin Tacita Dean, die Mitte der Neunziger, als sie dreißig war, für ein Jahr Artist-in-Residence an der École Nationale des Beaux Arts de Bourges in Frankreich war und fand, es sei nun an der Zeit, etwas zu tun, was sie schon als Kind immer hatte tun wollen – eine Wolke einfangen und behalten, vielleicht sogar eine Wolkensammlung anlegen.

Sie nahm sich also vor, mit einem Heißluftballon in den

Himmel aufzusteigen und eine Wolke mit einem Sack aufzufangen.

Man kann Wolken aber natürlich nicht auffangen, behalten oder besitzen.

Außerdem fliegen Heißluftballons, fand sie heraus, im Frühling nur bei wolkenlosem Himmel.

Sie beschloss, bei ihrer Ballonfahrt dann eben Nebel aufzufangen.

Damit sie auch bestimmt Nebel fand, fuhr sie noch weiter in den Süden, ins Gebirge bei Lans-en-Vercors unweit von Grenoble, wo der Morgenhimmel angeblich immer dunstig war.

Der Ballon stieg auf. Der Himmel klarte auf. Es wurde einer der für die Jahreszeit klarsten Tage in dieser Gegend seit Menschengedenken. Über schneebedeckten Bergen schwebend, sackte Tacita Dean reine klare Luft ein.

Wie es der Zufall wollte, lag ihr fürs Luftauffangen gewählter Tag genau in der Zeit des Jahres, die sich laut den Alchemisten am besten dafür eignet, den Tau *auf seiner Reise von der Erde in den Himmel* zu sammeln. Die alten Alchemisten lehrten, man benötige in tausend Tagen gesammelten Tau, um das Elixier zu destillieren und herzustellen, das alles Mögliche bessern kann.

Dean drehte einen Kurzfilm, keine drei Minuten lang, über ihre Fahrt zum Auffangen von Luft. Er heißt Ein Sack voll Luft.

Der große Heißluftballon hebt ab. Je höher er steigt, desto kleiner wird sein Schatten auf dem Boden und im Filmausschnitt. Die Hände der Künstlerin kommen hervor. Mit der durchsichtigen Plastiktüte wird Luft aufgenommen, dann wird die Tüte in ihren Händen gedreht und verknotet, ihrerseits nun ein kleiner Ballon. Dann tut sie dasselbe noch einmal mit einer neuen Tüte, mit anderer Luft, die ebenso aufgefangen, verschlossen und verknotet wird.

Der Film ist ein einziger Augenspaß. Der Atem aber fliegt auf und davon. Alchemie und Transformation werden ein Fall von guter Laune. Etwas Entbehrliches und Lächerliches – Magisches, wenn man es so nennen will – geschieht vor deinen Augen.

Dann sind die drei Minuten Schwarz-Weiß-Film vorüber, und übrig bleibt die Geschichte von Menschen und Luft, etwas, dem wir keine Beachtung schenken oder kaum einen Gedanken widmen, etwas, ohne das wir nicht leben können.

Drei

Jetzt 140 Sekunden brandaktuelle Realität:

HALT'S MAUL halt einfach dein MAUL kann ihr mal jemand den Mund zukleben die gehört mal ordentlich rangenommen was für eine Fotze häng dich auf du hässliche Fotze dann haben wir was zu lachen du Dreckstück mit dir könnte keiner Fuck Marry Kill spielen für dich kommt bloß killen in Frage du bist ein Tampon du bist abstoßend du gehörst vergewaltigt und halbtot liegen gelassen deine Tochter gehört vergewaltigt und mit einem Küchenmesser abgestochen du bist wie eine kaputte Schallplatte scheißliberaler Gutmensch WIR wissen wo du wohnst wir wissen in welche Schule deine Kinder gehen FRESSE wenn DU nicht die Fresse hältst stopfen wir sie dir Scheiße wofür hältst du dich du bist selber schuld widerliches Aas DU widerst mich an du gehörst vergewaltigt anal nein erst anal und dann in dein Schandmaul dann ex bring dich um häng dich auf du Fettarsch hässliche Fotze dich müsste man mit einem Riesendildo aufspießen muslimische schwarze Schwuchtel so was wie DICH dürfte es GAR NICHT GEBEN wegen dir geht die westliche Welt den Bach runter nichts als SCHEISSE im Leib dich hätte jimmy savile im Krankenhaus vergewaltigen sollen du bist behindert und GOTT HASST DICH nächstes Mal im Dunkeln draußen kriegen wir dich und deine Kinder hab ruhig Angst du Scheißmigrant du brauchst Hassmails damit du kapierst wer hier das Sagen hat du verdienst Hass du Sackgesicht du Arschgesicht du bist ein elender Pädo ich kann dich nicht ausstehen du bist doch ein Witz in deinem Haus gehören die einquartiert die fremden Invasoren die kannst DU durchfüttern mal schauen wie dir das gefällt du zurückgebliebene fette Schlampe du VERRÄTER VERRÄTER Heuchler deine Blagen werden sterben Totalversager das sieht jeder du nutzloses Stück Scheiße friss Bohnerwachs trink Desinfektion du dreckiger schwuler Immigrant lutsch mir den SCHWANZ du dreckiges Schwein verzieh dich

Es war die Zeit im Jahr, in der alles tot war. Ich meine so tot, dass es den Anschein hatte, als würde nichts jemals wieder leben.

Der Himmel war ein schweres geschlossenes Tor. Die Wolke war stumpfes Metall. Die Bäume waren kahl und umgeknickt. Der Boden war steinhart. Das Gras war tot. Vögel waren keine da. Die Felder waren Furchen gefrorener Erde, und noch meilenweit darunter war alles abgestorben.

Überall fürchteten sich die Menschen. Lebensmittelvorräte waren knapp. Die Scheunen waren so gut wie leer.

Es war von alters her die Zeit im Jahr, in der die Weisen, die Ältesten, die jungen Burschen und Mädchen, die Greise und die mit Masken und Bärenfellen als antike Vorfahren, auferstanden aus dem Staub, Verkleideten zu dem Schluss kamen, Leben würde nur dann auf die Welt zurückkehren, wenn sie eine junge Frau aus dem Kreis der Mägde als Opfergabe für die Götter auswählten und dazu verurteilten, sich totzutanzen.

Den Göttern ist ein Tod von alters her wohlgefällig. Ein reiner Tod ist ihnen wohlgefällig. Je reiner die Jungfrau, desto besser also. Und im Allgemeinen war sie eine gute Tänzerin, die Auserwählte, extra deswegen erwählt, damit sie ein besonders spektakuläres und aufsehenerregendes Opfer abgab.

Der Tag kam. Das ganze Dorf lief zusammen. Der Weise hatte sich leuchtend silbern angemalt vor Hoffnung. Alle kamen zum Zuschauen, sogar die 300 Jahre alte Frau. Mit ihrem Stock tappte sie durch die fahlen Furchen. Alle reckten die Fäuste in die Luft und tanzten ein bisschen herum, damit es losging.

Dann begann der Tanz der Jungfrauen.

Es war faszinierend. Klappte wie am Schnürchen. Die Jungfrauen wurden zum Räderwerk eines kunstvollen Mechanismus, gingen als seine Bestandteile harmonisch in ihm auf. Er drehte sich und tat einen Ruck, tat einen Ruck und drehte sich weiter.

Schließlich öffnete sich der Kreis und gab den Blick auf die Auserwählte frei, ein junges, strahlendes Ding, das sein ganzes Leben noch vor sich hatte. Der Kreis gab den Blick auf sie frei und schloss sich gleichzeitig um sie.

Sie sollte jetzt eigentlich zu Boden sinken. Sollte auf die Erde trommeln wie ein Tier und dann wild tanzend mit den Armen um sich schlagen, bis sie tot war.

Danach würden alle feiern, weil überall neues Wachstum beginnen würde.

Tatsächlich geschah jedoch das:

Das Mädchen im Mittelpunkt des Geschehens verschränkte die Arme. Schüttelte den Kopf. Blieb stehen, wo sie war, und tippte mit dem Fuß auf.

Ich bin kein Symbol, sagte sie.

Der Reigen hörte auf.

Die Musik hörte auf.

Die Dorfbewohner japsten laut.

Sie sagte es noch einmal, lauter.

Ich bin nicht euer Symbol. Verzieht euch oder überlegt euch eine andere Geschichte. Was immer ihr auch sucht, ihr werdet es nicht finden, wenn ihr mich oder jemanden wie mich dazu verdonnert, für euch zu tanzen.

Die Dorfbewohner standen auf der Weltbühne herum und wussten sich keinen Rat. Einige schauten entgeistert, einige gelangweilt. Ein paar Jungfrauen flatterten panisch umher, denn wenn nicht die Auserwählte, würde sich eine von ihnen tottanzen müssen.

Es ist unnötig, sagte das Mädchen. Na los, uns fällt doch eine bessere Lösung ein.

Einige Dorfbewohner wurden zornig, andere beäugten die Szenerie mit misstrauischen Blicken. Zwei wirkten sogar erfreut. Ein Vorfahr setzte die Bärenmaske ab und wischte sich den Schweiß von der Stirn; es ist anstrengend, so ein Kostüm über längere Zeit am Leib zu tragen.

Auf den Frühling hoffen kann man auch weniger blutig, sagte das Mädchen. Es gibt bessere Möglichkeiten, gedeihlich mit dem Klima und den Jahreszeiten zu arbeiten, als ihnen Menschen zu opfern. Außerdem tut ihr es sowieso bloß, weil Brutalität manche von euch antörnt. Von denen gibt es immer einen oder zwei. Und der Rest von euch hat

Angst, dass diejenigen, die so was antörnt, beim nächsten Mal euch herauspicken, wenn ihr nicht mit der Herde mitrennt.

Von den Außenstehenden im Publikum, die hinter den Dorfbewohnern die Reihen des Theaters füllten, wurden einige ebenfalls ziemlich zornig. Sie hatten einen Klassiker sehen wollen und bekamen nicht, wofür sie bezahlt hatten. Kritiker schüttelten den Kopf und kritzelten wutentbrannt mit kleinen iPad-Stiften auf ihren Bildschirmen, tippten wutentbrannt in ihre Handys.

Ein ordentlicher Tumult, das gefällt den Leuten.

Die Götter jedoch lachten.

Einer von ihnen nickte den anderen zu, griff nach unten, hob das Mädchen mit Schwung in unsichtbare gottgroße Hände und verwandelte sie in sich selbst. Der Gott bewerkstelligte das im Handumdrehen und so fix, dass niemand aus dem Dorf und niemand aus dem Publikum irgendetwas bemerkte. Doch die Götter hatten dem Mädchen einen Panzer gegeben, der sich um sie schloss. Echte Stärke strömte in sie ein wie göttlicher Atem.

Echte Stärke ist, wenn man spürt, dass in einem etwas lebt, das größer ist als der eigene Atem.

Dann trat die 300 Jahre alte Frau nach vorn. Sie wusste, was nun zu tun war.

Erzähl uns ein bisschen von dir, Kleines, sagte sie mit ihrer alten Stimme.

Das Mädchen aber lachte bloß.

Wie du sehr wohl weißt, alte Frau, wäre das der erste Schritt hin zu meinem vollständigen Verschwinden, sagte sie. Denn sobald ich euch etwas über mich sage, höre ich auf, mir zu gehören. Und fange an, euch zu gehören.

Ein Raunen ging durch die Menge.

Meine Mutter hat mir gesagt: *Die wollen, dass du ihnen deine Geschichte erzählst*, sagte das Mädchen. Meine Mutter sagte: *Tu das nicht. Du bist keine Geschichte, von niemandem.*

Mit gewaltiger Anstrengung richtete sich die 300 Jahre alte Frau noch ein bisschen mehr auf. Blähte ein Nasenloch, so als röche sie etwas Unangenehmes.

Was, wenn wir dich trotzdem opfern?, sagte sie. Ohne Rücksicht darauf, wie willig oder unwillig du bist?

Das Mädchen lachte unbekümmert.

Versucht's halt, sagte sie. Tötet mich trotzdem. Werdet ihr ja sicher auch. Aber ihr wisst ebenso gut wie ich, dass ich, obwohl ich so jung bin und ihr so alt, in diesem Augenblick älter und klüger bin, als ihr es je gewesen seid.

Ein erstaunter Atemzug ging durch alle auf der Bühne und alle vor der Bühne und durch die Millionen Zuschauer im Netz.

Das Mädchen lachte noch lauter.

Nur zu, sagte sie. Macht es so schlimm wie möglich. Wir sehen dann ja, ob es davon besser wird.

12:33 auf der Uhr im Armaturenbrett des Kaffee-trucks – aber wen interessiert, wie spät es ist? Richard ist der Zeit enthoben, vielleicht zum ersten Mal überhaupt. Er ist aufgekratzt, sein künftiges Leben liegt nun offen vor ihm, er fährt mit 60 Meilen pro Stunde durch eine 30-Mei-len-Zone (er sieht den Tacho, sitzt praktisch auf dem Fah-rersitz), hat links und rechts eine Frau neben sich, ja, so soll es sein. Sie nehmen ihn mit in die nächste Stadt. Die Frau namens Alda fährt die anderen irgendwohin und hat ihn ge-fragt, ob er auch mitwill, er hat ja gesagt, und jetzt sitzen sie alle vorn, weil man hinten nur zwischen den Schränken und den Geräten auf dem Linoleumboden sitzen könnte. Das Mädchen, das ihm den Stift gegeben hat, ist an die Bei-fahrertür gequetscht. Er selbst ist zwischen den Frauen ein-gekeilt, die Beine links und rechts neben dem Schalthebel. Zum Glück hat der Wagen Automatik, sonst wäre es etwas heikel geworden.

Die Sitze sind sehr nett, mit hellbraunem Leder bezo-gen. Innen sind diese Trucks ziemlich schick. Beim Öffnen der Türen zum Fahrerhaus spürt man einen Hauch von Retro wie bei den Türen auf dem europäischen Festland; die gehen genau andersherum auf als die an normalen Autos oder Trucks. Das Lenkrad befindet sich aber rechts, wo es sein sollte. Ein Gag, aber trotzdem eindrucksvoll.

Was ist das da drüben?, sagt er. Auf dem Berg. Das Schloss.

Das ist kein Schloss, sagt die Kaffeetruckfrau. Das sind die Ruthven Barracks.

Die Kaffeetruckfrau heißt Alda Lyons. So hat sie sich ihnen vor dem Bahnhof vorgestellt. Sie ist eine der Bibliothekarinnen der Stadt.

Wo die Jakobitenaufstände endeten, sagt sie. Einen Tag nach Culloden niedergebrannt.

Einen Tag wonach?, sagt Richard.

Culloden.

Hab ich doch richtig gehört, sagt Richard. Culloden. Sehr guter Film.

Es ist nicht bloß ein Film, sagt Alda. Es ist eine Schlacht. Und eine Ortschaft.

Ja, sagt Richard. Und ein Film. Ein sehr guter, von Peter Watkins. Die letzte Schlacht der Engländer gegen die Schotten.

Na ja, sagt sie (ganz die Bibliothekarin). Hannoveraner gegen Jakobiten. Aber die Leute simplifizieren gern. Geschehnisse nehmen sich mit der Zeit simpler aus. Die Ruthven Barracks wurden im April 1746 niedergebrannt. Die Reste der jakobitischen Armee versammelten sich am Tag nach der Schlacht an der Kaserne, sie wollten wissen, wie es nun weiterging, doch Bonnie Prince Charlie ließ ihnen mitteilen, der Kampf sei vorbei und jeder müsse sich nun allein durchschlagen. Sie steckten daher die Kaserne in Brand, damit die andere Armee sie nicht mehr nutzen konnte, und gingen ihrer Wege.

Von Watkins ist auch der Film über den Atomkrieg, den sie sich nicht auszustrahlen trauten, sagt Richard. The War Game.

Ich erinnere mich, sagt Alda. Ich erinnere mich auch noch an sein Culloden.

Culloden, sagt Richard. Culloden.

Der war so gut, dass sie den Namen für den Titel gleich verdoppelt haben, sagt Alda.

Ich spreche nur nach, wie Sie es gesagt haben, sagt Richard, weil ich es mein Leben lang falsch ausgesprochen habe. Für mich hieß es *Cull*oden.

Obwohl Sie den Film gesehen haben und der so gut war, sagt Alda, ja?

Kassandra hier neben mir, sagt die junge Frau in der Securityuniform, weiß auch einiges über Nuklearschläge und hat mich gestern in Angst und Schrecken damit versetzt.

Der ewige nukleare Herbst, sagt das Schulmädchen. Wir sind nur noch fünf nukleare Explosionen davon entfernt, dass es die einzige Jahreszeit wird, die wir auf diesem Planeten noch erleben werden.

Fünf. Mehr nicht?, sagt Alda.

Möglicherweise weniger, sagt das Mädchen. In Anbetracht dessen, dass ich zwölf Jahre alt bin und dass uns nur noch zwölf Jahre bleiben, um die Zerstörung der Welt durch den Klimawandel abzuwenden, hat mein Alter unbedingt etwas damit zu tun, wenn wir das noch schaffen wollen.

Ich dachte, du heißt Florence, sagt der Mann.

Ich kann jemand mit mehr als nur einem Namen sein, sagt das Mädchen.

Ich auch, sagt Alda.

Ich meinte Kassandra wie die Prophetin in der Sage, sagt die Securityfrau, die den Menschen die Wahrheit über die Zukunft verkündete, der aber niemand auch nur ein Wort glaubte.

Die Securityfrau ist eine Freundin oder Verwandte des Mädchens. Ihr Name ist Britt, wohl wie Ekland. (Obwohl sie, Gott sei's geklagt, mit Britt Ekland absolut nichts gemein hat.

Sexist. Mann ohne emotionale Intelligenz.

Wie wahr. Aber vielleicht ein bisschen zu streng mit dir selber, sagt seine imaginäre Tochter.)

Da, wo dieses Ruthven ist, sagt Richard, ist es da schön? Ich suche nach einer geeigneten Stelle.

Als Drehort für einen Film?, sagt das Mädchen.

Nein, sagt er. Für eine Freundin, die vor kurzem gestorben ist. Ich suche nach einer Stelle, an der ich mich an den Himmel wenden kann, einen Gedanken schicken, einen Gruß, von einer schönen Stelle. Ich glaube, das war der Grund, weshalb ich überhaupt in den Norden gefahren bin.

Für so etwas weiß ich Gegenden, die besser geeignet sind, sagt Alda.

Wann ist Ihre Freundin gestorben?, fragt das Mädchen.

Im August.

Das ist noch nicht lange her, sagt Alda. Mein Beileid.

Danke. Sie war Drehbuchschreiberin, oft meine Drehbuchschreiberin. Es war ein Glück, dass ich mit ihr arbeiten konnte. Sie war die Beste. Du bist noch viel zu jung, um etwas von ihr gesehen zu haben, eigentlich ihr alle. In den Sechzigern, Siebzigern, Achtzigern, wenn ihr in der Zeit ferngesehen habt, dürftet ihr etwas von ihr gesehen haben, müsst ihr sogar, und falls ja, habt ihr es nie vergessen, und selbst wenn, ist es noch irgendwo in euch drin. Ein sehr großes Talent, weitgehend unbesungen.

Alda weist mit dem Daumen in Richtung der Ruine, an der sie gerade vorübergefahren sind.

Es ist schön da, keine Frage, sagt sie. Aber die Geschichte, nicht so schön.

Ah, sagt er. Stimmt.

Die systematische Unterdrückung von Völkern durch andere Völker, sagt Alda. Kampf, Zerstörung, Niederschlagung.

War Ihre Freundin ein niedergeschlagener Mensch?, sagt das Mädchen.

Das ist ein Wort, das ich mit ihr überhaupt nicht in Zusammenhang bringe, sagt er.

Tja, dann geht es da nicht, sagt Alda. Die Kasernen hat man auf den Grundmauern eines oder zweier Schlösser errichtet, die schon früher mal niedergebrannt worden waren. So, wie es heute da steht, sieht es seit 1746 aus, weil das, was sie darauf errichtet hätten, vermutlich auch wieder niedergebrannt worden wäre. Die Kasernen wurden nach der Verabschiedung des Vereinigungsgesetzes von der neuen britischen Regierung gebaut, sie wollten mehr Geld aus ihrem neuen Land herausschlagen, also militarisierten sie es. Ungefähr ein Jahrhundert lang war das hier Militärgebiet. Erst recht nach Culloden. Dann Jagdrevier. Wildpark.

Viel zu bergig, als dass Menschen dauerhaft hier leben könnten, sagt Richard. Andererseits ist das gerade das Schöne an den Highlands. Es ist überall so schön menschenleer.

Röte steigt am Hals der Kaffeetruckfrau Alda nach oben; sie kriecht unter dem Kragen ihrer Jacke hervor und zieht bis hinauf zu den Ohren.

Nein, das hier war einmal ein blühender und belebter Landstrich, sagt sie. Ganz sicher bevölkert, viel dichter besiedelt als heute. Nicht dass sich die Räumungen hier nicht ebenso verheerend ausgewirkt hätten wie sonst überall im Norden.

Räumung, sagt Richard.

Räumung*en*, sagt Alda. Noch ein neues Wort für Ihre Sammlung.

Wie bei Räumungsverkauf, wenn Geschäfte schließen?, sagt das Mädchen.

Wie bei englische herrschende Klasse beschneidet mit Hilfe korrupter Clanchefs, denen das Land gehört, systematisch die Bevölkerung der Highlands, sagt Alda, und das ist erst 200 Jahre her, ein Wimpernschlag in der Geschichte, und mit systematisch beschneiden meine ich, sie taten mit Menschen das, was man mit Gestrüpp oder Stechginster tut, wenn man es zurückschneidet, und schrieben dann in der Zeitung, sie kultivierten die Gegend, *befriedeten die primitiven*

Wilden. Die Menschen, die hier lebten, waren einfallsreich. Das mussten sie auch sein. Es ist mühsam, dem Boden hier etwas abzuringen, aber sie hatten es hingekriegt und lebten, allen Widrigkeiten zum Trotz, jahrhundertelang davon, die primitiven ungebärdigen Wilden, von denen ich abstamme.

Filmemacher, ja? Also Filmregisseur?, sagt die Security-frau Britt.

Er neigt den Kopf in ihre Richtung und sagt ironisch:

Ja, Filmregisseur.

Ach?, sagt sie. Wirklich?

Hauptsächlich Fernsehen, sagt er. Steht auf meinem Sündenkonto. Ich stamme aus einer Zeit, in der alles Progressive im Fernsehen sehr oft für Sünde gehalten wurde.

Sie erzählt ihm lang und breit von einem Film, den sie mal im Fernsehen gesehen und nie mehr vergessen hat, aber Richard hört schon bald nicht mehr zu, denn im Radio, das leise im Hintergrund spielt, kommt gerade der alte Popsong über die Freude und den Spaß in den vielen Sommern in der Sonne, von dem Mann mit der dünnen Stimme, der davon singt, dass er bald stirbt und sich mit dem Lied von seinen Freunden verabschiedet, und Richard ist gerade etwas eingefallen:

Paddy hat ihn in den Siebzigern, 3? 4?, mal mitten in der Nacht mit ihrem Anruf geweckt.

Doubledick, du musst herkommen, sofort. Wenn du kannst, kannst du?

2:45. Er winkt im Regen ein Taxi herbei.

Ein halbwüchsiger Zwilling macht ihm die Haustür auf.

Deine Mutter hat mich angerufen, sagt er. Was ist los?

Musik dringt durch die Wand, für drei Uhr nachts ziemlich laut.

Gut, dass du da bist, sagt Paddy. Wir wissen uns keinen Rat mehr. In meinem Schlafzimmer ist es am schlimmsten, aber die Jungs hören es in ihrem hinten im Haus auch. Das Bad ist der einzige Raum, in dem man Ruhe hat, aber wir können nicht alle im Bad schlafen.

Der Song endet; die Musik hört auf.

Geht doch, sagt Richard.

Paddy hebt die Augenbrauen.

Der Song fängt wieder von vorn an.

Ah, sagt Richard.

Paddy und der Zwilling lachen. Der andere Zwilling in einem Zimmer hinter ihnen lacht ebenfalls.

Was ist das?, sagt Richard.

Die aktuelle Nummer eins in den Charts, sagt ein Zwilling.

Terry Jacks. Seasons in the Sun, ruft der andere herüber.

Angerufen habt ihr da schon, sagt Richard.

Bestell dir deine Scheibe per Telefon, sagt der Zwilling auf dem Treppenabsatz.

Beide Zwillinge lachen wie verrückt.

Wir haben angerufen, sagt Paddy, wir haben geklingelt, wir haben hinten und vorn geklopft und an ihre Wände gehämmert. Wir haben Steinchen an ihre Fenster geworfen. Wir sind uns ziemlich sicher, dass da keiner zu Hause ist, könnte man sagen.

Das geht seit halb fünf Uhr nachmittags so, ruft der Zwilling aus dem Zimmer.

Das macht die Plattennadel nicht ewig mit, sagt Richard.

Diamant. Die kann noch Tage halten, sagt der erste Zwilling.

Polizei?, sagt Richard.

Paddy wirft ihm einen vernichtenden Blick zu.

Sie will nicht bei der Polizei anrufen, und sie lässt uns nicht bei der Polizei anrufen, ruft der Zwilling aus dem Zimmer herüber.

Was, wenn da drin jemand tot ist?

Selbst wenn, würde sie uns nicht bei der Polizei anrufen lassen, sagt der andere Zwilling.

Wenn die da drin sind und nicht bereits gestorben, würde ich es trotzdem mit Freuden tun, ruft der andere Zwilling.

Der Song endet und fängt von vorn an.

Und selbst wenn die Hardwicks da drüben tot *sind*, sagt der andere Zwilling, Terry Jacks ist nicht totzukriegen.

Über vierzig Jahre später fällt Richard ein, wie er nach draußen auf ein Flachdach gestiegen war, mit einem Brecheisen ein Fenster aufgehebelt und sich in ein leeres Haus hinabgelassen hatte, der Melodie durch den Flur gefolgt war und den Arm vom Plattenspieler gehoben hatte, wie er die Single vom Plattenteller gehoben und zu Paddy mitgenommen hatte, wie sie um vier Uhr morgens einen Bleistift durch das Loch in der Mitte gesteckt hatte und sie zu viert bei Kaffee, der Instantvariante, die alle Welt damals mit Milchpulver trank, dagesessen und zugesehen hatten, wie ein Zwilling die 45er, so nahe es ging, an den Gasherd hielt, an dem alle Kochstellen brannten.

Hinterher stieg Richard noch einmal durch das Fenster

ein, das er offen gelassen hatte, und legte die Scheibe, einmal gefaltet, neben dem Plattenspieler auf den Teppich, darunter einen Zettel, auf dem stand Ein Sommer in der Sonne zu viel.

Er schloss das Fenster und verriegelte es, damit es so aussah, als sei niemand drin gewesen, und ging durch die Hintertür, deren Schlüssel er oben auf der Leiste des Türrahmens gefunden hatte. Den Schlüssel gab er Paddy.

Für den Fall, dass Terry Jacks von den Toten aufersteht, sagte er.

Darüber mussten beide Zwillinge lachen.

Jetzt lacht er – auf einer Straße unterwegs, in einem fremden Land mit einem Haufen von Unbekannten.

Es ist wieder genau wie in den Sechzigern.

Er ist nicht tot.

Haha!

Vor lauter Begeisterung lächelt er die Frau in der Securityuniform an. Sie bedenkt ihn mit einem sehr seltsamen Blick.

Das Erstaunliche an der Erinnerung an diese so viele Jahre zurückliegende Geschichte ist die Tatsache, dass er mit Zärtlichkeit an die Zwillinge denkt. Der liebe Dermot, wie er lacht. Der liebe, gutherzige Patrick, der beim Lachen die Hände vors Gesicht schlägt.

Die Frau in der Uniform wartet anscheinend auf eine Antwort von ihm. Das Mädchen sieht ihn ebenfalls erwartungsvoll an. Doch er hat keine Ahnung, was gerade gesprochen worden ist.

Manchmal, sagt er, wissen wir nicht, warum Menschen

tun, was sie tun. Aber wir können umgekehrt nur unser Möglichstes tun, uns alle Mühe geben und schauen, dass wir dabei nicht die gute Laune verlieren.

Für ihn dürften die Chancen, nicht die gute Laune zu verlieren, gering gewesen sein, sagt die Securityfrau. Da die Nazis ihm offensichtlich gleich eine Kugel in den Kopf schießen würden.

Die Nazis?

Ähm.

Was ließe sich darauf erwidern?, überlegt Richard.

Eine grauenhafte Zeit, sagt er. Wirklich. Ich bin immer erleichtert, dass mir die erspart geblieben ist. Andauernd jetzt im Fernsehen, andauernd dieselben grauenhaften Filmausschnitte, dieselben Gesichter, dasselbe Gesindel, das kauft nicht bei Juden schreit, dieselben Schaufenster mit den draufgepinselten Slogans, dieselben verängstigten, drangsalierten Menschen, die im Schlamm zu Zügen gehen oder von ihnen kommen, dieselben Bilder eines brüllenden Hitler. Als ob so eine entsetzliche geschichtliche Zeit unterhaltsam wäre. All das Gift. All die Wut. All die Brutalität. All die Verluste. Man würde meinen, wir hätten daraus gelernt. Aber nein, stattdessen zeigen wir es in Dauerschleife, lassen es in einer Zimmerecke vor sich hin dudeln und führen dabei ungerührt unser Leben weiter. Schreckliche Zeiten, auf Knopfdruck wiederauferstanden. Bloß ein paar Wörter eintippen, schon erscheint es auf allen Bildschirmen. Es ist ein bisschen wie der Song, der eben im Radio lief. Denselben Gedanken habe ich in Supermärkten, wenn sie Musik aus früheren Jahrzehnten spielen, als ob es der Soundtrack von heute wäre. Na ja, es *ist* der Soundtrack von heute, ein Als-ob. Als ob man einem Pferd die Vorderbeine gefesselt hätte. Damit es keine großen Sprünge machen kann, nicht groß vorwärtskommt.

Die Securityfrau bedankt sich bei ihm.

Keine Ursache, sagt er.

Er zwinkert dem Mädchen zu, das ihn von den Schienen geholt hat. Sie sind so viele im Führerhaus dieses Trucks, dass sie fest gegen die Tür gedrückt wird und kaum den Kopf drehen kann.

Geht das für dich da drüben so?, sagt er.

Mir geht's gut. Ich tue unter den gegebenen Umständen mein Möglichstes und schaue, dass ich dabei nicht die gute Laune verliere.

Alle lachen.

Wer ihnen entgegenkommt und an ihnen vorüberfährt, wird in dem Augenblick ein Bild gesehen haben, das Richard selbst zu gern auf Zelluloid gebannt hätte.

Hältst dich wohl für komisch, sagt die Securityfrau.

Ich *bin* komisch, sagt das Mädchen.

Komisch im Kopf, sagt die Securityfrau.

Dann ist es bis auf den Song aus dem Radio, der The Final Countdown heißt, still im Auto. Alda greift herüber und schaltet ihn aus.

Besser?, sagt sie zu Richard.

Entschuldigung, sagt er. Ich wollte mich nicht beschweren.

Schauen Sie, sagt sie. Sie hatten ja recht. Und jetzt streifen wir die Fesseln mal ab.

Sie drückt den Fuß nach unten. Der Truck beschleunigt. Die können ziemlich schnell sein, diese Trucks.

Wie weit ist es noch?, fragt das Mädchen noch einmal.

Bis zum Schlachtfeld?, sagt Alda. Wir sind gleich da.

Wir fahren zu einem Schlachtfeld?, sagt Richard. *Dem* Schlachtfeld?

Wie weit?, fragt das Mädchen.

Sagen Sie ihr, wie weit es ist, sagt die Securityfrau.

Nicht weit, sagt Alda.

In Minuten, Stunden, Tagen, Wochen oder Monaten gemessen?, sagt das Mädchen.

Nach meiner Schätzung, wollen mal sehen, ist es, sagt Alda, ist es noch eine Legende und ein paar alte Songs entfernt.

Songs?, sagt Britt. Will sie etwa singen?

Wusstet ihr, sagt Alda, dass das Wort Slogan ursprünglich aus dem Gälischen stammt? Es ist mir wieder eingefallen, als dein Mann da das Wort verwendet hat. Von dem Ausdruck für den Schrei der Armee, sluagh-ghairm. Slogan. Das bedeutet Schlachtruf. Da weiß man gleich alles Nötige über Sinn und Zweck von Slogans, ob es um Rückgewinnung der Souveränität oder Raus heißt raus geht oder um kauft nicht bei Juden oder ich liebe es oder tu es einfach oder jeder kleine Beitrag hilft.

Er ist nicht mein Mann, sagt die Securityfrau.

Es ist mir egal, in welcher Sprache die Zeit vergeht, sagt das Mädchen. Hauptsache, sie vergeht.

1. **April 1976:** ein Tag, so voll von den üblichen Möglichkeiten wie jeder andere; Tag mit tief beunruhigenden Nachrichten, Tag von *Erzählstrategien und Wirklichkeit*, Tag des Worts *symbiotisch*, was immer das heißen mag, vor allem Tag eines unerwarteten, sehr guten Ficks, auf den Richard, wie er schließlich begreift, voller Hoffnung immer zugesteuert ist, denn das ist Liebe, dieses hoffnungsvolle Ansteuern allem sonst tief Beunruhigenden zum Trotz.

Warum nennst du mich Doubledick, sagt er hinterher im Bett, den Kopf auf ihrem Arm gelagert.

Warum was, herzallerliebster Mann?, sagt Paddy.

(Paddy, direkt neben ihm, ist bei den Elfen, wie sie das immer nennt.)

Das sagst du wegen meiner außergewöhnlichen Ausstattung, nicht?, sagt er.

Was? Oh, Doubledick. Ha.

Ist doch klar, dass ich das gern glauben würde, sagt er. Aber da du mich schon seit Jahren so nennst, seit wir uns kennen, weiß ich, dass es nichts mit der außergewöhnlichen

Ausstattung zu tun hat, die du heute erstmalig erleben durftest. Es sei denn, du hattest schon gewisse Vorstellungen. Was wiederum bedeutet, dass du jetzt, was Gott verhüten möge, vielleicht ein bisschen enttäuscht bist.

Sie lacht.

Es ist nicht so, wie du denkst, Dick, sagt sie.

Oh. Na dann.

Und ich mag einen guten Fick genauso wie jeder andere auch, und das war ein sehr guter. Danke. Nein, deinen Doppelnamen habe ich mir aus einer Geschichte von Charles Dickens geborgt.

Oh. Jetzt bin *ich* ein bisschen enttäuscht.

Sie ist nicht so bekannt, sagt sie, eine Geschichte über einen jungen Mann, der denselben Namen hat wie du.

Richard oder Lease?

Die Geschichte von Richard Doubledick, sagt Paddy. Als wir uns kennenlernten und du dich mir als Richard vorgestellt hast, kannte ich keinen anderen Richard außer diesem fiktionalen und hab im Kopf nach deinem Namen gleich Doubledick ergänzt, es kam wie von selbst, und so wird es auch immer sein. Du bist jetzt die Verkörperung der Wörter.

Sagte die Drehbuchschreiberin zu dem nackten Mann, sagt Richard. Worum geht es da?

Die Handlung hat viel von dem alten Hin und Her, sagt Paddy. Da ist ein junger Mann, sein Name ist Richard Doubledick, der als Soldat in Dienst genommen wird. Er ist kein besonders guter Soldat – er ist in nichts besonders gut. Er hatte einen schlechten Start ins Leben, eine schreckliche Kindheit, ist ein unglückliches, mutloses Menschenkind und hadert so mit sich, dass er darauf verfällt, Unruhe zu stiften. Dann jedoch nimmt sich ein Offizier seiner an, wird sein Freund, hilft ihm, mit sich ins Reine zu kommen, behandelt ihn, als gehörte er zu seiner Familie. Schon bald wird Doubledick eine erstklassige Kampfmaschine. Dann wird der Offizier bei einem Gefecht getötet, und Richard Doubledick ist untröstlich. Er wird diesen Tod rächen, verkündet er, und wenn es das Letzte ist, was er tut, und wird sein ganzes Leben dieser Vergeltung widmen.

So. Die Jahre vergehen –

So ist es, sagt Richard. Immer.

– er verliebt sich, sagt Paddy, und heiratet eine reizende Frau, die ihn von ganzem Herzen liebt. Er lernt ihre Familie kennen, und als er das erste Mal zum Anwesen dieser Familie kommt, begreift er, dass er in die Familie des Offiziers eingeheirat hat, die seinen geliebten Hauptmann getötet hat.

Ah.

Ich weiß.

Und, was tut er?

Ist das nicht die Frage?, sagt Paddy. Ist das nicht immer die Frage? Genau deswegen ist die Geschichte ja so großartig. Er überwindet die Bitterkeit. Was geschehen ist, ist geschehen. Die Geschichte endet mit einer Prophetie, mit einer Vision, in der der Sohn einer Seite der Familie neben dem Sohn der anderen Seite der Familie auf derselben Seite gegen einen gemeinsamen Feind kämpft, Engländer und Franzosen gemeinsam im selben Schützengraben. Die Kriege hören nicht auf, sagt die Geschichte. Die Feindschaft aber schon. Dinge können sich im Laufe der Zeit ändern, was im Leben festzustehen und ein für alle Mal zementiert und abgeschlossen zu sein scheint, kann sich ändern und wieder öffnen, und was einmal undenkbar und unmöglich erscheint, wird ein andermal leicht möglich.

Ich war noch ein Kind, als ich die Geschichte las, gerade dreizehn geworden. Es war der letzte Schultag. Zu der Zeit war mein Leben aussichtslos. Mein Vater war gerade gestorben, es war kein Geld da, wir mussten arbeiten gehen, sogar meine jüngste Schwester, sie war elf. Wir waren nicht dumm, niemand von uns. Mein Vater, ein kluger Mann, dahin. Tot aufgefunden auf einer Straße, die er zu bauen geholfen hatte. Ich meine, als Straßenarbeiter. Wir hatten keine Chance. Und die Polizei waren brutale Schweine. Es war eine brutale Zeit. In dem Jahr starb auch noch eine unserer älteren Schwestern. Maggie, Tuberkulose. Neunzehn Jahre alt, lustig und aufgeweckt, ich seh heute noch vor mir, wie sie auf dem Absatz kehrtmacht, einen flotten Spruch auf den Lippen, sie tanzte gern, küsste gern den einen oder andern, wir waren uns sehr ähnlich, sie und ich. Der Fotograf in unserer Stadt hatte eine Aufnahme von uns beiden gemacht, damals wurden Fotos noch von Hand nachkoloriert, weißt du noch, und er hat aus der ganzen Familie mich ausgewählt und meine Wangen mit demselben Rot koloriert wie ihre. Was mein Gefühl, dass ich so gut wie keine Chance hatte, noch verstärkte.

Ich sitze also in der Bibliothek, und da ist ein leerer Kamin, die Nonnen hatten es nicht so mit Wärme, ich sitze direkt daneben, weil ich hoffe, dass ein leerer Kamin vielleicht doch noch etwas Wärme gespeichert hat. Sitze da, das Buch in den Händen, und denke, das ist vielleicht der letzte Tag, an dem ich die Gelegenheit habe, ein Buch in den Händen zu halten.

Wir hatten keine Bücher, hatten keine eigenen zu Hause. Ich hatte das erstbeste aus dem Regal gezogen. Ich war entschlossen, eine Geschichte von vorn bis hinten durchzulesen, und wenn es das Letzte war, was ich tat. Und dachte beim Umblättern, mein Leben ist eine ebenso leere Feuerstelle wie die hier, ich bin die Asche in dem Kamin.

Doch die Zeit wirkt im Geheimen, das ist noch mal Dickens. Manchmal hat man Glück. Mit ein bisschen Hilfe und Glück gelingt es uns, mehr zu sein als das eine oder das nichts, das die Geschichte für uns in petto hatte. Dass wir hier sind, verdanken wir anderen, dem, was sie tun und was sie für uns tun. *Auf die anderen, die geholfen haben*, das ist mein Gebet, wenn ich ins Bett gehe, *und möge ich selbst für viele andere so ein anderer sein.*

Ich bin jedenfalls gerade deinetwegen hier, sagt Richard.

Ich glaub zwar nicht, dass es bloß wegen der Stelle ist, an der du gerade die Hand hast, sagt Paddy, aber das bringt mich darauf. Sollen wir das noch mal machen, Dick? Ein Doppel?

Das nenne ich meinem Ruf gerecht werden, sagt er.

Hinterher machen sie Witze über Schwere Zeiten, und Paddy denkt sich lustige Phantasie-Geschlechtsakte aus, die man Doubledickens nennen könnte. Dann schickt sie ihn nach unten, eine Kanne Tee machen, und als er mit dem Teegeschirr auf einem Tablett wieder nach oben kommt, hat sie geduscht und sich wieder komplett angezogen, und sie trinken den Tee.

Und das war's.

Richard sieht aus einem Auge blinzelnd nach der Zeit. 13:04 auf der Tachometeruhr. Die Frau namens Alda singt ein Lied in einer Sprache, die so klingt, als ob das Unbewusste eine Sprache hätte und singen könnte.

Er macht das Auge wieder zu.

Das dreizehnjährige Kind Paddy sitzt vor einem leeren Kamin und drückt mit beiden Armen ein Buch an die Brust wie einen Talisman.

Sie ist so dünn, er kann glatt durch sie hindurchsehen.

Die Schlange von Kindern, die hinter ihr stehen, reicht so weit zurück, dass sie gar nicht endet. Sie tragen Kleider, so abgerissen wie Anzüge aus welkem Laub. Nur ihre Hände sind klein genug, dass sie in die Industrieanlagen greifen und den öligen Dreck und die Fasern herauswischen können, die sie bereits massenhaft eingeatmet haben. Doch keine Hand kann in ihre Lunge greifen und die reinigen.

Gott sei Dank sind diese Zeiten vorbei, denkt er.

Gott sei Dank ist es jetzt überall auf der Welt besser.

Bring dich mal auf den neuesten Stand, sagt das Kind Paddy.

Sie klingt fast wie seine imaginäre Tochter.

Kinder unter Tage in Minen, genau in diesem Augenblick, genau um 13:04. Und das weißt du auch. Sie bauen den Kobalt für die umweltverträglichen Elektroautos ab.

Kinder in zerlumpten Hello-Kitty-Sachen, die genau in diesem Augenblick als Sklavenarbeiter in Bretterschuppen sitzen, auf leere Batterien einhämmern und die Metalle herausschlagen, die sie vergiften, sobald sie sie anfassen.

Kinder, die Abfälle von Mülldeponien essen.

Kinder aller Altersgruppen, die für Sexgeschäfte taugen, die benutzt und gefilmt, getauscht und wieder gefilmt werden, während das Geld über ihre Köpfe hinweg von einer Hand in die andere wandert, genau in diesem Augenblick, um 13:04. Tausende von Kindern, die nicht wissen, wo ihre Eltern sind, ob sie noch leben oder nicht, ob sie ihre Eltern jemals wiedersehen, Kinder, in eiskalten amerikanischen Lagerhallen eingesperrt. Genau in diesem Augenblick. In einer Zeit, die du gerade *überall auf der Welt besser* genannt hast. Kinder, auf sich gestellt, im ganzen Land, nach einer halben Weltreise hier angekommen und dann einfach verschwunden. Nicht zu vergessen die Hunderttausende von Kindern, die hier geboren sind und von Gott weiß was leben, von Luft, in einer völlig neuen Version derselben alten britischen Armut.

Tausendmal tausendmal tausend von uns. Und wenn sie, ich meine wir, nicht schnell genug nähen, sagt ihm die Schlange von Kindern, die sich meilenweit hinter dem Kind Paddy aufreihen, dann halten die Leute, denen die Fabrik gehört, unsere Hände unter die Nadeln, zwingen uns, die Füße auf das Pedal zu stellen und zu drücken und nähen uns durch die Hände. Es gibt kein T-Shirt, es gibt keinen gewöhnlichen Schokoriegel, der bei der Herstellung nicht durch unsere Hände gegangen ist. Es gibt keine geschichtliche Zeit, in der wir nicht knietief in der Scheiße stecken, aus der andere Profit schlagen. Wir sind die Fabrik. Wir werden bei lebendigem Leib gefressen. Das macht aus uns sehr hungrige Gespenster. Und ihr seid die armen dünnen Dinger, von denen wir zehren, das steht fest.

Es ist ohne Zweifel Paddy, die Stimme, die da spricht.

Ist seine imaginäre Tochter vielleicht von Anfang an das Kind Paddy gewesen?

Als ihm das einfällt, speit das zerlumpte Kind in seinem Kopf Feuer auf ihn. Die Hand des Mädchens brennt. Sie wedelt damit vor ihm herum, um seine Aufmerksamkeit zu erregen. Glut tropft von ihren Fingern und blitzt in funkelnden Lichtpünktchen rings um ihre Füße auf dem Boden auf.

Schluss damit, Doubledick, muss sich denn immer alles um dich drehen, sagt sie. Wach auf, Herrgott noch mal.

13:05, als er die Augen öffnet.

Er öffnet sie, weil das beklemmende Singen aufgehört hat.

Sie fahren über eine Hügelkuppe, und man hat eine schöne Aussicht auf ein Gewässer, eine Brücke und eine schimmernde Stadt.

Wo sind wir?, sagt er.

Wo waren Sie?, sagt Alda.

Ihr Singen kam bei mir an wie ein Schlaflied, sagt er. Als ob das Unbewusste eine Sprache hätte und sich in Worten ausdrücken könnte. Das Unbewusste, das Unterbewusste, den Unterschied hab ich nie ganz verstanden. Es klang, als ob eins von beiden gesungen hätte, das wollte ich sagen.

Ich weiß, Sie meinen es gut, aber es ist bewusste und ganz reale Alltagssprache, sagt Alda. Aber danke für Ihre, ähm, wie sollen wir es nennen? Romantische Ader, nehme ich an.

Lieder zur Entspannung, sagt die Securityfrau. Die könnten Sie im Internet vermarkten. Ein Vermögen machen.

Danke, sagt Alda. Ich überleg's mir.

Jetzt sind wir bald da, ja?, sagt das Mädchen.

Ein zielstrebiges Kind, sagt Richard. Die beste Triebkraft, die es gibt.

Ich muss in der Stadt nur mal kurz anhalten und ein paar Sachen besorgen, sagt Alda. Wir haben nicht damit gerechnet, heute so viele aufzulesen.

Sie sieht Richard an.

Vorhin, als Sie das über Ihre Freundin sagten, die gestorben ist, wollte ich etwas fragen. Ich hab überlegt, ob Sie vielleicht etwas mit dem Fernsehfilm zu tun gehabt haben, der vor Jahren lief, Andy Hoffnung hieß er. Haben Sie?

Richard reibt sich die Stirn, drückt sich den Handrücken auf ein Auge.

Träume ich?, fragt er das Mädchen.

Dafür, Alda mit dem Gälischen zu beleidigen, waren Sie wach genug, und dafür, mich als Kind zu bezeichnen, auch, sagt das Mädchen.

Dann bin ich definitiv anwesend, sagt er. Schlafe aber vielleicht trotzdem. Ärgernis zu erregen, dazu bin ich auch im Schlaf jederzeit fähig.

Er sieht Alda an.

Ich habe Andy Hoffnung gemacht, sagt er.

Sie sind der Regisseur Richard Lease, sagt sie.

Ja.

!

Er ist so verblüfft über das, was sie sagt, dass er glatt vergisst, sein übliches steht auf meinem Sündenkonto dranzuhängen.

See von Plagen, sagt sie.

238

Ja!

The Panharmonicon, sagt sie.

The Panharmonicon. Großer Gott.

Mein Lieblingsfilm, als ich ein Kind war, sagt Alda. Na ja, Teenager.

The Panharmonicon, den Film kennt heute niemand mehr, sagt Richard. Hatte ich sogar selbst vergessen.

Ich hab ihn geliebt, sagt sie. Und die Autorin ist die Freundin, die gerade gestorben ist, stimmt's? Von der Sie gesprochen haben. Ich hab's in der Zeitung gelesen.

Ja, sagt er. Ist sie.

Das tut mir leid, sagt Alda. Ich hab den Nachruf in der Zeitung gelesen und gedacht, das ist die Frau, die sämtliche Drehbücher zu den Filmen geschrieben hat, Patricia Heal.

Ja, ist sie, sagt er. Genau genommen entstand die Idee für Panharmonicon bei den Vorarbeiten für Andy Hoffnung, sie hatte viel Zeit in der Bibliothek verbracht, sich für Hoffnung über Beethoven belesen und die Musik gehört, und dabei war sie auf die Geschichte des Mannes gestoßen, der Beethoven bat, das Stück für seine Orchestermaschine zu schreiben.

Panharmonikon, sagt das Mädchen. Wie bei den Magic-Kaladesh-Karten?

Richard schaut verständnislos.

Beethoven war ein Komponist des achtzehnten und neunzehnten Jahrhunderts, sagt er, und –

Mhm, ich weiß, wer *Beethoven* ist, sagt das Mädchen. Ich hab nach dem Musikautomaten gefragt. Im Kartenset meines kleines Bruders gibt es ein Bild, das auch so heißt. Aber sprechen Sie weiter. Beethoven war ein Komponist des achtzehnten und neunzehnten Jahrhunderts, und?

Ich träume definitiv nicht, wenn ich es schaffe, andere in einem so großen Themenspektrum immer wieder zu beleidigen, sagt Richard.

Er erzählt ihnen, woran er sich im Zusammenhang mit dem Panharmonicon-Film noch erinnert.

Beethoven hatte einen Freund, den Mann, der das Metronom erfand und eine Maschine baute, die ein ganzes Orchester nachahmen konnte. Dieser Freund bat Beethoven, ein Stück für ihn zu komponieren, mit dem er seine Maschine der Öffentlichkeit vorführen konnte. Und Beethoven tat es.

Es dauerte ungefähr eine Viertelstunde, erzählt Richard ihnen, und hieß Wellingtons Sieg oder die Schlacht bei Vittoria. Das Musikstück verarbeitet einen Kampf zwischen französischen und englischen Melodien. Zu seiner Zeit überaus populär. Heute kennt es kaum noch jemand. Es kontrastiert Rule Britannia und die Nationalhymne mit der Melodie von For He's a Jolly Good Fellow, was ursprünglich einmal ein französisches Lied war, kein englisches, und von einem berühmten Herzog handelt, der in den Krieg zieht und getötet wird, woraufhin aus seinem Grab ein Baum wächst, auf dem ein Vogel sitzt. Und so weiter.

Beethoven schrieb das Stück so, dass der Erfinder nicht nur die Klänge seines Automaten, sondern auch den Vorläufer eines Stereoeffekts erzeugen konnte.

Die Musik schlägt sich wortwörtlich also auf eine Seite, sagt er, in dem Fall abwechselnd auf beide. Ein Teil erklingt auf der einen Seite des menschlichen Gehörs, der andere auf der anderen. So erfährt man, welche Seite den Sieg davongetragen hat. Die Trommeln, die Kanonen nachahmen, klingen auf der einen Seite früher aus als auf der anderen.

Und das hat Paddy, alle haben Paddy zu ihr gesagt, zu meiner Freundin, sie selbst hat sich auch so genannt, also, das hat Paddy sehr gefallen. Sie hat die Grundidee für ihr Drehbuch übernommen und über einen Streit zwischen den beiden Seiten der Hauptstraße in einem englischen Dorf geschrieben, bei dem es darum ging, welche Seite das größere Anrecht auf den Grünstreifen in der Mitte besitzt, auf dem sie ihre Autos abstellen, und was geschieht, wenn die eine Seite der Straße die Kontrolle übernimmt, wie die Leute es nennen.

Das Massaker, sagt Alda. Das Automassaker. Das ist großartig. Der brennende Eiswagen. Die sollten den Film noch mal ausstrahlen, gerade jetzt. Er könnte nicht zeitloser sein – oder zeitgemäßer. Als ob Ihre Freundin einen Blick in die Zukunft getan hätte.

Sie war genial, sagt Richard. Ist genial.

Ich fand die Figur des Jungen sehr gut, sagt Alda.

Der Schauspieler bekam hinterher Rollen in allen möglichen Filmen, sagt Richard. Der Mittler. Equus. Midnight Express. Dann ging er nach Hollywood. Was dort aus ihm wurde, weiß ich nicht.

Er war wunderbar, sagt Alda.

Dennis, sagt Richard.

Dennis, ja, sagt Alda. Und sein Cello. Das er nicht mehr

in die Schule mitnimmt aus Angst vor den aggressiven Kindern, die ihn schikanieren.

Er geht auf den Berg der Stadt und setzt sich oben hin mit dem Mädchen von der anderen Straßenseite, das er mag und das ihn mag, Eleonora, ihre Familie ist aus Italien und betreibt den Eiswagen, den die Nachbarn angezündet haben. Sie sehen den Rauch, der von den brennenden Autos aufsteigt, sagt Richard, und diskutieren ganz ernsthaft darüber, warum sie beide meinen, der Grünstreifen stünde ihrer eigenen Straßenseite zu. Fast geraten sie in Streit. Doch dann fängt Leo, er nennt sie Leo, zu lachen an und sagt, sieh mal, wie dumm das, was da unten geschieht, von hier oben aussieht. Und dann fängt er auch zu lachen an. Und zum Schluss stehen sie zusammen an einem Ende der Straße, in der sie wohnen, und sehen, wie die Nachbarn von beiden Seiten Steine auf die Häuser gegenüber werfen. Und sie beginnt eine Melodie zu singen, und er spielt eine andere Melodie, und zuletzt finden die beiden Melodien zusammen und werden zu einer.

Und für einen Augenblick, sagt Alda, für den unglaublichen Augenblick, in dem die Melodien sich vereinen und den schönen Gleichklang erzeugen, halten die Leute im Steinewerfen inne, und alle drehen sich um, starren zu ihnen hin und hören zu.

Doch schon den Bruchteil einer Sekunde später machen sie weiter, werfen wieder Steine auf die Häuser der anderen, sagt Richard. Und dann treten die Eltern der beiden aus der Menge heraus und zerren sie auf die jeweilige Straßenseite mit.

Das Cello liegt auf dem Asphalt neben den ausgebrannten Autos und den darum herum verstreuten Steinen, sagt Alda.

Ein sehr anschauliches Ende, sagt Richard.

Das ist nicht das Ende, sagt Alda.

Doch.

Das Ende ist, als sie allein in einem Abteil im Zug sitzen, sagt Alda. Das Dorf verlassen, in die Welt hinausfahren. Zusammen.

Oh, sagt Richard. Ja, stimmt. Sie haben recht, so ist es. War es.

Diese alten Zugabteile mit den sechs Plätzen, sagt Alda. Die Tür ist zu, durch das Glas hört man nicht, was sie sagen, es geht jetzt nur sie etwas an, sie sehen raus und vergewissern sich, dass niemand sie beobachtet oder verfolgt, dann rollt der Zug an, sie fallen sich in die Arme und führen einen lustigen Tanz auf, und dann sehen wir den Zug von außen, das Dorf von oben und den daraus wegfahrenden Zug, und es geht immer weiter in die Höhe, und man sieht, wie klein das alles ist aus der Vogelperspektive.

Richard lächelt.

Die Kamera als Auge Gottes, sagt er. Die Aufnahme hat mehr gekostet als alles andere zusammen, ich hab Blut und Wasser geschwitzt, dass ich sie bewilligt kriege. Dass ich das vergessen hab, ich glaub's ja nicht. Sie kennen den Film besser als ich, und ich hab ihn gemacht.

Was ist aus dem Mädchen geworden, das die Leo gespielt hat?, sagt Alda.

Tracy irgendwas, sagt er. Mach weiter, Emmanuelle, Persilwerbung. Danach weiß ich nicht.

Der Reichtum unserer Kultur, sagt Alda.

Die Securityfrau beginnt, ein Lied auf die Melodie von For He's a Jolly Good Fellow zu singen.

Der Bär ging über die Berge, singt sie. Der Bär ging über die Berge. Der Bär ging über die Be-e-erge, doch das war für die Katz. Denn hinterher kamen Berge und hinterher noch mehr Berge und hinterher noch mehr Be-e-erge, drum blieb der Bär daheim.

Alle im Truck stimmen ein, raten beim Singen, wie der Text jetzt weitergeht.

Der Truck biegt auf den Parkplatz eines großen Supermarkts ein.

Sind wir da?, sagt das Mädchen. Ist es das?

Nein, sagt Alda.

Ohne mich allzu kindisch aufzuführen, aber sind wir schon, wie weit ist es noch, wie lange müssen wir noch und andere Fragen dieser Art, sagt das Mädchen.

Sagen Sie ihr, wie weit und wie lange, sagt die Securityfrau zu Alda.

So lang wie ein Stück Strick und ungefähr so weit, wie ich euch zwei schnipsen möchte, sagt Alda zu der Frau.

Sie öffnet die Tür. Geht um das Auto herum, öffnet die Beifahrertür und fängt das Mädchen im Herausfallen auf.

Sie stehen alle auf dem Parkplatz um den Kaffeetruck herum.

Jetzt sind Sie also in Inverness, Mr Lease, sagt Alda. Von dort drüben fahren Busse in die Stadt, falls Sie nicht zu Fuß runtergehen wollen. Ich kann Sie leider nicht weiter mitnehmen. Ich fasse es noch gar nicht, dass ich den Mann kennengelernt habe, der die Filme in Play for Today gemacht hat. Mir haben Sie den Tag gerettet.

Sie mir das Jahr, sagt er. Das Jahrzehnt.

Wie stehen die Chancen dafür, hm?, sagt sie.

Sie umarmt ihn schüchtern. Er umarmt sie ebenfalls schüchtern.

Sagt auf Wiedersehen zu der Securityfrau.

Also dann, sagt sie.

Er wirft dem Mädchen einen Blick zu.

Ich schulde dir was, sagt er.

Wenn wir die Traditionen bewahren wollen, sagt sie, werden Sie feststellen, dass ich jetzt offiziell für den Rest Ihres Lebens für Sie verantwortlich bin. Aber einige Traditionen sind mir nicht so wichtig, Sie haben Glück.

Das Glück, dich kennengelernt zu haben, sagt er.

Er zieht den Holiday-Inn-Kuli aus der Tasche.

Ich entbinde dich von deinen Verpflichtungen, wenn du mir erlaubst, den zu behalten, sagt er.

Aber sie ist schon losgelaufen, ihrer Zukunft entgegen.

Sie steuern den Supermarkt an, lassen ihn da. Er steht allein auf dem Parkplatz einer ihm unbekannten Stadt, zurückgeworfen in die Geschichte seines Lebens.

13:33 auf der Uhr über dem Haupteingang des Supermarkts.

Ein Mann ist in den Anblick von ein paar Zitronen vertieft.

Die Schale einer Zitrone ist höckrig, wie Haut, die friert oder rau ist.

Das spitze Ende einer Zitrone erinnert an Brustwarzen wie die an den Statuen der vollendeten Schönheiten in den Museen Roms oder die an der Brust der Statue der Frau in der Villa Borghese, deren Hände in Zweige übergehen.

Bild einer verwandelten Frau, sagt mein Vater. Es ist wunderbar. Hätte dich gern dabei.

Alter Sexist, denkt er.

Du warst auch ein junger Sexist, sagt seine imaginäre Tochter. Hat Spaß gemacht, nicht?

Wie hätte ich es nicht sein sollen?, sagt er. Schimpf nicht.

Ich schimpfe nicht.

Wir wussten es nicht besser, sagt er.

Um Ausreden warst du nie verlegen, sagt sie.

Sei still. Ich bin beschäftigt.

Womit denn?

Die Zitronität von Zitronen zu erfassen, sagt er.

Denn irgendwo in diesem Moment in der Geschichte eines Mannes, und zwar eines, der tot sein könnte, es aber nicht ist, sondern in der Obstabteilung eines Supermarkts steht und die Haut von Zitronen betrachtet, die irgendwo gewachsen sind, von irgendwo nach irgendwo verschifft, hierhergefahren, in diese Schalen entladen worden sind und nun zum Kauf angeboten werden, bevor sie verderben – steckt eine Moral.

Er kommt aber noch nicht drauf.

Seine Augen wandern von den lose in Schalen liegenden Früchten zu dem Gestell mit den in gelben Plastiknetzen verpackten. Er nimmt eine Zitrone vom Berg der losen, hält sie in der Hand, spürt ihrem Gewicht nach. Hält sie sich vor die Nase. Nichts. Bohrt den Daumennagel durch die gewachste Haut und probiert es noch einmal, und da ist er, der ferne starke Zitronengeruch, süß und bitter zugleich.

Sehen, riechen und tasten, neue Vitalität in vielen Sinnen, allein durch die räumliche Nähe zu einer Zitrone. Eigentlich sollte er das fühlen.

Doch er muss gerade an das Zitronenbäumchen denken, das eine Freundin seiner Exfrau seiner Exfrau mal zu Weihnachten schenkte, kurz vor dem Aus ihrer Ehe, an dem Weihnachten, bevor sie ihn verließen: ein spindeldürres Ding mit einer Zitrone dran, die die Ausmaße eines Kuckucks hatte, so massig und schwer und hell im Vergleich zu dem mageren Stämmchen, das sie hervorgebracht hatte, dass Fruchtbarkeit sich ausnahm wie etwas Monströses.

Zu Beginn hatte der Baum einen himmlischen Geruch verströmt. Dann verlor er sämtliche Blüten, verlor sämtliche Blätter, bildete neue Blätter aus, verlor auch die, bildete noch einmal einige wenige aus. Doch er war zäh, endgültig ging er erst in dem Winter ein, nachdem sie ausgezogen waren und ihm einfiel, dass er in all den Monaten nicht einmal daran gedacht hatte, ihn zu wässern.

Nun ja, sie wuchsen schließlich im Warmen, in trockenen Regionen. Sie sollten kein Wasser brauchen.

Solches Zeug sollte ihm jetzt nicht durch den Kopf gehen.

Er möchte denken: ja! Leben! Elan!

Und: eine Frau! Vollkommen fremd! Die ihn umarmt, die ihn kennt! Wusste, wer er ist! Sagt, er habe ihr den Tag gerettet, wusste, was er im Leben getan hat! Seine Arbeit besser gekannt hat als er selbst!

Nein.

Ein Baum ohne Blätter, daran denkt er.

Würde er es anders sehen, wenn diese Zitronen keine Supermarktzitronen wären? Wenn es sizilianische Biozitronen wären, noch mit Blättern dran, statt Fabrikzitronen aus einer Massenproduktion, in riesigen Gewächshäusern gezogen und mit Chemikalien besprüht? Wäre es anders, wenn er gerade in Sizilien wäre, unter einem wärmeren Himmel, und sich eine Zitrone anschaute, die noch an ihrem Baum hing?

Ein Obstbaum, von ihm zerstört.

Was um alles in der Welt tut er?

Vor allem, was um alles in der Welt tut er jetzt hier, in

einem fremden Teil des Landes, wo die Menschen, die ringsherum an ihm vorbeigehen, ihr Englisch mit so seltsam reinen Vokalen sprechen und er gerade herunterkommt von seinem Hoch nach dem tiefsten Tief seines Lebens, einem Tief, das ihm noch in den Knochen steckt, einem Abgrund, für eine Weile kaschiert von den spillerigen welkenden Zweigen sonstiger Geschehnisse, darunter aber noch da, alles, seine Freundin immer noch tot, seine Familie immer noch weg, seine Arbeit immer noch in Stücke gehauen, ein Obstbaum auf ewig zerstört, sein Leben eine Winterwüste?

13:34 auf der Supermarktuhr.

Über den Köpfen der Ladenkunden spielt der Supermarkt ein Lied, das sie dazu anhält, nach den Sternen zu greifen und hohe Berge zu erklimmen.

Na, sag schon, Mr Drama, sagt seine imaginäre Tochter. Du sogenannter König der Künste. Was um alles in der Welt tust du? Was tust du auf der Welt?

Er blickt auf die Zitrone in seiner Hand.

Dann erblickt er über seine Hand hinweg, wie heißt sie noch, Britt, die Securityfrau.

Sie rennt im Obstgang hin und her. Stürzt durch den Vordereingang ins Freie, steht dort, kommt wieder herein, sprintet hinter den Kassiererinnen und dem Kassenbereich vorbei ins Innere.

Sie rennt wie eine Irre. Ist so überdreht wie das Lied, das über den Köpfen aller gespielt wird. Sie sieht ihn.

Kommt auf ihn zu. Ruft schon von weitem.

Sind sie?

Bitte?

Bei Ihnen? Sind sie bei Ihnen?

Wer?

Wo sind sie? Haben Sie gesehen, wo die hin sind? Wann haben Sie sie zuletzt gesehen?

Mit Ihnen, auf dem Parkplatz, sagt er. Vor zehn Minuten.

Lügen Sie mich an?, sagt sie. Sind Sie eingeweiht?

Was?, sagt er. Wobei? Sie werden im Truck sein.

Er geht mit ihr hinaus auf den Parkplatz. Sie gehen zu der Stelle, wo der Truck seiner Meinung nach stand, finden die richtige Autoreihe aber nicht. Oder er ist weg.

Es war hier, ruft sie.

Sie steht in einer Lücke zwischen zwei Allradwagen.

Hier war es, ruft sie. Es war *hier*.

Sie heult fast. Schlenkert an der Stelle, wo der Truck stand, einen rosa Rucksack durch die Luft, trifft einen der Allradwagen mehrere Male an der Seite. In dem Wagen, den sie trifft, geht der Alarm an. Sie beachtet es nicht.

Sie verstehen nicht, sagt sie. Ich hab ihre Schultasche. Sie wird ihre Tasche brauchen. Es geht um Vertrauen. Ich kann nicht glauben, dass sie das getan hat, dass sie so etwas tun würde.

Weit können sie noch nicht sein, sagt er. Rufen Sie sie mit dem Handy an.

Sie hat kein Handy, jammert sie.

Sie wollten zu dem Schlachtfeld fahren, sagt er. Nehmen Sie ein Taxi. Rufen Sie bei einem Taxiunternehmen an.

Die Securityfrau zieht ihr Handy heraus.

Fragt ihn noch einmal nach dem Namen des Schlachtfelds.

Erst viel später am Nachmittag, nach dem Schlachtfeld, nach den SA4A-Vans, nach dem Geschrei und der Polizei, als das alles vorbei ist und er dasteht und sich bemüht, es im Kopf zusammenzukriegen, über seine Unfähigkeit staunt, zu sehen, was doch vor seinen Augen geschah, steckt er die Hand in die Jackentasche und findet dort die Zitrone, die er in der Hand hielt, als er in der Obstabteilung des Supermarkts nach einer Moral der Geschichte suchte.

Das war im Oktober.

Jetzt ist es der März darauf.

Mittlerweile kennt Richard die Straße zwischen Inverness und Culloden ziemlich gut, ist er sie doch viele Male hin- und zurückgegangen, wie die Leute hier oben sagen, und hat Interviews gemacht für sein neues Projekt, den Film, den er Tausendmal tausend nennen will.

Lieber Martin,

bitte entschuldige.

Ich kann den Film für dich nicht machen.

mbW

R.

Er nimmt die Leute zum Schutz ihrer Anonymität nur im Umriss auf. Filmt sie der Atmosphäre wegen in dem auf dem Parkplatz des Schlachtfelds stehenden Kaffeetruck. Er kommt an, holt die kleine Kamera hervor und befestigt sie an der Stange, die zu Interviewenden kommen, sitzen im Truck auf dem niedrigen Hocker unter der Preisliste für Kaffee, den es nie gab; er stellt das Licht so ein, dass die visuelle Identität einer Person durch niemand anders verwendet werden kann, und drückt den Startknopf.

Aufnahme.

Fallen die Personen, die Sie hier durchschleusen, in einem Dorf oder in einer Kleinstadt, in der jeder Fremde beobachtet wird, denn nicht auf?, fragt er in seinem ersten Interview.

Wir sind ein landesweites Netzwerk, wird die Silhouette sagen, die die Gestalt von Alda hat, der Frau, die am Tag seiner eigenen Ankunft hier den Kaffeetruck steuerte. Aber die Gegend hat auch Vorteile. Es gibt viel Tourismus. Und die Menschen sind im Großen und Ganzen freundlich. Und ist mal einer aggressiv, na ja, wenn man bereits die halbe Welt durchquert hat und noch lebt, es unter Gott weiß was für Mühen bis hier herauf geschafft hat, kommen einem lokale Animositäten, egal wo, vor wie ein Klacks.

Alda ist nicht ihr richtiger Name.

Ihren richtigen Namen will sie ihm nicht nennen.

Jeder aus dem Netzwerk Altes Bündnis nennt sich Alda oder Aldo Lyons.

Als er zum ersten Mal eine E-Mail an die ursprüngliche Alda c/o Stadtbibliothek Kingussie schickte, leitete jemand die an sie weiter, und sie erklärte ihm in ihrer Antwort, wie das Netzwerk zu seinem Namen kam.

Als ich mit fünfzehn, schrieb sie, Ihren Andy Hoffnung im Fernsehen gesehen hatte, der mir so gefiel, stöberte ich das Beethoven-Lied An die Hoffnung auf einer Kassette auf. Ich hörte es mir an, ging sogar in die Bibliothek, schlug die deutschen Wörter nach und erschloss mir ihre Bedeutung mit einem Deutsch-Lexikon. Dann bestieg ich den Schnellzug nach Aberdeen, wo sie den Listener im Magazin stehen hatten, und suchte mir heraus, was Ihre Freundin Paddy sagte, als sie zum Drehbuch von Andy Hoffnung interviewt wurde, und warum sie ihm diesen Titel gab.

Mir gefiel sehr, dass sie aus dem Titel des Lieds den Namen des Mannes gemacht hatte. Und dass sie aus einer Wendung, die *der Hoffnung gewidmet* bedeutet, eine echte Person gemacht hatte, dass sie den Worten eine menschliche Gestalt gab.

Sie behaupten, sagt er in einem der Interviews, dass sie bisher 235 Personen geholfen haben, aus Abschiebezentren zu fliehen oder sie zu umgehen. Ist das nicht etwas übertrieben?

Genau genommen sind es, glaub ich, sogar deutlich mehr als 235, sagt die Silhouette.

Diese Silhouette, die sich wie die anderen Alda Lyons nennt, ist einer der Menschen, denen zunächst vom Alten Bündnis geholfen wurde und die nun ihrerseits für das Alte Bündnis arbeiten und anderen helfen.

Glauben Sie bloß nicht, irgendetwas davon wäre leicht, spricht sie in die Kamera. Es ist in Wahrheit sehr schwierig.

Sie spricht wunderschön, in einem sorgfältigen, mühsam erworbenen Englisch.

Schwierig inwiefern?, sagt er.

Es bedeutet, sagt sie, dass wir von einer Unsichtbarkeit in die nächste wechseln. Ich hatte keine Rechte, ich habe immer noch keine. Den ganzen langen Weg in dieses Land, das Sie Ihres nennen, habe ich Angst mitgeschleppt wie einen schweren Rucksack. Ich schleppe sie immer noch mit. Heute sehe ich es so. Die Angst gehört zu mir. Die Angst wird immer zu mir gehören, überall, was ich auch tue, für den Rest meines Lebens. Ich habe schwer dafür gekämpft hierherzukommen, in Ihr Land. Doch als ich hier angekommen war, haben Sie mir als Erstes einen Brief überreicht, in dem stand: *Willkommen in einem Land, in dem Sie nicht willkommen sind. Sie sind jetzt eine als unerwünscht ausgewiesene Person, mit der wir verfahren, wie es uns beliebt.* Die hundert Kämpfe, die ich durchgestanden habe, um hierherzukommen, zählen nicht. Das war der Tiefpunkt für meine Seele. Und genau zu dem Zeitpunkt fing mein Kampf erst richtig an. Aber ich hatte Glück. Ich bekam Hilfe. Man kann auf verschiedene Arten ein Niemand sein. Es gibt verschiedene Arten der Unsichtbarkeit. Manche sind gleicher als andere. Das kann ich aus erster Hand, wie ihr Briten das nennt, bestätigen.

Das ist aber ein Teufelskreis, sagt Richard, als er die ursprüngliche Kaffeetruck-Alda interviewt. Sie lassen Menschen aus einem System verschwinden, das sie bereits verschwinden lassen hat.

Alda lacht.

Um einen Slogan abzuwandeln, sagt sie. Wir geben Menschen die Möglichkeit, wieder selbst über sich zu bestimmen.

Inwiefern?

Durch die Mitglieder des Netzwerks Altes Bündnis, die von Thurso bis Truro über das ganze Land verteilt sind und die für und nicht gegen Menschen arbeiten, die andere als unsichtbar gekennzeichnet haben, sagt sie. Es ist ein Kreis, ja, aber kein teuflischer.

Spielte man dieses Szenarium mal für die reale Welt durch, wäre das, was Sie tun, nicht durchführbar, sagt Richard.

Es ist menschlich, sagt sie. Ein realeres Szenarium gibt es nicht. Wenn wir von Menschen in der realen Welt sprechen.

Nothilfe, sagt er zu einer Silhouette, die sich als Aldo vorstellt und mit einem Springer Spaniel erscheint, der, noch nass vom Meer, den Sand vom Nairner Strand durch den ganzen Kaffeetruck verteilt, während des Interviews auf dem Boden liegt, den Kopf auf den Pfoten, und nach nassem Hund riecht.

Es ist keine dauerhafte Hilfe, sagt Richard. Das schadet sicher mehr, als es nützt.

Jede Form von Hilfe hilft, sagt Aldo, greift nach unten und tätschelt seinem Hund den Kopf. Was, Aldo? (Sogar der Hund hat einen Decknamen.)

Aber das stimmt nicht, sagt Richard.

Warten Sie, bis Sie mal selber Hilfe brauchen, sagt Aldo (der Mann).

Wo befinden sich die Leute, die Sie aus den Abschiebezentren zu schleusen geholfen haben, heute? Können Sie uns ein paar Beispiele nennen?

Jeder, den er anonym fragt, ob Alda oder Aldo, zuckt mit den Achseln oder schüttelt den Kopf.

Welchen finanziellen Vorteil haben Sie von dieser Sache?, erkundigt sich Richard in jedem Interview.

Jeder, ob Alda oder Aldo, lacht, als ob er etwas Lustiges gesagt hätte.

Woher kommt das Geld, mit dem Sie dieses Netzwerk betreiben?, fragt er jeden.

Sie schütteln die Schattenköpfe.

Eines Abends sagt die ursprüngliche Alda bei ausgeschalteter Kamera: Seien Sie nicht albern. Schauen Sie sich um. Wir machen das ehrenamtlich. Jeder tut, was er kann. Jeder kann etwas beitragen. Wir tauschen uns aus. Das erfordert keinen großen Aufwand. Und ist auch nicht viel verlangt. Es ist immer etwas übrig, was wir weitergeben können. Wir lassen uns etwas einfallen. Irgendetwas findet sich immer. Schauen Sie sich selbst an, das Geld für diesen Film haben Sie aufgetrieben, indem Sie Sachen aus Ihrer Vergangenheit verkauft haben. Da ein alter chinesischer Teller und ein Wandteppich und hier Tausendmal tausend.

Richard hat ihr erzählt, dass er die Mittel für den Film und für die Strafe, die er nach dem gebrochenen Vertrag für das andere Projekt bezahlen muss, aufbringen konnte, weil er die alten Sachen seiner Eltern durchging, die seit über einem Jahrzehnt unberührt in Kisten lagerten, und vieles fand, wofür andere ihm mit Freuden richtig Geld gaben.

Aber was, wenn diese Quelle erschöpft ist?, sagt er. Ewig funktioniert so ein Modell nicht.

Manchmal funktioniert es nicht bis zum Schluss, sagt sie. Manchmal geht etwas schrecklich schief. Aber wir kriegen es hin. Meist tun wir neue Quellen auf. Einer von uns hat vor kurzem sein Haus zum zweiten Mal beliehen. Das hat uns wieder Spielraum verschafft. Wenn das Geld aufgebraucht ist, überlegen wir neu. Wir wissen, was wir für ein Glück haben. Wir verteilen unser Glück weiter. Wir sind organisiert.

Was ist mit der Polizei?, sagt er. Den Securityfirmen?

Wir verstoßen nicht gegen das Gesetz, sagt sie. Es ist nicht ungesetzlich, bis jetzt jedenfalls nicht, Menschen zu helfen, die Hilfe brauchen. Und selbst wenn sie Mittel und Wege finden zu behaupten, was wir tun, ist illegal, spielt das keine Rolle. Wir tun es trotzdem. Ehrenamtlich, im ganzen Land. Wir bemühen uns landesweit, was nicht möglich ist, möglich zu machen, es Schritt für Schritt, Tausende von Meilen zu bewegen, und glauben Sie mir, es gibt tausendmal tausend, um Ihren Titel zu übernehmen, die bereit sind zu helfen.

Seien Sie ehrlich, sagt er. Fünfunddreißig wird wohl eher hinkommen als Ihre tausendmal tausend.

Na ja, uns gibt es noch nicht lange, sagt sie. Wir fangen gerade erst an. Doch vielen Menschen gefällt es absolut nicht, wie andere behandelt werden. Und viele Menschen wollen etwas tun, um daran etwas zu ändern.

Unter dem Radar leben, so was geht heute nicht mehr, sagt er.

Und doch tun es viele, sagt sie.

Das kann niemand mehr, ein Leben führen, das nicht aufgezeichnet wird, sagt er.

Wir arbeiten dafür, das Aufzeichnen von Leben anders zu gestalten, sagt sie. Und das wissen Sie. Sie tun schließlich dasselbe. Deshalb sind Sie hier und zeichnen mich auf.

Er schüttelt den Kopf.

Was Sie tun, ist trotzdem unmöglich, sagt er. Eine Seifenblase. Die bringen die im Nu zum Platzen. Es ist eine Kindergeschichte, ein Märchen.

Ja, sagt sie. Sie haben recht. Wir *sind* ein Märchen, ein Volksmärchen. Das soll keineswegs abgehoben klingen. Die Geschichten sind sehr ernst und handeln alle von Verwandlungen, davon, wie Ereignisse uns verändern. Oder zur Veränderung zwingen. Oder davon, dass wir lernen müssen, uns zu verändern. Daran arbeiten wir, an Veränderung. Uns ist es ebenfalls ernst.

Sie schenkt ihm noch einen Whisky aus der Flasche im Schrank des Kaffeetrucks ein. Dort sitzen sie beide im jetzt dämmrigen Frühlingslicht auf dem Boden.

Hatten Sie die Flasche an dem Tag schon an Bord, an dem wir hier rauffuhren?, sagt er.

Das einzige Getränk im Haus, sagt sie.

An dem Tag hätte ich einen gebrauchen können.

Der Tag hatte es in sich, sagt sie. In der Regel kommen die Leute nicht so zu uns, wie Sie an uns geraten sind. Die Mutter dieses Mädchens. In der Regel kommen die Leute nicht wieder raus, wenn das System sie einmal verschluckt hat. Was Sie an dem Tag erlebt haben, war ein Ausreißer. Doch manchmal geschieht das Unwahrscheinliche, es gibt einen Augenblick, der allen Erwartungen widerspricht, und die Tür öffnet sich, nur einen winzig kleinen Spalt. Wir haben einer ganzen Gruppe von Frauen geholfen, denen dieses Kind zu Hilfe gekommen war. Gott weiß, wie die Kleine das geschafft hat, ich meine, wie stehen die Chancen? Sie sind die Chancen, genau das, ja. Und die möchte man nicht verpassen. Eine verpasste Chance, ein ruiniertes Leben.

Ich weiß allerdings nicht, wie dieses Kind es geschafft hat, seine Mutter und die anderen Frauen da, wo sie waren, herauszuholen. Ich begreif's nicht. Vor allem begreife ich beim besten Willen nicht, und so geht es uns allen, warum sie es für eine gute Idee gehalten hat, die SA4A gleich mit anzuschleppen. Als wollte sie ausdrücklich ein Opfer bringen.

Ich dachte, sie wären Freunde, Familienangehörige, sagt er. Ich dachte, Sie wären einfach nett gewesen, hätten jemanden mitgenommen, wie Sie mich ja auch mitgenommen haben. Und, darf ich fragen –

Nur zu.

Wissen Sie, was aus ihnen geworden ist?, sagt er. Aus dem Kind und der Mutter? Ich hatte keine Ahnung, als ich das Mädchen kennengelernt habe, ich war so mit meinem eigenen Drama beschäftigt. Aber das Mädchen, so eine Last zu tragen. Die Last ihrer eigenen Geschichte. Und trotzdem stehen zu bleiben und mir bei meiner zu helfen.

Alda schüttelt den Kopf.

Wie die Geschichte ausging, wissen wir nicht.

Den Stift aus dem Holiday Inn hat Richard in der Innentasche seiner Jacke.

Er wird ihn bis an sein Lebensende immer in der Innentasche der Jacke oder des Mantels haben, den er gerade trägt.

Heute in fünf Jahren, als er das Mädchen, Florence, inzwischen eine junge Frau, schließlich aufspürt, zieht er ihn gleich als Erstes aus der Innentasche seiner Jacke und zeigt ihn ihr.

Vorläufig aber muss er durch die nähere Zukunft steuern.

Etwa durch diesen Moment.

Ein Umschlag trifft in Richards Wohnung ein. Er kommt aus einem Anwaltsbüro. Darin befindet sich ein altes Buch, eingewickelt in Seidenpapier. Aus dem Brief erfährt Richard, der Inhalt der Sendung sei ihm im Testament der verstorbenen Patricia Heal vermacht worden.

Collected Stories of Katherine Mansfield. Constable. 1948. Ein gebundenes Buch, blau, die goldene Beschriftung auf dem Buchrücken verblasst und stellenweise abgebröckelt. Nachkriegspapier aus der Zeit der Rationierung, vergilbt, dünn, rau. Ein handschriftlicher Eintrag auf dem Vorsatz, in Mädchenschrift. Patricia Hardiman.

Zwei Wochen lang hat er schon genug damit zu tun, dass es bloß auf dem Tisch liegt und er es täglich sieht.

Eines Nachmittags schlägt er das Buch aufs Geratewohl eher vorn auf. Er liest eine komische, bissige Geschichte über Leute aus der Mittelklasse, die eine Dinnerparty veranstalten. Die Leute sind grotesk, schwach, erfüllt von sich und ihrer Wichtigkeit, von den Geschichten über ihr Leben, die sie für sich selbst erfinden. Derweil steht im Garten des Hauses ein Birnbaum in voller Blüte. Er ist beladen mit Blüten, und seine überwältigende Schönheit hat nichts zu tun mit den Menschen, die ihn betrachten, bewundern oder sich irgendetwas dazu denken oder ihn nicht einmal bemerken, nichts mit ihren Gegebenheiten und ihren Einbildungen, ihren Eroberungen und ihren Misserfolgen, nichts mit den Einsichten oder der Naivität der Leute in dem Haus, die glauben, der Baum gehöre ihnen.

Was für eine phantastische Geschichte.

Erst als er das Buch zuklappt und in den Händen umdreht, sieht er hinten die handschriftlich befüllten Blätter.

Es ist Paddys Handschrift.

Er sieht seinen Namen in ihrer Stimme.

Hallo, Doubledick.

Die Handschrift ist die aus ihrem späteren Leben. Sie beginnt auf dem hinteren Vorsatz und zieht sich über alle sechs und ein bisschen leeren Seiten zwischen Buchdeckel und Text bis zur letzten Seite der letzten Geschichte, den auf den Kopf gestellten letzten Wörtern im Buch, die in Großbuchstaben THE END lauten.

Richard steht auf. Gießt sich einen Drink ein.

Setzt sich und schlägt das Buch hinten auf.

Hallo, Doubledick.

Ganz Irland ist eingeschneit, und London auch, bei Gott.

Kalte Füße, wie du gesagt hast, als du heute gingst.

(Sag nicht, ich höre dir nie zu.)

Als ich 1948 meine erste Lohntüte bekam, für meine erste Woche als Mädchen für alles bei London Films, die zu dem Zeitpunkt gerade ihren Bonnie Prince Charlie herausbrachten, der leider ein Riesenflop wurde, ging ich ohne Umweg zu Foyles in der Charing Cross Road.

Das Erste, was ich mir jemals von meinem eigenen Geld für mich kaufte: dieses Buch.

Jetzt deines.

Hier sind einige Recherchen für deinen April.

Zuerst natürlich Katherine Mansfield, die ihrer Freundin und loyalen Gefährtin Ida Baker einmal ein Versprechen gab. Wenn ich sterbe, sagte sie, beweise ich dir, dass es kein Leben nach dem Tode gibt, und Ida sagt: Wie denn?, und Katherine sagt: Wenn ich tot bin, schicke ich dir eine Streichholzschachtel mit einem Sargwurm drin.

Das sagt sie, weil sie weiß, dass die empfindsame Ida prompt losschreien wird, und das tut Ida auch, ich will keinen Wurm von dir geschickt bekommen, kreischt sie, und Katherine M sagt ihr: Okay, keinen Wurm, versprochen, ich schicke dir stattdessen eine Streichholzschachtel mit einem Ohrkneifer.

So. Wenige Monate später stirbt Katherine Mansfield, wie wir alle. Ihre Freundin ist untröstlich. Sie fährt zu einem Häuschen da oder dort, in dem sie für eine Weile wohnt, Katherine M ist seit wenigen Wochen tot, und Ida ist hundemüde und traurig, ihr ist kalt, und sie will das Gas anzünden und sich eine Kanne Tee machen und greift nach der Streichholzschachtel. Es sind keine Streichhölzer drin.

Etwas anderes aber schon.

Ida schiebt sie auf.

Ein Ohrkneifer.

Rilke wiederum hatte mehrere Nachleben – eine ganz andere Streichholzschachtel mit Ohrkneifern.

Ein Gräfin namens Nora arbeitete gerade an Übersetzungen der späten Rilke-Elegien aus dem Deutschen ins Englische. Sie hatte in den Jahren vor seinem Tod (statt hinterher, haha) mit Rilke über Spiritismus korrespondiert und denkt sich, es wäre eine gute Idee, ein Medium aufzusuchen, ein ziemlich berühmtes, und dem toten Rilke in persona zu begegnen.

Das Medium fragt, ob jemand anwesend sei, die Zeichen auf dem

Ouija-Brett ergeben R I L, und, ja, er ist es, der tote Mann persönlich, er ist den ganzen Weg aus der Unterwelt heraufgekommen, um Gräfin Nora zu sagen, dass er mit ihr an den Übersetzungen arbeiten will.

Der tote Rilke und die Gräfin treffen sich also zu mehreren Séancen, und er sagt ihr, welche Wörter und Wendungen er in ihren Versionen geändert haben will.

Dann gratuliert er ihr dazu, wie nah ihre englischen Gedichte seinen Originalen gekommen sind, und sagt, es sei ihm eine Ehre gewesen, mit ihr zu arbeiten.

Hm.

Mir ist allerdings Unheimliches dieser Art lieber: Du und ich haben erst heute darüber gesprochen, dass sie so nah beieinander gelebt haben, Katherine M und er, und sich nie begegnet sind oder, falls doch, es wahrscheinlich nicht wussten. Doch als du gegangen warst, habe ich online ein bisschen für dich herumgesucht und einen Brief gefunden, den Rilke schrieb, noch aus Sierre in der Schweiz, und der das Datum 10. Jan. 23 trägt, das ist ein Tag, nachdem Katherine M in Fontainebleau in Frankreich stirbt.

In dem Brief schreibt Rilke einem Freund, wie sehr es ihn bewegt habe, als er etwas von D. H. Lawrence las, auf Deutsch, den Roman Der Regenbogen. Der gefalle ihm sehr, schreibt Rilke, mit der Lektüre habe ein ganz neues Kapitel in seinem Leben begonnen.

Katherine M nun war, wie ich weiß, mit Lawrence und seiner Frau Frieda gut befreundet und vertraute ihnen eines Tages ein paar Episoden aus ihrem erotischen Leben in jüngeren Jahren an. Und irgendetwas, das sehr eng an ihre erotischen Episoden angelehnt war – eng genug, dass sie sehr zornig wurde, als sie selber das Buch las –, war definitiv in eine Figur dieses Romans eingeflossen.

Und nun rate, wen Rilke schließlich doch kennengelernt hat? In fiktionaler Form zumindest.

Jetzt habe ich nur noch ein Nachleben für dich in petto, und mit diesem letzten Nachleben werde ich dich verärgern, Doubledick, ich weiß. Ich fange ja manchmal bloß deshalb von Chaplin an, weil ich sehen will, wie du so süß vorgibst, es sei dir egal, dass ich von ihm spreche.

Es gibt aber einen merkwürdigen Berührungspunkt in den Nachleben von Chaplin und Rilke. Und vielleicht auch einen Berührungspunkt mit Katherine M, die ihre Katze Charlie Chaplin nannte, und als diese Katze, wie es der Zufall wollte, mehrmals Junge bekam, bescherte ihr das eine Überraschung, zumindest beim ersten Mal. (Ich glaube, eins der Kätzchen aus Charlie Chaplins erstem Wurf hieß sogar – April.)

In den dreißiger Jahren hält sich Charlie Chaplin in St. Moritz auf. Er schließt Freundschaft mit ein paar betuchten Leuten dort, einem ägyptischen Geschäftsmann und seiner Frau, einer reizenden und klugen Frau namens Nimet. Eines Abends nimmt Chaplin beim Dinner eine Serviette vom Tisch und bindet sie der wunderschönen Nimet um den Kopf, als ob sie schreckliche Zahnschmerzen hätte. Dann spielt er einen Zahnarzt, der einen Zahn zieht, und hält ihn dann hoch – einen Zuckerwürfel aus der Zuckerdose.

Ich bin mir ziemlich sicher, dass es sich bei dieser Nimet um dieselbe schöne Ägypterin handelt, für die Rilke an dem Tag die Rosen pflückte, an deren Dorn er sich mit den sagenhaften Folgen für sein wirkliches Leben in den Finger stach.

Mein geliebter Chaplin. In den Fünfzigern zog er dauerhaft in die Schweiz, wie du weißt, als die Amerikaner ihn hinauswarfen, weil er zu bolschewistisch war und den Arbeitern in Moderne Zei-

ten ein paar Wahrheiten über das Maschinenzeitalter gezeigt hatte. Er kaufte sich ein prächtiges Haus mit einem Grundstück, das heute nur eine gute Stunde von dem Ort entfernt ist, an dem Rilke und Mansfield dreißig Jahre zuvor gelebt hatten. Er kam öfter aus dem Haus und schüttelte die Fäuste wegen der Schweizerischen Armee, die in den Tälern und Bergen rings um seinen neuen Besitz Schieß-übungen veranstaltete.

Ein, zwei Chaplin-Geister gehen noch in der Welt um – besonders lukrativ ist der eine, mit dem der Barbesitzer in Hollywood Geld verdient, der sagt, Chaplin käme regelmäßig in seiner Bar vorbei und säße dort an dem seit eh und je für ihn reservierten Tisch.

Meine Lieblingsepisode aus Chaplins Nachleben ist allerdings das Abenteuer, das seine sterblichen Überreste nach seinem Tod zu bestehen hatten.

Erinnerst du dich daran, dass sein Sarg mit dem Leichnam ausgegraben und gestohlen wurde? Das ist vierzig Jahre her, als wir noch jung waren. Er starb im Dezember, und sie stahlen ihn im März. Die Polizei teilte es der Presse so mit, wie es in der Bibel steht: <u>Das Grab ist leer! Der Sarg ist verschwunden!</u> Er war von März bis Mai unauffindbar, und in der ganzen Zeit riefen diverse Betrüger bei der Familie Chaplin an, die Geld verlangten und die Rückgabe des Leichnams versprachen, bis die Polizei zwei Mechaniker schnappte, bettelarme politische Flüchtlinge. Sie hatten ihn ausgegraben, ein Foto des mit Erde bedeckten Sargs gemacht, ihn auf die Ladefläche ihres alten Autos geladen, waren in der Straße, in der er wohnte, eine Meile weiter gefahren und hatten ihn auf dem Feld eines Bauern vergraben.

Die stillen Überreste des Stummfilmstars.

Stumm wie ein Grab, in einem Grab, das keines ist, an dem, was Mitte April 1978 sein 89. Geburtstag gewesen wäre, unter der Erde unter den grünen Schösslingen unter dem Gesang der Vögel unter der Luft unter dem kalten Frühlingshimmel.

Rechne mit dem unerwarteten Nachleben, Doubledick. Das Leben geht weiter.

Für heute hoffe ich, du hast die Socken und Schuhe trocken gekriegt. Für morgen: Mögest du immer warme Füße haben, alter Freund.

Für immer

dein Ohrkneifer,

deine

P.

Hier enden ihre handschriftlichen Zeilen, rings um die im Buch gedruckten Wörter

THE END,

und dreht man das Buch um, steht direkt darüber der Text der letzten Geschichte in dem Buch, die mit den Zeilen endet:

»Mein Gott, was für eine Frau du bist!«, sagte der Mann. »Du machst mich so verteufelt stolz, Liebste, dass ich ... dass ich dir's sage!«,

und Paddy hatte eine Anmerkung geschrieben und einen Pfeil hinzugesetzt, der auf diese letzten Zeilen weist.

Ich bin stolz auf dich, Doubledick. Sei ein Vorreiter. Mach ihn zu deinem Film, nicht zu seinem.

In diesem ersten Frühling nach Paddy wandert er an einem sonnigen Regentag in einer Interviewpause zu den Clava

Cairns, ungefähr eine Meile vom Parkplatz des Schlachtfelds entfernt an derselben Straße gelegen.

In Clava befindet sich eine Ansammlung alter Hügelgräber, die vor 4000 Jahren angelegt wurden, Gräber, die einmal drei Meter hoch, überdacht und dunkel gewesen sein dürften. Heute sind die Grabhügel nur noch Steinwälle, weit offen zum Himmel. Um die ringförmig aufgeschichteten Mauern aus großen und kleinen Steinen steht eine Gruppe aufrechter Steine, so als hielten sie bei den Hügelgräbern Wacht.

Trotz Frühling ist es kalt. Richard entscheidet sich für den Grabhügel, von dem der größte Teil in der Sonne liegt. Betritt ihn durch den steinernen Eingang. Steht in einem Grab und blickt hinauf zu den Wolken.

Es ist nichts mehr da von dem, der hier begraben wurde, wer auch immer es war. Nur Steinhaufen, ein ausgetretener Weg, Gras, darin vereinzelt Gänseblümchen und Klee, frühlingskahle Bäume, die Stämme hellgrün von Feuchtigkeit und Moos, über ihm ab und zu ein Vogelschrei, mehr ist hier nicht.

Richard verlässt das Grab.

(So was kann man nicht alle Tage sagen.)

Außer ihm haben die Clava Cairns heute keinen anderen Besucher. Gut. Glück gehabt. Man hat ihn davor gewarnt, dass es hier voll sein kann.

Man hat ihm auch erzählt, vor einigen Jahren habe ein Tourist aus Belgien hier einen Stein mitgehen lassen, habe ihn vom Boden aufgehoben und nach Hause mitgenommen. Ein paar Monate später bekam das Tourismusbüro von Inverness per Post einen Stein und eine Karte der Stelle in Clava, von der er stammte. Bitte bringen Sie den Stein zurück, hieß es in dem beigelegten Brief. Meine Tochter hat sich das Bein gebrochen, meiner Frau geht es gar nicht gut, ich selbst habe den Job verloren und mir den Arm gebrochen. Bitte übermitteln Sie dem Geist des Orts, an dem ich den Stein weggenommen habe, dass ich mich dafür entschuldigen möchte.

Respekt.

Richard steht auf Gras und Lehm neben einem windschiefen alten Felsbrocken.

Nur damit du es weißt, Pad, sagt er. Und weil du Chaplin so magst. Einheimische haben mir erzählt, ein Stück weiter an dieser Straße steht ein Haus, das ihm in seinen späteren Jahren einmal gehörte, er und seine Familie haben hier öfter Urlaub gemacht. Gut möglich, dass er auch hier gewesen ist und sich die Anlage angesehen hat.

Außerdem somatisiere ich. Dieses Projekt tut mir gut. Tut mir sogar sehr gut. Ich bin die ganze Zeit an einem Ort, den ich nicht kenne, und fühle mich wie zu Hause. Ich lerne die ganze Zeit Menschen kennen, die persönliche Risiken eingehen und deren Zuversicht sich auf mich überträgt. Ich gehöre nicht dazu, das wissen sie, und ich weiß es auch. Mein Gefühl sagt mir aber etwas anderes. Ich fühle mich hier willkommen.

Vollkommen unerwartet ist es wunderbar. Hätte dich gern dabei.

Er hat ein Gedicht in der Tasche stecken. Nimmt es heraus und faltet das Blatt in der grellen Sonne auf. Die Wolke von Percy Bysshe Shelley; das ist die letzte Strophe:

Ich bin das Kind von Wasser und Wind
Ziehtochter von Himmel und Licht;
Ich trinke an Brüsten von Meeren und Küsten;
Mich wandelnd, sterbe ich nicht.
Dann wenn nach dem Regen ohn alle Flecken
Himmels Blau die Erde ruft
Und Himmel und Sonne schimmernd in Wonne
Errichten die Kuppel aus Luft
Lach ich schweigend aus eigenem Grabmal steigend
Und aus Regens Höhle und Grab
Wie das Tier aus dem Schleim, wie das Blatt aus dem Keim
Heb ich mich und trags wieder ab.

Abtragen, unsterblich, die Wolke des Nichtwissens, die beim Zug über den Himmel ihre Form wandelt.

Das unerwartete Nachleben.

Richard wird nach dem Herbsttag, an dem sein Leben endete, um neu zu beginnen, oft an die Bilder von Wolken und Himmel zurückdenken, die er, wie wir wissen, im Frühsommer 2018 in London in der Royal Academy sah, die Bilder aus Schiefer und Kreide.

In der Weihnachtszeit wird er in einer großen Zeitung in einem Rückblick auf die besten Ausstellungen des Jahres einen Artikel mit der Überschrift Eine Postkarte an Tacita lesen.

Darin wird berichtet, dass sich eines Tages im Museum ein kleines Kind, zwei oder drei Jahre alt, in der Ausstellung gegen ein Bild warf und den Kalk verschmierte.

Die Künstlerin sagt im Interview, sie mag es nicht, wenn

zwischen ihren Bildern und den Leuten, die sie sich ansehen, knapp über dem Boden Drahtschnüre gespannt sind, und nicht bloß deshalb, weil die Wahrscheinlichkeit, dass Museumsbesucher darüber stolpern, dadurch sogar steigt. Sie möchte gar nichts Trennendes zwischen dem Betrachter und dem Bild. Manchmal aber stoßen Betrachter und Bild im Wortsinn zusammen. Beschädigte Bilder, sagt die Künstlerin, lassen sich reparieren, sofern das, was sie getroffen oder verschmiert hat, nicht nass ist. Als jedoch *in New York mal jemand einen Schirm ausschüttelte*, na ja. Die Regentropfen sind nun Teil des getroffenen Bildes und werden es bleiben, so lange es das Bild gibt.

Richard lacht laut auf beim Gedanken an das Kind, das sich gegen das Bild wirft. Er hofft, dass es der Berg war, gegen den es sich warf.

Dann kommt ihm die junge Frau in den Sinn, neben der er an dem Tag für einen kurzen Moment in dem Museum stand und sich den Berg ansah.

Ich werd nicht wieder.

Geht mir genauso.

Seine Tochter müsste heute ungefähr im Alter dieser Frau sein.

Seine Tochter ist für ihn ein Mädchen, das er 1987 zum letzten Mal sah, an dem Tag im Februar, als sie auf seinem Schoß saß und er ihr aus einem ihrer Bücher vorlas. Beatrix Potter. Der böse Hase hatte dem guten Hasen die Mohrrübe stibitzt. Der Jäger verfolgte den bösen Hasen aber so lange, bis von ihm nur noch ein Hasenschwanz auf einer Bank übrig war.

Sie hörte gar nicht mehr auf zu lachen, als sie sich das Bild von dem flauschigen weißen Schwanz auf der Bank ansahen.

Richard wirft die Sonntagszeitung in den Müll. Setzt sich an den Tisch, klappt den Laptop auf.

Er tippt den Namen seiner Tochter in die Suchmaschine ein. Nimmt sich Zeit für jeden einzelnen Buchstaben.

Das hat er noch nie getan.

Er hat es sich nicht getraut.

Hat sich gesagt, sie würde das nicht wollen.

Ihr Name ist ein bisschen ungewöhnlich, die Schreibung ist so wie bei seiner Mutter, mit einem s anstelle von z in Elisabeth, und falls seine Tochter den Namen ihrer Mutter behalten oder nicht geheiratet hat, ist es ein ziemlich seltener Nachn–

Prompt erscheint er, dazu ein Bild einer Frau, die sie sein müsste.

Das ist sie wohl.

Das ist sie, eindeutig.

Es gibt mehrere Bilder. Auf einem sieht sie aus wie ihre Mutter, auf einem anderen wie seine Mutter.

Sie arbeitet an einer Universität in London. Es gibt eine E-Mail-Adresse.

Traue ich mich das?

Nein.

Sie wird es, würde es nicht wollen.

Er verlässt das Zimmer.

Geht einmal durch die ganze Wohnung.

Kommt in das Zimmer zurück.

All die Jahre zu meinen, sie wäre gestorben, für mich gestorben, für meine Welt, sagt er sich innerlich, als er nachts hellwach im Bett liegt, mitten in der Nacht an die alte Deckenrose starrt, die ihm noch nie aufgefallen ist, obwohl er die ganze Zeit hier gewohnt hat.

Seine imaginäre Tochter lacht.

Wie bist du denn?, sagt sie in seinem Kopf.

Wie bist du denn?, sagt er in seinem Kopf zu seiner wirklichen Tochter.

Schweigen.

Ja, aber genug von dem Filmemacher und dem Summs mit seiner Geschichte, wie Russell das nennen würde – zurück zu Brit, die vor einem halbem Jahr, im Oktober, mit Florence und zwei Wildfremden in einem Van auf einer Landstraße weiß der Henker wo noch weiter in Richtung Norden fährt, zumindest glaubt sie, dass es Norden ist. Wie ein Fernsehkommissar oder wie ein Entführter in einem Film hält sie Ausschau nach Straßenschildern, auf denen Ortsnamen stehen – könnte ja einmal wichtig sein.

Die Frau ist die miserabelste Autofahrerin der Welt.

Es gibt zwei Sicherheitsgurte, und momentan werden auf der Vorderbank des Vans vier Personen von jemandem chauffiert, der sich anscheinend nicht darum schert, wie gefährlich es ist, wenn sich vier Leute vorn in diesen Witz von Gefährt mit dem aufgemotzten pseudo-ausländischen Innenraum quetschen, als ob das ein Ausgleich dafür wäre, keine Straßenlage zu haben.

Brit hat ihren Sicherheitsgurt Florence überlassen, die an die Tür gedrückt wird, aber wenigstens angeschnallt ist.

Sollten sie einen Unfall haben, sind es Brit und der Mann, die durch die Frontscheibe segeln.

Der Mann heißt Richard.

Die Schottin heißt Alda, wie Aldi, der Laden. Sie und Brit hatten am Bahnhof einen heftigen Streit.

– *SA4A in meinem Auto? Ich glaube nicht.*

– *Ich fahre, wohin sie fährt.*

– *(zu Florence) Wofür schleppst du hier eine SA4A-Schnepfe an? Was willst du damit bezwecken? Das ist kein Spiel.*

– *Wagen Sie es nicht, sie zu bedrohen. Wagen Sie es nicht, mich Schnepfe zu nennen.*

– *Sie ist nicht von der SA4A, das ist Brittany, meine Freundin. (Florence)*

– *Da steht SA4A. Schau hin, da an ihrer Jacke.*

– *Das ist okay. Ich vertraue ihr. (Florence)*

Florence vertraut ihr. Doch die Siegerin in der Kategorie Weltschlechteste Fahrleistung 2018 legt sogar noch einen drauf und dreht sich auf dem Fahrersitz hin und her, sieht sich Sachen in der Landschaft an und weist sie darauf hin. Sie hält ihrem Filmemacherfreund einen Vortrag über die Historie der Gegend, für die sie offenbar Expertin ist.

Nicht dass Brit nicht versucht hätte, sich am Gespräch zu beteiligen.

Sie ist nicht dumm. Sie weiß einiges über Geschichte und auch eine Menge über Filme.

Sie weiß auch von Menschen, die gestorben sind, hat sogar welche persönlich gekannt, unter anderem ihren Vater.

Sie wirft ein, was sie gestern über Kassandra nachgeschlagen hat, die legendäre Deuterin der Zukunft, die von den Göttern verflucht wurde, indem sie dafür sorgten, dass sie mit ihren Weissagungen kein Gehör fand, obwohl sie stimmten.

Sie ist nicht hirnlos.

Ob sie auch mal zu Wort kommt?

Niemand lässt sie.

Sind Sie Regisseur?, sagt Brit zu dem Mann, als die anderen schließlich mal für einen Augenblick den Mund halten.

Der Mann erzählt ihr, er habe in jüngeren Jahren fürs Fernsehen gearbeitet, habe die Art Fernsehen gemacht, mit dem viele nicht einverstanden gewesen seien. Jetzt, sagt er, arbeite er an einem Film über Dichter, die vor hundert Jahren lebten, er spielt in der Schweiz, ein historischer Spielfilm. Sie seien wohl zu jung, um seine Sachen fürs Fernsehen gesehen zu haben, falls aber doch, hätten sie sie wahrscheinlich komplett vergessen. Trotzdem, sagt er, trügen sie es, wenn sie irgendwas davon gesehen hätten, weiter in sich, denn alles, was wir sehen, fließt in unsere Erinnerung ein und wird irgendwo gespeichert, auch wenn es uns nicht bewusst ist.

Stimmt genau, sagt Brit. Das Unvergesslichste, was ich je in einem Film gesehen habe, war im Fernsehen. Wenn es mir nachts wieder einfällt, kann ich noch heute manchmal nicht schlafen. Egal, ob ich im Bett liege, ich schlafe die ganze Nacht nicht. Es ist noch nicht mal so schrecklich oder grausam, ich hab im Fernsehen und in Filmen schon vieles gesehen, was viel grausamer war. Und im richtigen Leben. Bei meiner Arbeit sehe ich jeden Tag Dinge, bei denen man eigentlich davon ausgeht, dass die einen fürs Leben prägen. Auch wenn man sie nicht im richtigen Leben gesehen hat, sondern bloß in einem Film.

Tun sie aber nicht, nicht so wie das in dem einen Film. Ich kann es nicht vergessen. Vielleicht kennen Sie ihn, es ist der über den Mann im Gerichtssaal, ich meine, das ist wirklich passiert, es ist real, ist nicht bloß ein Film.

Er wird von einem Richter angeschrien und verhöhnt, von einem hochrangigen Nazi-Richter, und der brüllt den Mann an, der vorn im Saal steht. Hinten sitzen Zuschauer. Der Richter putzt ihn nach Strich und Faden herunter, und es ist so, dass man dem Mann, einem Soldaten, die Uniform abgenommen und ihm eine Hose gegeben hat, die ihm viel zu groß ist, aber keinen Gürtel, mit der er sie festziehen kann, so dass er sie die ganze Zeit hochhalten muss, weil sie sonst herunterrutschen würde. Das ist natürlich sehr schwierig für ihn, wenn er etwas mit den Armen und Händen tun muss, salutieren oder ein Buch halten, und so etwas wird dauernd von ihm verlangt.

Es soll komisch aussehen. Man soll über ihn lachen. Der Richter beschimpft ihn als Verräter, schreit ihn an und verhöhnt ihn, und der Mann stammelt herum und verteidigt sich, als glaubte er, eine Erklärung würde helfen. Als wäre er ein Idiot. Er hat keine Ahnung. Er spricht immer weiter, sagt, aber das war nicht unser Auftrag, wir standen bloß da und schossen Menschen in die Gruben, die wir sie vorher ausheben ließen, das ist nicht Kämpfen, ist nicht richtig, das ist falsch, solche Sachen.

Der Richter verhöhnt ihn noch eine Weile und verkündet dann das Todesurteil, und vermutlich wurde er gleich danach aus dem Saal geführt und im Hof des Gebäudes mit einem Kopfschuss hingerichtet.

Doch was mir vor allem gegen den Strich ging, und jedes Mal wieder, wenn ich daran denke, ist, dass man das überhaupt verfilmt hat. Denn letzten Endes war es alles für die Kamera, von vorn bis hinten. Es ging nicht um Gerechtigkeit oder darum, dass es keine Gerechtigkeit gibt. Gut, auf einer Ebene schon. Es ging darum, wer für Gerechtigkeit sorgt, wer darüber bestimmt, was das ist. Doch eigentlich, eigentlich war der Film für die gedacht, die ihn sich angesehen haben. Sie, die Zuschauer im Gerichtssaal, aber auch die Zuschauer überall, die den Film sehen würden, sollten das anscheinend lustig finden, und gleichzeitig sollten sie davon eingeschüchtert werden. Sie sollten nicht denken, oh, das ist so unfair, oder, seht doch, wie dieser Mann benutzt und behandelt wird, hier kriegen wir es gezeigt. Okay, schon auch, aber nur deshalb, weil es *ihnen* genauso passieren könnte. Vor allem aber sollten sie über ihn lachen und aus dem Film lernen, wie man sich benimmt und was man *nicht* tut, sie sollten wissen, was ihnen passieren würde, wenn sie etwas taten, was sie nicht sollten.

Ich war ungefähr so alt wie sie, als ich den sah, und konnte tagelang nicht schlafen. Kennen Sie diesen Film? Haben Sie ihn mal gesehen?

Der Filmemacher neben ihr lacht aber nur.

Er fängt davon an, dass man sein Möglichstes tun und dabei nicht die gute Laune verlieren soll.

Für ihn dürften die Chancen, nicht die gute Laune zu

verlieren, aber gering gewesen sein, wenn die Nazis ihm gleich eine Kugel in den Kopf schießen, sagt Brit.

Der Filmemacher sagt, im Fernsehen sollte nicht dauernd das Nazi-Zeug laufen, und die alten Songs im Radio zu spielen sei auch daneben. Dann fängt er von Pferden an.

Danke trotzdem. Für die völlige Banalität Ihrer Äußerungen, sagt Brit.

Keine Ursache, sagt der Mann.

Brit wirft ihm einen Blick zu, als ob er ein Fall für die Dauerbewachung wäre.

Der Mann fragt Florence, ob es für sie geht, dass sie so gegen die Seite des Autos gequetscht wird.

Ich tue unter widrigen Umständen mein Möglichstes und verliere dabei nicht die gute Laune, sagt sie.

Alle lachen.

Hältst dich wohl für komisch, sagt Brit.

Ich *bin* komisch, sagt Florence.

Komisch im Kopf, sagt Brit.

Sie stupst Florence an. Weist mit dem Kopf in Richtung Filmemacher.

Sie hat das mit dem komisch im Kopf kaum gesagt, da fühlt sie sich auch schon mies, weil sie es gesagt hat.

Sie stellt alles, was sie tut, ständig so in Frage – war das richtig?, war es falsch? –, dass sie überlegt, ob sie langsam verrückt wird.

Dann will die Frau, die sie fährt, sie *alle* verrückt machen und singt Lieder, in einer Sprache.

Zuerst erklärt sie ihnen, worum es in dem Lied geht, das sie gleich singt, um ein leeres Haus an einem See und um die Geister von Leuten, die da früher mal lebten, aber von Landbesitzern daraus vertrieben wurden, die sie ausräucherten, und die dort, wo vorher ihr Fußboden war, wo ihr Kamin stand und wo einmal ihre Betten standen, im Schnee sitzen und durch das Haus und das nun fehlende Dach zum Himmel hinaufsehen, an dem keine Sterne und kein Mond sind.

Dann stellt sich heraus, dass es gar keine Geister sind, sondern richtige Menschen, die in dem Schnee sitzen, und dass sie jetzt in Kanada sind, aber trotzdem unaufhörlich an die Zeit denken, als sie dort, wo früher ihr Haus stand, im Schnee saßen.

Dann singt die Frau die Geschichte in einer fremden Sprache.

Josh würde es *den Gruselfaktor hochhalten* nennen. Russell würde bloß *Sülz* sagen. Brit linst aus dem Augenwinkel zu Florence, während die Frau auf diese komische Art singt, die sich anhört, als würde einen jemand liebkosen und zugleich beschuldigen. Sie verdreht vor Florence die Augen, als wolle sie sagen: *krass*.

Prompt fühlt sie sich auch deswegen mies.

Der Filmemacher ist eingeschlafen und lehnt mit seinem ganzen Gewicht an Brit. Die Frau beginnt mit dem nächsten traurigen Lied. Sie erklärt ihnen, so als spräche sie irgendwo vor Publikum und nicht bloß zu ein paar Hanseln in ihrem Auto, von denen einer eingeschlafen ist und sowieso nicht zuhört, das nächste Lied handele von jemandem, der eine Bergwanderung macht und allmählich vom Klang seiner eigenen Schritte verfolgt wird, die allerdings viel lauter und schwerer klingen als seine durch den Schnee stapfenden Stiefel. Und als er sich umdreht, sieht er, dass er von einem grauen Riesen verfolgt wird, genannt der Graue Mann, der trotz des Schnees bloß ein Hemd anhat und in dem Moment verschwindet, als die Wolken über den Berg ziehen.

Wie eine geisterhafte Präsenz, sagt Florence.

Sein eigener Schatten, sagt Brit.

Die Frau hält auf halber Strecke beim Singen inne und sagt, dass Leute, die dort drüben in die Berge gehen, ob zum

Wandern oder Klettern, wirklich sehr oft fremde Fußtritte hinter sich hören –

ja,

genau,

– und deswegen wurde das Lied geschrieben. In der Gegend erzählt man sich, sagt sie, das sei der Geist eines Mannes namens William der Schmied, der Dichter und Philosoph und Wilderer war, in dem Lied heißt es aber, das sei der Klang der Schritte aller Menschen auf der Welt, denen Unrecht getan worden ist, und in der letzten Strophe des Lieds, die sie ihnen gleich vorsingen wird, heißt es, wir alle würden vom Klang dieser Schritte verfolgt, wohin wir auch gehen, aber nur in den Bergen oder auf dem Land, fern vom Rummel der Städte und unserem eigenen Lärm, könnten wir das wahre Ausmaß dessen hören, was hinter unseren Schritten liegt.

Nur gut, denkt Brit, dass das Lied in einer Geheimsprache gesungen wird und sich niemand über so einen gönnerhaften Mist den Kopf zerbrechen oder sich auch nur für den Bruchteil einer Sekunde damit abgeben muss.

Die Frau singt das Lied weiter, als säßen sie in einem grässlichen Pub von anno dunnemal fest.

William der Schmied, sagt Florence. Ich wünsche von jetzt ab Florence die Schmiedin genannt zu werden. Dichter, Philosoph und Wilderer. Was ist ein Wilderer?

So was wie eine diebische Elster, bloß als Mensch, sagt Brit.

Jemand, der Wild und Fische, die ihm oder ihr nicht gehören, nur einmal anzusehen braucht, damit sie sich wie durch Zauberkraft in seine oder ihre Hände begeben, sagt die Frau.

Brit lacht.

Florence die Schmiedin. Genau, bist du. Stimmt, sie ist Florence die Schmiedin, sagt Brit.

Jetzt hat sie genug davon, dem Filmemacher als Armlehne zu dienen, er riecht auch zu sehr nach alter Mann. Sie pufft ihn mit dem Arm und der Schulter gehörig in die Seite, so als wäre der Van gerade um eine Kurve gefahren.

Davon wird er wach.

Er rückt rüber.

Geht doch.

Doch dann unterhalten er und die Frau am Steuer sich wieder nur unter sich, so als würden sie aufeinander abfahren. Man hätte gedacht, darüber müssten sie in ihrem Alter hinaus sein, er sieht uralt aus, so viel zum Grauen Mann. Sie ist fünfzig, mindestens, peinlich und geschmacklos in dem Alter, und sie führen sich auf, als ob Brit und Florence gar nicht mit im Auto säßen –

sie: *ich glaub, ich weiß eine sehr gute Stelle, wo Sie sich von Ihrer Freundin verabschieden können bla bla eine sehr alte Stätte, aufrecht stehende Steine, alter Begräbnisplatz, wirklich schön*

er: *klingt, als ob das genau das Richtige wäre*

sie: *seitdem da Outlander gedreht wird, ist allerdings nun manchmal viel los*

er: *was ist Outlander*

sie: *eine Fernsehserie, in der es von vorn bis hinten um Zeitreisen geht, Sie kennen Outlander nicht, wow, jeder kennt Outlander, wo haben Sie gesteckt bla bla von Clava angeregt, inzwischen so viele*

Autos, dass man manchmal Mühe hat, nach Hause zu kommen oder vor seinem eigenen Haus zu parken, inzwischen fahren Leute dahin und halten Séancen ab, mit denen sie Figuren, die in Outlander gestorben sind, wieder zum Leben erwecken wollen

er: *Séancen, um mit fiktionalen Toten in Kontakt zu treten*

sie: *ja, ich weiß*

(Lachen)

er: *klappt das, senden die fiktionalen Figuren ihnen Botschaften aus dem Schauspielerhimmel*

sie: *ich habe keine Ahnung*

er: *das würde ihr gefallen, das hätte ihr gefallen, hätte sie zum Lachen gebracht, und sie hätte etwas Philosophisches über die Natur des Menschen gesagt und bestimmt auch gleich eine Liste der Figuren gemacht, die sie selbst gern ausgefragt hätte, wäre hingefahren und hätte es getan bla bla erstaunlich, wirklich Séancen, um mit fiktionalen Toten zu sprechen*

sie: *nur in den Highlands, ja, wo jeder willkommen ist, ein hunderttausendfaches Willkommen, das ist unser Motto, ein herzliches Willkommen sogar den Geistern, ja, sogar den Geistern von Erdichteten*

er: *ihr seid ein äußerst vielseitiges Völkchen*

sie: *ganz genau*

(Lachen)

er: *wunderschöne eindrucksvolle Lieder, vermutlich Ihre Muttersprache*

sie: *nein, ich hab eine Abendschule besucht, ich wollte die Sprache lernen, die meine Familie vor zwei Jahrhunderten gesprochen hat, was ihr dann untersagt wurde, nicht dass es eine tote Sprache wäre, sie entwickelt sich prächtig bla bla in der Schule hatte ich sie abge-*

wählt, zum Teil weil es zu viel Arbeit war, zu schwierig klang bla bla Kurse, fünf Jahre lang, und jetzt kann ich sie singen, schon mal ein Anfang

— wenigstens hat das schaurige Gesinge in der Sprache, die klingt wie nichts, was Brit in ihrem Leben jemals gehört hat (nicht mal im Haus Spring mit seinem Sprachengewirr, und es ist schrecklich, wenn man eine Sprache nicht kann und für den, der sie spricht, nicht zuständig und ihm nicht überlegen ist, der kann sonst was sagen, und du selber hast keinen Schimmer, darfst ihm aber auch nicht sagen, er soll den Mund halten, und ihn nicht übergehen), Gott sei Dank aufgehört.

Zumindest sind die Lieder über Zeug wie eigene Schritte, die einem überallhin folgen und viel größer sind als man selbst, vorbei.

Die Kinder, die hier oben in dem Land geboren werden und solches Zeug zu hören kriegen, wenn sie aufwachsen, müssen doch dauernd ausflippen.

Oder sie sind, falls nicht, unfassbar gut darauf eingestellt, wenn ihnen unglaubliche Sachen passieren.

Zumindest fühlt sich Brit jetzt nicht mehr mies.

Es hat sie selbst überrascht, wie unfreundlich sie zu anderen Menschen sein kann, ohne es auch nur zu merken, und wie mies sie sich nach ihrer Unfreundlichkeit anderen gegenüber im Moment fühlt.

Sie ist aber die Einzige in dem Van, die Florence wirklich den Rücken stärkt. Zum Glück ist Brit da. Außer ihr merkt es ja niemand. Solange die Frau sang, stand Florence *total unter Strom*, wie Torq es in seiner fröhlichen Art ausdrückt, wenn er sagen will, dass jemand verkrampft ist. Jetzt reden sie über irgendeine Musikmaschine von früher, und keiner merkt, dass Florence immer aufgeregter wird.

Trotzdem sagt Florence etwas Nettes über sie, als der Mann von dem Erfinder der Maschine erzählt. Sie sagt:

Brittany ist auch eine Erfinderin, sie hat richtig gute Ideen, was zu machen.

Sie hören ihr nicht zu, hören sie nicht einmal. Aber Brit hört, was sie sagt.

Am Abend zuvor im Holiday Inn gibt Brit, bevor sie ins Bett geht, Florence etwas von der Schokolade, die sie für sie beide am Automaten im Korridor gekauft hat, und vergewissert sich, dass in dem Zimmer, das man ihr gegeben hat, alles in Ordnung ist.

Brauchst du noch was? Soll ich dir eine Gutenachtgeschichte erzählen?

Es ist halb ernst gemeint. So soll es schließlich sein, nicht wahr, wenn man ein Kind zu Bett bringt.

Bring dich ein ins Programm für Fast-schon-Teenager, Brittany, sagt Florence.

Dann halt ohne, sagt Brit.

Ohne was? Und warum?, sagt Florence.

Ohne dass ich dir eine Gutenachtgeschichte erzähle. Jetzt wirst du dein Leben lang ohne die Geschichte auskommen müssen, die ich dir erzählt hätte, sagt Brit.

Eigentlich hab ich eine Geschichte für dich, sagt Florence. Nein, weniger eine Geschichte, mehr eine Frage.

Ich höre.

Was ist Refugee Chic?

Weiß ich nicht, sagt Brit. Ist das eine Fangfrage?

Nein, sagt Florence. Ich möchte ernsthaft wissen, was das ist.

Ist das eine Band?

Es ist ein Wort, das ich auf dem Boden des Busses gesehen habe, sagt Florence. Es stand auf der Titelseite eines dieser Magazine, die am Wochenende in Zeitungen drinstecken. Es war ein Foto von Leuten, die Sachen mit der Aufschrift Refugee Chic anhatten. Ich habe darüber nachgedacht, weil mich selber auch beunruhigt, dass ich morgen beim Aufstehen keine frische Unterwäsche habe, und ich überlege, wie es wäre, wenn man nie weiß, was als Nächstes mit einem passiert, oder wenn man sich nirgends waschen kann oder nicht weiß, ob man einen sauberen Platz zum Ausruhen haben wird, bevor das Ganze am nächsten Tag von vorn anfängt.

Willst du mich mit dieser linken Mitleidsnummer rumkriegen?, sagt Brit.

Florence zuckt mit den Augen.

Oder mich manipulieren, damit ich dir ein paar Sachen auswasche?, sagt Brit. Du bist immerhin zwölf, zu alt für Gutenachtgeschichten, aber alt genug, selber was zu waschen. Mach's gleich und häng die Sachen da drin mit den Handtüchern auf die Heizung, dann sind sie morgen trocken.

Ich will doch nur wissen, was das ist, sagt Florence noch einmal. Was ist Refugee Chic?

Brit wendet dem Mädchen den Rücken zu, lehnt sich

gegen den TV-Tisch und schlägt die Hände vors Gesicht, als wäre da etwas, was sie nicht sehen wollte.

Keine Ahnung, was ich eigentlich hier tue, sagt sie.

Du bist mein privater Wachschutz, sagt Florence. Du sorgst für meine Sicherheit. Mit SA4A sind Sie sicher, SA4A ist für Sie da.

Das ist das Firmenprofil von SA4A. Diese Slogans stehen auf Plakaten überall in der Einrichtung und informieren jeden, der sie liest, darüber, dass die SA4A sich dem Grundsatz der Gleichbehandlung aller, unabhängig von Geschlecht, Rasse oder Religion, verpflichtet hat.

Du machst dich über mich lustig, sagt Brit mit noch immer vors Gesicht geschlagenen Händen. Wehe, du veralberst mich.

Tu ich nicht, sagt Florence. Würde ich nie tun. Ich spreche bloß eine unserer Sprachen.

Wofür brauchst du eigentlich einen privaten Sicherheitsdienst? Dir geht's doch gut. Du hast ausgesorgt. Du tust, was du willst, und dir öffnen sich Simsalabim alle Türen. Du brauchst mich nicht.

Doch, sagt Florence. Kapierst du es nicht? Das ist doch klar wie nur was.

Nein, sagt Brit. Ich kapier's nicht. Okay?

Brittany, wir humanisieren die Maschine. Bring dich ein bei der Humanisierung des Maschinenprogramms.

Ach ja?, sagt Brit.

Ja, sagt Florence. Das schaffe ich nicht ohne dich. Das kann niemand.

Brit hat immer noch die Hände vorm Gesicht.

Erklär's mir, sagt sie hinter ihren Händen hervor.

Okay, also. Die Maschine läuft doch nur, weil auf der einen Seite Menschen sie am Laufen halten und auf der anderen Seite Menschen sie laufen lassen. Einverstanden, ja?

Mhm, sagt Brit.

Also dachte ich mir, ich will sie mal direkt einsetzen. Sie bitten, dass sie zur Abwechslung mal für mich tätig wird, sagt Florence. Und sie hat ja gesagt. Du hast ja gesagt.

Oh, sagt Brit, die nach wie vor nur ihre Hände sieht. Und was möchtest du mir für diesen direkten Einsatz zahlen, bei dem für meine Zukunft absolut null herausspringt?

Meine Anerkennung, sagt Florence. Dein Beitrag. Unsere Verpflichtung der Gesellschaft gegenüber.

Du hältst dich wohl für sehr wortgewandt, sagt Brit.

Bin ich, sagt Florence. Ich werde mal Bücher schreiben. Eines Tages wirst du das Buch lesen, das ich über dich schreiben werde.

Ist das ein Versprechen oder eine Drohung?, sagt Brit.

Florence lacht.

Sag du's mir, Maschine, sagt sie.

Schließlich dreht Brit sich wieder um, nimmt die Hände herunter und sieht Florence voll an.

Eins kapier ich *echt* nicht, sagt sie. Warum ich? Warum ich und nicht irgendjemand anders, der aus demselben Zug ausgestiegen ist? Es saßen noch jede Menge anderer SA4A-Angestellte in dem Zug. Wir waren viele, die gerade Schichtwechsel hatten, und die sind heute Morgen alle an dir vorübergegangen. Also warum *ich*? Was war mit *mir*?

Was war los, dass du bei mir auf den ersten Blick dachtest, ja, die hier und nicht der da oder die dort?

Brittany, sagt Florence.

Was?

Nidinisowi, sagt Florence.

Was soll das schon wieder heißen?

Nimm dich nicht so wichtig.

Brit seufzt.

Ein Glück, dass das wirklich Wichtige morgen kommt, sagt sie.

Wieso?, sagt Florence.

Morgen fahren wir zu dem Golfplatz, den du mir auf der Postkarte gezeigt hast.

Und da fragst du mich, warum ich dich ausgewählt habe, sagt Florence.

Sie wirft die Arme hoch wie ein Moderator im Kinderfernsehen.

In ihrem Zimmer liegt Brit später auf dem Bett und schaltet von einem Kanal, auf dem es um Pitbulls geht, die möglicherweise eingeschläfert werden müssen oder trotz der gesetzlichen Anordnung vielleicht doch noch gerettet werden können, zu einem anderen, wo eine Episode von The Apprentice läuft, in der die Schwachköpfe, die sich dafür beworben haben, Doughnuts in Geschmacksrichtungen backen, für die kein Mensch Geld ausgeben will, bloß um sich in der zweiten Hälfte der Episode nach allen Regeln der Kunst herunterputzen zu lassen.

Sie fragt sich, ob Florences Zimmer morgen früh leer sein und Florence fort sein wird.

Weiß aber, nein.

Florence wird da sein, logisch.

Ein Tier in dem Zoo unweit des Hotels macht ein Geräusch, ein dumpfes Muhen, um einen alten Ausdruck aus der Geschichte und aus Liedern zu verwenden, den im richtigen Leben kein Mensch mehr verwendet. Definitiv ein Ausdruck, den sie noch nie für irgendwas verwendet hat. Aber es passt dafür gut, es klingt dumpf, das Geräusch.

Sie denkt an die vielen verschiedenen Tiere, nur einen Steinwurf entfernt.

Herrgott noch mal! Gleich wird sie noch darüber sinnieren, wie es wohl sein mag, wenn man ein Scheißbison ist oder ein Pinguin oder was immer.

Ich erzähle mir selber eine Gutenachtgeschichte, denkt sie.

Es gab einmal eine Flüchtlingsbetreuerin, die an irgendwas dran war. Aber woran? Das war ein Rätsel und zugleich im Grunde ganz einfach. Es konnte sie den Job kosten. Oder ihr zu einem besseren Job verhelfen. Es konnte eine Wende auf der Arbeit einleiten, vielleicht aber auch mehr verändern als nur die Arbeit. Es konnte das ganze Leben umkrempeln.

Jedenfalls konnte sie nicht tatenlos zusehen, hätte es nicht tatenlos geschehen lassen können.

Sie hatte keine Wahl.

Sie weiß jetzt, dass die Geschichte von dem Bordell bestimmt wahr ist. Das Mädchen in dem Zimmer auf Brits Hotelflur könnte zweifellos einfach in das Bordell hineinmarschiert sein und den Chefs da die Leviten gelesen haben, sie dazu gebracht haben, zu fühlen und zu handeln, wie sie noch nie gehandelt hatten, zu beenden, was sie bisher taten, die versperrten Türen und Fenster zu öffnen und wegzusehen, während die Mädchen alle das Weite suchten.

Brit sieht die verdutzten Gesichter förmlich vor sich, spürt die Wut dieser Leute, wenn die typische Wirkung des Florence-Schocks so weit nachlässt, dass ihnen wieder einfällt, wer sie sind und wie viel Geld gerade zur Tür hinausspaziert ist.

Doch wie dieses Kind das geschafft haben soll, ohne vergewaltigt und getötet zu werden, ohne den Schutz einer ganzen Armee von privaten Sicherheitsleuten, das kriegt Brit im Kopf nicht zusammen.

Es könnte sogar sein, dass dieses Ereignis, dass Florence zu einem Umdenken bei den Leuten geführt hat, die dieses Haus betreiben – ein grundsätzliches, eins fürs Leben, statt dass es ihnen nur für eine kurze Weile den Blick trübte und es danach weiterging wie gewohnt.

Brit stellt sich vor, wie sie sich säubern, die muffigen Zimmer reinigen und das muffige Bettzeug entsorgen, nett sind zu den noch im Haus befindlichen Mädchen und Frauen und sie, gesäubert, um Entschuldigung gebeten und mit ihrem Anteil an dem Geld ausgestattet, das sie verdient haben, anschließend in die Welt hinausgehen lassen, mit einer Ahnung der von den Mädchen und Frauen ursprünglich erträumten Freiheit, wegen der sie überhaupt hierhergekommen waren.

Brit schaltet den Fernseher aus.

Legt sich in das Hotelbett.

Grübelt im Dunkeln, das Geräusch des muhenden Tiers

im Ohr, kein unangenehmes Geräusch, kein Angstgeschrei, bloß ein Geräusch, das sie noch nie zuvor gehört hat, das ihr neu ist, von einem Tier, das Menschen und Tieren mitteilt, dass es in einem Zoo festhängt und sich fragt, ob in seiner Nachbarschaft noch irgendwo jemand seine Sprache spricht. Es wird sich über das Festhängen im Zoo unterhalten wollen, sagen wollen, kann es für mich auch ein anderes Leben geben als das hier drin?

Das Mädchen ist wie jemand oder wie etwas aus einer Legende oder einer Geschichte, der Art Geschichte, die zwar nicht aus dem Leben gegriffen ist, aber die einzige Möglichkeit, das Leben jemals richtig zu begreifen.

Sie bringt andere dazu, sich zu benehmen, wie sie es sollten – als lebten sie in einer anderen, einer besseren Welt.

Nimm dich nicht so wichtig.

Brit muss im Dunkeln lachen.

Was ist Refugee Chic?

Sie ist, was wäre das richtige Wort?

Noch ein altes Wort aus der Geschichte und aus Liedern, das im wahren Leben kein Mensch mehr verwendet.

Sie ist gut.

Und das ist der Punkt in der Geschichte, an dem das Mädchen Brit schließlich hereinlegt.

Also ist es, war, kein Gutsein.

Oder falls doch, ging es bei dem Gutsein nicht und eigentlich nie um Brit.

Na, scheiß drauf.

Sie sind unterwegs zu einem Tesco. Fahren auf den Parkplatz, die Frau schaltet den Motor aus, sie steigen alle aus, verabschieden sich von dem Filmemacher, und den ganzen Weg in den Supermarkt redet die Frau von der *Suppe ihrer Mutter*, zählt auf, was sie dafür alles brauchen: Lauch, Sellerie, Karotten, eine große Kartoffel, eine Knoblauchzehe, ein paar Thymianzweige.

Suppe meiner Mutter, die Wendung ist mehrmals gefallen. Das kann ein versteckter Hinweis auf Florences Mutter sein, aber auch bloß lästiges Gerede über irgendeine Suppe, die die Mutter der Frau macht.

Der Tesco ist wie die in England, einer der großen Einkaufsmärkte, die sogar ein eigenes Postamt haben. Hier haben sie am Eingang einen Kartenständer mit Ansichtskarten des Orts, an dem sie sind. Brit bleibt stehen und zieht eine Postkarte mit einer Loch-Ness-Karikatur in einem echten See heraus, überlegt einen Augenblick, ob sie eine Postkarte schicken soll. Aber wem? Ihrer Mutter? Stel? Torq? Josh?

Als ob sie im Urlaub wäre.

Sie denkt es, und ihr gewohntes Leben dringt in sie ein, als ob etwas lebend Totes Besitz von ihr ergriffen hätte. Mit schwer herabhängenden Schultern beugt sie sich am Gemüseregal über Florence, geht zur Seite und beugt sich über die Tüten mit dem Salat. Ihre Schultern kommen ihr so wuchtig und tot vor wie die Schultern der Toten in den alten Filmen, in denen ein Wissenschaftler aus Teilen von Toten einen Menschen formt.

Gleich, auch wenn Drit das noch nicht weiß, werden die Frau und Florence sie austricksen.

Sie werden beide zur Damentoilette gehen, vor der sich hinter ihnen plötzlich eine lange Schlange bildet, so dass Brit der Weg versperrt ist und sie draußen warten muss.

Sie werden beide reingehen, aber nicht rauskommen. Als Brit reingeht und nachsieht, werden sie in keiner der zwei Kabinen sein.

Brit wird durch die Supermarktgänge rennen, hin und her. Auf den Parkplatz hinausrennen.

Sie wird fort sein, das Mädchen wird fort sein, ohne seine Schultasche mitzunehmen.

Brit wird dem Mädchen aber unbedingt seine Schultasche bringen wollen.

Dann wird sie sich verachten. Denn man hat sie reingelegt. Es ging nie um sie. Sie war nie wirklich Teil der Geschichte.

Sie war nur eine Komparsin.

Die angeheuerte Hilfskraft.

Sie wird mit dem Filmemacher ratlos auf dem Parkplatz stehen, an der Stelle, wo der Van stand, und wird sich in dieser Lücke so verloren fühlen wie noch nie, ausgenommen der Tag, an dem sie im Alter des Mädchens war und ihr Vater starb. Der Boden wird unter ihr schwanken, und es wird sein, als stünde sie an der Reling eines Schiffs und als befände sich das, was sie verloren hat, tief in einem Meer, an dessen Oberfläche das Schiff feststeckt.

Der Filmemacher wird sagen: Rufen Sie ein Taxi.

Sie wird sagen: Gleich.

Und denken: Von wegen.

Sie wird stattdessen die landesweit rund um die Uhr erreichbare Hotline des SA4A anrufen.

Wie hieß dieses Schlachtfeld noch?, wird sie sagen, während sie darauf wartet, dass jemand rangeht.

Das war Brit im Herbst.

Jetzt ist Frühling. Hier ist ein Fenster (eins von denen, die sich öffnen lassen) zu DCO Brittany Halls Frühling im Haus Spring des Abschiebezentrums, an einem Tag, sagen wir, Ende März, einem typischen Dienstagnachmittag.

Heute arbeitet sie mit Russell in der Schicht.

Er schüttet sich aus vor Lachen über die leere Schüssel, die jemand dem Kurden, der im Hungerstreik ist, vor die Tür gestellt hat. Tut so, als ob Brit etwas gegessen und dann die Schüssel wieder hingestellt hätte, um den kurdischen Deet zu verhöhnen.

Sie findet das nicht lustig.

Wenn du es nicht gegessen hast, wer dann?, sagt Russell zu Brit. Du warst es, du verfressene Fotze.

Brit schweigt, um Russell nicht zu reizen. Russell ist ein Blödmann. Hier drin ist er aber ihr Freund, oder? Und Freunde braucht man hier.

Eine Beförderung hat es nicht gegeben.

Es hat nichts gegeben von Seiten des Managements, null,

obwohl Stel ihr erzählt hat, ihr sei aus dem Büro zu Ohren gekommen, dass die obere SA4A-Ebene für ihren Anruf damals sehr dankbar gewesen wäre, vor allem weil die Gesichtserkennungstechnik bei dem Mädchen versagt habe, zum Teil wegen der Form ihrer Gesichtszüge, ihres Alters und der Ethnizität – Stel ärgert sich immer darüber, dass die Gesichtserkennung bei Schwarzen nicht zuverlässig funktioniert, was dazu führt, dass die falschen Personen verhaftet werden, manchmal sogar Personen des falschen Geschlechts –, zum Teil weil das Gerät, warum auch immer, einfach nicht laufen wollte.

Außerdem, erzählt Stel ihr, hätten sie es letztlich ihr zu verdanken, und das weiß das Management auch, dass SA4A und Innenministerium *Rädelsführer ermitteln* konnten und daran arbeiten, eine *selbsternannte Underground-Railroad-Gruppe* zu zerschlagen, die sich an beiden Enden des Landes des Bahnsystems bedient, ein Netzwerk aus zynischen Aktivisten, die Illegalen Beihilfe zur Erlangung illegaler Vorteile leistet, und dass der von Brit geleistete Beitrag bestimmt in ihrer Kaderakte vermerkt und sie später, wenn Beförderungen anstehen, berücksichtigt wird.

Die Frau? Ausgewiesen, heißt es.

Es heißt aber auch, sie wurde ausfindig gemacht, saß zwei Monate in Haft und kam dann unbefristet frei für den Fall, dass die Medien es aufgreifen (sie hat jetzt eine Geschichte), kann bei nachlassendem Interesse jedoch jederzeit wieder inhaftiert werden.

Das Mädchen? Kann von Gesetzes wegen bis zu ihrem achtzehnten Lebensjahr nicht inhaftiert, ausgewiesen oder sonst was werden und wird eingebürgert oder nicht, je nachdem, ob sie gültige Papiere besitzt oder nicht.

Geschehnisse, über die Brit nicht informiert wird.

Damals, im Oktober, kam es insgesamt dreimal vor, dass Angestellte aus allen Abteilungen Brit auf der Damentoilette umringten und wissen wollten, was genau passiert war.

Sie erzählte ihnen, sie wäre mit dem Taxi gerade noch rechtzeitig bei dem Schlachtfeld angekommen, um die auf dem Parkplatz eintreffenden SA4A-Vans zu sehen.

Sie ließ aus, dass sie sah, wie die Uniformierten in die Landschaft ausschwärmten, und dass sie selber in die entgegengesetzte Richtung davonrannte, auf Wanderwegen und auf Gras, mitten durch Touristen im Urlaub und Besuchergruppen, die gerade eine Führung erhielten, bis sie nicht mehr konnte, stehen blieb und sich neben einem Schild mit der Aufschrift Restaurierungsarbeiten die Seele aus dem Leib kotzte.

Sie schilderte es in etwa so:

Ich glaube, buchstäblich hypnotisiert. Nicht bloß mich, sondern auch mehrere Schaffner und eine Frau im Holiday Inn. Ich war ja dabei, als es bei den anderen gewirkt hat, und hab nicht gemerkt, dass ich genauso hypnotisiert war. Wie wenn Derren Brown im Fernsehen andere dazu bringt, etwas zu tun, ohne dass sie es mitkriegen oder wissen, warum sie es tun. Ich hab mich kaum wiedererkannt. Wahrscheinlich hat sie auch die Gesichtserkennung hypnotisiert. Wenn man das mit Menschen kann, konnte sie das auch mit Geräten, wetten. Die sind doch so konstruiert, dass sie uns zuhören, ich meine, was, wenn sie Menschen wirklich zuhören?

300

Siehe die vielen Witze über die Toaster der liberalen Elite, sentimentale Föhns und politisch korrekte Waschmaschinen.

Am dritten Arbeitstag nach ihrer Rückkehr kannten alle die Geschichte, und das Interesse erlosch. Am vierten wollten nicht mal Deets noch was darüber wissen.

Eines Winterabends hörte sich Brit den Song von Noname an, wie sie sich nannte, den mit dem Titel Self, den angeblichen Lieblingssong des Mädchens.

Sie war überrascht, wie obszön der Text streckenweise war. Da sind massenhaft schlimme Ausdrücke sind. Ein zwölfjähriges Mädchen sollte solche Musik nicht hören. Das ist schlechte Erziehung.

Der Song von Nina Simone, der davon handelt, dass es leichter wird, klang im Vergleich dazu wie – also, Brit hatte zwei Bilder im Kopf, eines von einer Disneykatze wie der in dem alten Film Aristocats, das andere von der echten Katze, die Jungs von der anderen Parkseite mit Sekundenkleber an einen Baum klebten, als Brit selber zwölf war.

Eine Noname-Zeile blieb Brit besonders im Gedächtnis – die Zeile, in der sie etwas über eine Fotze sagt, die eine Dissertation über Kolonialismus schreibt.

Brit schlug das Wort Kolonialismus in einem Online-Wörterbuch nach, um sich die genaue Bedeutung ins Gedächtnis zu rufen.

Eine Ausübung von Herrschaft, die die Unterwerfung eines Volkes unter ein anderes einschließt.

Komische Vorstellung, eine Fotze, die an der Uni eine

Dissertation schreibt. Vielleicht bedeutet das, dass die an Unis alles Fotzen sind, hohoho.

Aber sie war intelligent, diese Florence, fast irrsinnig intelligent. In der Schule wäre sie eine der Schlauesten ihres Jahrgangs gewesen. Brit hat das Aufwind-Buch noch, hat in ihrem Schrank unter dem Pulloverstapel sogar noch die Schultasche. Da ist auch eine Federtasche voller Buntstifte drin. Wenn sie nicht gerade Zeit im Internet verplempert, liest Brit sich abends manchmal Einträge aus dem Buch vor, die lustigen Seiten, das über *Realismus* oder das üble Zeug, das Leute laut sagen oder twittern. Durch die Anordnung der Notizen auf den Seiten hat Brit begriffen, dass einige zusammengehören, dass sie so etwas wie einen Dialog bilden, auf den rechtslastigen Eintrag reagiert eine Stimme, die größeres Gewicht hat, die der Erde, der Zeit oder der Lieblingsjahreszeit des Mädchens, oder die Geschichte der gesichtslosen Person reagiert darauf, wie Menschen von der Technik benutzt werden, die sie doch zu nutzen glauben, oder auf die üblen Beschimpfungen, die Leute anderen Leuten twittern, reagiert die Geschichte von dem Mädchen, das sich nicht tottanzen will.

Brit holt das Buch oft nur deshalb hervor, weil sie die Geschichte von den Dorfbewohnern lesen will.

Zuletzt fühlt sie sich aber immer mies, wenn ihr Blick auf das Aufwind-Buch fällt.

Ein Grund dafür ist, dass jemand vorn unter das SCHWING DICH AUF, MEINE TOCHTER mit einer anderen, älteren Schrift das geschrieben hat: *Dein ganzes Leben lang werden Leute nur darauf warten, dir zu sagen, dass das, was du sprichst, heiße Luft ist. Das kommt daher, dass Menschen andere gern herabsetzen. Ich möchte aber, dass du deine Gedanken und Einfälle in dieses Buch schreibst, denn das wird wie Aufwind für dich sein, und das Buch und deine Einträge werden dir helfen, die Füße von der Erde zu heben und sogar zu fliegen wie ein Vogel, denn warme Luft steigt nach oben und trägt uns nicht nur, sondern hilft uns beim Aufsteigen.*

Diese handschriftlichen Zeilen regen Brit wirklich auf.

Ihre Mutter hat ihr nie so ein Buch gegeben und auch nie was für sie geschrieben.

Manchmal überlegt sie, ob sie versuchen sollte, die Schule ausfindig zu machen und das Buch in der Schultasche dort abzugeben, vielleicht haben die eine Nachsendeanschrift.

Das Mädchen hat etwas von einem kleinen Bruder gesagt.

Wo der ist, fragt sich Brit auch. Vielleicht sollte sie ihn ausfindig machen und ihm das Buch geben, damit er es seiner Schwester gibt.

Vivunt spe.

Oder sie sollte das Buch einfach verbrennen und die Schultasche wegwerfen.

Sie weiß noch nicht, was sie letzten Endes tun wird.

Eine Woche, nachdem sie Josh aus dem Zug gesimst hat, simste er ihr zurück.

Es bedeutet, mit Hoffnung leben oder sie leben und hoffen. Etwas in der Art. Ungewöhnliche Konjugation. Du hast bestimmt schon bei Google nachgesehen. Hoffe, es geht dir gut, Brit. jx Dass er ihren Namen ans Ende der Nachricht gesetzt hat, kam ihr vor wie gönnerhafte Herablassung.

März wird das letzte Mal gewesen sein, dass sie Josh gesehen hat.

Am ersten Tag, den sie nach ihrer Rückkehr aus Schottland wieder mit Torq in einer Schicht war, sagte sie, sie wäre in dem Land gewesen, aus dem er stammt.

Hab ich gehört, sagte er. Ich bin nachrichtenmäßig auf dem neuesten Stand. Wo genau warst du, Britannia?

Brit holte sich eine Landkarte aufs Handy.

Hier. Dann da. Und dann da.

Er zeigte auf eine Stelle nicht weit von einem der Orte, an denen sie war, und sagte etwas, was sie nicht verstand, weil er in der zerlaufen klingenden Sprache sprach, die die da haben.

Fàsaidh leanabh is labhraidh e faclan a theanga fhèin, faclan a dh'fhoghlamaicheas na h-uibhir den t-saoghal dha nach eil nam faclan ann. Ach, dhan leanabh 's gach fear is tè a dham bheil a dhàimh, tha brìgh sna faclan sin agus is eòl dhaibh am brìgh. Èist rium, bi an leanabh sin is greim aca, bhon fhìor-thoiseach. Air gach sian, dorch is soilleir, trom is eutrom, a thig an rathad.

Es machte sie aus irgendeinem Grund schon wütend, das nur zu hören. Sie war den Tränen nahe. Es kam ihr vor wie früher in der Schule, wenn sie gemobbt wurde und sich dumm stellen musste. Dann machte Torq es noch schlimmer und lächelte sie an, als könne er sie wirklich gut leiden, während er die unmöglich klingenden Laute produzierte.

Brit schnürte es so die Kehle zu, wie wenn man das Weinen unterdrücken will. Die Sprache, die schnürte ihr die Kehle zu.

Das heißt, sagte er, grob übersetzt, wobei vieles von der Schönheit verloren geht:

Ein Kind spricht, wenn es aufwächst, Worte, die nach Ansicht der übrigen Welt keine sind. Doch das Kind und alle, die das Kind gernhat, wissen, dass die Worte eine Bedeutung haben, und kennen sie auch. Hört zu, dieses Kind wird von Anfang an gerüstet sein: für alles, Dunkel und Licht, das Schwere und das Leichte, was das Leben diesem Kind bringen wird.

Meinetwegen, sagte Brit. Wenn du es sagst.

Es heißt Lebendige Sprache, sagte Torquil. Smior na cànain. Es ist ein Gedicht. Ich trage es im Herzen, Britannia, wie Calais und Maria Stuart.

Ich hab die meiste Zeit keinen blassen Schimmer, wovon du dauernd redest, Kollege.

Mhm, sagte er. Aber, hey, dafür bin ich gut gerüstet.

Das ganze paranormale Zeug, das sie dir in der Kindheit im Really Channel eingetrichtert haben, hat dir das Hirn frittiert, rief Brit ihm mit zitternder Kehle durch den Gang nach.

Sie zitterte wie eine Saite auf einem Musikinstrument, die gegen ihren Willen gespielt wird.

In England sollten keine unterschiedlichen Sprachen erlaubt sein.

In Großbritannien. Sie meinte Großbritannien.

Von da an, merkte sie, trug sie sich grundsätzlich meist für die Schicht mit Russell ein.

Der Hungerstreiker tut ihr leid.

Sie kann aber nichts tun.

Sie hebt die Schüssel auf und gibt sie einem Küchendeet, damit der sie in die Küche bringt.

Ende des Tages.

Vor dem Zentrum sind die kleinen Hecken jetzt eine durchgehende Hecke. Man erkennt nicht, wo eine Pflanze endet und die andere anfängt.

Sie kniet gerade davor auf dem Boden und bricht den Zweig ab, als Stel vorbeikommt.

Alles klar, Brit? Was verloren?

Hab's schon gefunden, sagt Brit. Danke.

Nächste Woche um die Zeit wird es noch schön hell sein nach der Zeitumstellung, sagt Stel.

Brit nickt.

Ja, schön.

Sie steckt die Hand mit dem Zweig darin in die Tasche. Im Zug zerdrückt sie ein Blatt und hält sich den Geruch der Farbe Grün an die Nase.

Was willst du denn mit dem ganzen Buchsbaum hier drin?, sagt ihre Mutter am nächsten Morgen, als sie hereinkommt und das Häufchen Zweige, trocken, oll, matt, grün, frisch, schimmernd auf dem Tisch in Brits Zimmer sieht, denn Brit liegt so lange nach dem Wecker noch im Bett, dass ihre Mutter kommen und sie wecken musste.

Buchsbaum. Wer hätte gedacht, dass ihre Mutter weiß, was für eine Hecke das ist?

Ihre Mutter lässt es sich nie anmerken, wenn sie etwas weiß, tut sie aber, sie weiß unheimlich viel.

306

Die 24-Stunden-Nachrichten der BBC sind bereits an und plärren im vorderen Zimmer wie eh und je. Derselbe alte Zusammenbruch. Was um alles in der Welt das noch geben wird. Derselbe alte Lärm. Dasselbe alte selbe Alte, wieder und wieder, lauter Lärm, der nichts bedeutet. Schulstoff. William Shakespeare. Sie hatten es im Unterricht reihum gelesen. Ein Mann erobert mit hässlichen, nicht schönen Mitteln ein Königreich, aber die Geister sind hinter ihm her, und Bäume formieren sich zu einer Armee und marschieren gegen ihn los.

Brit steht auf.

Zieht ihre Sachen an.

Ihre Mutter hat die Heckenzweige mit hinausgenommen und in der Küche in den Müll geworfen. Brit sieht sie dort, als sie den Teebeutel hineinwirft.

Ich muss aufhören, meine Arbeit mit nach Hause zu nehmen, denkt sie im Stillen.

Und jetzt? Ist immer noch Oktober.

Das Land muss erst noch den Winter hinter sich bringen.

Auf dem historischen Schlachtfeld orientieren sich die Herbsttouristen an den Flaggen, die anzeigen, wo die unterschiedlichen Armeen standen.

Sie wandern an der Quelle der Toten vorbei. Machen Fotos vom Denkmal-Cairn. Besuchen die einzige Kate, die seit dem Tag der Schlacht bis heute erhalten ist.

Sie bücken sich und lesen die in die niedrigen Steine eingemeißelten Namen der Clans, die an der einen oder anderen Stelle an dem Tag gefallen sind, an dem die jakobitische Armee, angeführt von Charlie, dem schottischen Franzosen, gegen die Regierungstruppen, angeführt von seinem Cousin Billy, dem englischen Deutschen, im kalten Frühlingsgraupel und -hagel kämpfte und die Soldaten von Billys Armee, hauptsächlich deshalb, weil sie bei den letzten Kämpfen gegen die Highlander hohe Verluste erlitten und ihren Angriff seitdem perfektioniert hatten, mit ihren Bajonetten und Schwertern nicht nur gegen den gegenüberstehenden Mann ausholten, sondern auch gegen den rechts daneben, und ihre Musketen, das war neu, abwechselnd knieend und stehend abfeuerten, es schafften, sie zu besiegen, und alle einheimischen Männer, Frauen und Kinder, die nach der Schlacht auf der Straße von Culloden nach Inverness die Toten zählten, mussten sich vor den Rotröcken verstecken, um nicht selbst als blutiges Fleisch zu enden.

Im Zeitraffer ein Wimpernschlag der Geschichte, 272 Jahre seit damals, plus minus ein halbes Jahr.

Das Schlachtfeld heute:

Ein Kind rennt über den Gebeinen der Toten durchs Gras und springt in die Arme einer jungen Frau.

Zu sehen, wie ein Herz einen Sprung macht, ist das für Sie vorstellbar? Genau so sieht es aus.

Die junge Frau schließt das Kind in die Arme.

So stehen die beiden da, und es ist, als könne die Welt gar nicht anders, als sich um sie zu schließen.

Dann kommt ein kleiner Trupp von Uniformierten durch das Gras in ihre Richtung gerannt. Von Ferne sieht es aus, als seien es Dreharbeiten für einen Slapstick, wie bei den alten Keystone-Cops-Komödien aus der Stummfilmzeit, so viele Leute rennen wie wild auf eine Frau und ein Kind zu.

Die Uniformierten kreisen sie ohne weiteres ein. Sie laufen nicht weg, das Kind und die Frau. Sie stehen bloß da und halten sich in den Armen, als wären sie ein Mensch, nicht zwei.

Die Uniformierten trennen die Frau und das Kind.

Die Frau und das Kind werden einzeln zurück zu dem großen Parkplatz geführt.

Das Kind wird auf den Rücksitz des einen Vans, die Frau, der man Handschellen anlegt, in den anderen gesetzt.

Die Vans werden angelassen und fahren nacheinander davon.

Ein paar Touristen, die das Vorkommnis sehen, folgen der Frau, dem Kind und den Bediensteten zum Parkplatz, halten jedoch Abstand. Dort stehen noch ein paar Leute herum, unter ihnen Schauspieler, die, als Leute von früher kostümiert, ein bisschen wie Gespenster, Gespenster von beiden Kriegsparteien, aus dem Besucherzentrum gekommen sind, und sehen zu, wie die Frau und das Kind in die Vans verfrachtet werden.

Ein Schauspieler zieht ein Handy unter dem Kostüm hervor und beginnt, Aufnahmen zu machen. Mehrere andere ziehen ihre Handys hervor und tun dasselbe. Als sie die Handys hochhalten, kommen Männer in SA4A-Uniformen auf sie zu, schwenken die Arme und rufen, sie sollen das Filmen einstellen.

Die Leute filmen trotzdem weiter. Sie filmen, wie die Vans davonfahren.

Als die Vans fort sind, filmen sie die Weiße, die mitten auf der Straße steht und den Vans nachschreit, so als würde das Schreien irgendetwas ändern. Die Leute filmen, wie sie in das Polizeiauto eingeladen wird. Filmen, wie das Polizeiauto mit der Frau davonfährt.

Sie filmen den Mann, der das alles mit ansieht, zu ihnen herüberkommt und diejenigen, die den Vorfall mit dem Handy aufgenommen haben, fragt, ob er ihre Kontaktdaten haben kann.

Was war das eben?, fragen sie ihn. Was ist los? Worum ging es hier?

Dann geht es zurück zu dem Wanderweg über die Kriegsgräber oder ins Besucherzentrum, wärmer als hier im Freien. Die animierte Panorama-Nachstellung der letzten, auf britischem Boden ausgetragenen Schlacht soll echt gut sein, den Schlachtverlauf ganz realistisch zeigen. Siebenhundert Highlander in drei Minuten tot und ein kostenloser Audio-Guide mit GPS. Nicht übermäßig teuer, sehr gute Bewertungen, fünf Sterne von den meisten Besuchern auf TripAdvisor.

Und das wäre alles, vorläufig jedenfalls.

Die Geschichte ist aus.

Na ja, fast:

April.

Er bringt uns alles bei.

Die kältesten und scheußlichsten Tage des Jahres können im April sein. Macht nichts. Ist eben April.

Das englische Wort für den Monat kommt vom römischen Aprilis, vom lateinischen aperire: öffnen, aufdecken, zugänglich machen oder alles entfernen, was die Zugänglichkeit hemmt.

Vielleicht kommt das Wort zum Teil auch vom Namen der Aphrodite, der griechischen Liebesgöttin, deren unbekümmertes Tändeln mit diversen Göttern das launische Hin und Her des Monats zwischen Regen und Sonne widerspiegelt.

Monat des Opfers und Monat der Verspieltheit. Monat der Erneuerung, der Fruchtbarkeitsfeste. Monat, in dem Erde und Knospen bereits aufgebrochen, Tiere, die Winterschlaf halten, bereits wach sind und brüten, Vögel ihre Nester bereits gebaut haben, Vögel, die es voriges Jahr um diese Zeit noch nicht gab, damit beschäftigt sind, die Vögel auf die Welt zu bringen, die sie nächstes Jahr um diese Zeit ersetzen werden.

Monat der Frühlingsnarreteien, Grasmonat.

Im Gälischen bedeutet der Name den Monat, den Dummköpfe fälschlich für Mai halten. Der erste April kennzeichnet wahrscheinlich auch den Tag, an dem bei den Alten die Neujahrsfeierlichkeiten endeten. Der Winter hat die Epiphanie. Der Frühling bringt andere Gaben.

Monat der toten Gottheiten, die ins Leben zurückkehren.

Im französischen Revolutionskalender wird der Monat zusammen mit den letzten Märztagen zum Germinal, dem Monat der Rückkehr zur Quelle, zum Samen, zum Keim der Dinge, der Grund vielleicht, weswegen Zola seinem Roman über hoffnungslose Hoffnung diesen revolutionären Titel gab.

April, der anarchische, der finale Monat des Frühlings, des großen Verbinders.

Wer an einem blühenden Busch oder Baum vorübergeht, kann es nicht überhören, das Surren des Motors, des neuen Lebens, an dem in seinem Innern bereits gewerkelt wird, das Wirken der Zeit.

Dank schulde ich vor allem den Flüchtlingen und Gefangenen, die mit mir gesprochen oder mir schriftlich Auskunft darüber gegeben haben, wie es ist, auf unbegrenzte Zeit in einem britischen Abschiebezentrum zu sitzen, insbesondere einem anonymen Freund, der mir vom Alltag in den Abschiebezentren dieses Landes erzählt hat.

Danke, Simon,
danke, Anna,
danke, Hermione, Ellie, Lesley B, Lesley L, Sarah C
und allen bei Hamish Hamilton und Penguin.

Danke, Andrew,
danke, Tracy
und allen bei Wylie.

Einen Riesendank an Tacita Dean.

Danke, Julie Flowlis und Raghnaid Sandilands.

Danke, Rachel Foss, Gerri Kimber,
Andrea Newberry, Howard Nelson.

Einen besonderen Dank an Kate Thomson und Lucy
Harris.

Danke, Mary.

Danke, Xandra.

Danke, Sarah.

Ali Smith

Herbst

Roman

272 Seiten, btb 77084
Aus dem Englischen von Silvia Morawetz

Der erste Roman aus Ali Smiths Jahreszeitenquartett erzählt
von einer Welt, die immer abgeschotteter und exklusiver wird,
über das Wesen von Reichtum und Wert, über die Bedeutung
der Ernte. Und er erzählt vom Altern, von der Zeit und von der
Liebe. Von uns.

»Ali Smiths ›Herbst‹ erzählt von der Schönheit eines
gelebten Lebens im Angesicht der Verunsicherung.«
Elena Witzek, Frankfurter Allgemeine Zeitung

btb

Ali Smith

Winter
Roman

320 Seiten, Luchterhand 87579
Aus dem Englischen von Silvia Morawetz

Winter – die kürzesten Tage, die längsten Nächte.
Eine Jahreszeit, die uns das Überleben lehrt. Vier Leute,
Fremde und Familie, verbringen Weihnachten in einem
riesigen Haus in Cornwall. Ein besonderes Fest, voll Streit
und Lügen, Erinnerungen und Mythen.

»Eine ganz große englischsprachige Autorin.«
Sandra Kegel, 3Sat-Buchzeit

Luchterhand

www.luchterhand-verlag.de